宵待の月

鈴 木 英 治

幻冬舎文庫

宵待の月

一

深見半兵衛《ふかみはんべえ》はあるじに呼ばれた。
初秋の入り日が引け際を惜しむかのようにゆっくりと山の端《は》に没して、一刻半はたってい
る。鎧《よろい》をつけ直し、家臣の見送りを受けた半兵衛は陣中を使いとともに歩きはじめた。
耳に届くのは、振舞酒に酔った雑兵《ぞうひょう》たちの陣小屋からの高いびき、法度ではあるが大目に
見られている博打《ばくち》に精だす者どものひそやかなかけ声や抑えきれない怒号、夜気に秋を察し
た虫たちのまばらな声、鈍い明かりを放つ篝《かがり》のはぜる音、陣小屋から忍び洩《も》れる御陣女郎の
あえぎ声だ。
白鳥山《しらとりやま》の一際黒い影がかぶさるように迫ってきた。この山の北の裾《すそ》を洗って弓形に右へ向
きを変える富士川の、岩をものけんばかりの豊かな流れが轟《とどろ》くように響いてくる。
道は深い木々を縫いはじめ、のぼりがきつくなった。下草におおい隠されそうなか細い道
には要所要所に篝火が置かれ、それとなく行き筋を示していた。
篝の届かない暗がりから発せられる鋭い誰何《すいか》の声、遠慮会釈なしに突きつけられる幾本も
の槍《やり》。抜けて山腹に設けられた陣所に着くと、鎧姿の福島越前守《くしまえちぜんのかみ》は陣幕の外で半兵衛を待っ

ており、すぐさまついてくるようにいった。

連れていかれたのは一段といかめしい表情の武者が数多く配された山道をさらに一町（約一〇九メートル）ほど登った白鳥山頂近くで、昼間なら自軍の布陣を一目で眺められるはずの高所だ。

ここまで来れば、富士川の轟きもきこえない。視界をさえぎる木々は残らず切り倒され、真新しい切り口を見せている。捨て篝がいくつも目に入るなかで、この場が最も明るかった。

百名以上の屈強な鎧武者がいた。太守直属の馬廻衆《うままわり》であるのは確かめるまでもなかった。ずらりと立ち並ぶ武者たちのぎらついた瞳は福島越前に向けられず、半兵衛を射るように見ていた。半兵衛は馬廻衆にとって、得体《えたい》の知れない男だった。

半兵衛は見返すことはせず、前を行く福島越前の背中をただ見据えて前に進んだ。

帷幄《いあく》内に導き入れられる。陣幕は音を立てておろされ、半兵衛は三歩で福島越前にとめられた。

半兵衛の両側で燃える篝火のつくる影の先に、床几《しょうぎ》に腰かける武将がいた。

その武将に寄り添うように立つ僧侶がいる。僧衣の上に鎧を着ていた。

会うのははじめてだが、この二人が誰かきかされる必要はない。

武将は駿河《するが》、遠江《とおとうみ》の太守今川氏輝《いまがわうじてる》、僧は九英承菊《きゅうえいしょうぎく》。

　ここ白鳥山からほど近い城寺善得院で九歳の頃より修行を積み、今は氏輝の弟梅岳承芳《ばいがくしょうほう》の傅育《ふいく》をつとめる九英承菊は、この二年京の妙心寺の高僧大休禅師のもとで承芳とともに学問に励んでいたが、この戦いのため急ぎ氏輝に呼び戻されている。

　承芳をともなって駿府《すんぷ》に帰り着いたのが七月十八日。氏輝はすかさず九英承菊を善得寺に先乗りさせ、自らは二十七日に駿府を出陣している。それだけ太守の信任が厚い男なのだ。歳は四十。

　二十代の頃すでに、いずれお家の柱石に、と目されていたこの僧に以前から関心をいだいていた半兵衛はさりげなく観察した。

　その評を裏づけるように、歳以上にどっしりとした威厳が感じられる。

　ぐっと前に突き出た頬骨に、分のある肉が根をおろした張りのある顔をしている。巨大な福耳、頑丈そうな顎に支えられてかたく引き結ばれた口、大ぶりだが筋の通った鼻、きれいな半円を描くつやのある頭。切れ長の目は柔和でやさしげだが一度火がつけば炎を噴きあげそうな烈しさもうかがえ、この僧が今川家の重臣庵原《いはらき》左衛門尉《えもんのじょう》の次男で、武門の血を引いていることを思い起こさせる。母も今川家の重臣で横山城城主だった興津《おきつ》盛綱《もりつな》の娘であり、九英承菊の伯父に当たる清房《きよふさ》が興津家の惣領《そうりょう》として城を継いでいる。

　坊主より武将こそ似合うといわれるのももっともだ、と半兵衛は思った。というより、僧でも武将でも大成する男なのだろう。

半兵衛に平伏するように命じた福島越前が九英承菊に目もくれることなく、この男にございます、と氏輝にいい、太守の了解をもらって床几に静かに尻を落とした。

氏輝が半兵衛を見つめてうなずいてみせるのを、両手を土の上にそろえた半兵衛は目の端でとらえた。

間近で拝む太守の顔。竹の葉を思わせる細い目に、落ちくぼんだ薄い頬。陣所の暗さでも知れるその顔色の青さに、面を伏せつつ内心驚いていた。

病人だった。蒲柳《ほりゆう》の質でよく寝こむ、との話はきいている。四年前の享禄《きょうろく》四年（一五三一）京からやってきて、今は氏輝の歌道の師として駿府に屋敷を与えられている権中納言冷《れい》泉《ぜい》為和でさえ、氏輝の病のために二月《ふたつき》待ってようやく来着の挨拶がかなった、と耳にしている。

噂は真実だ。政務を実母である大方さまにたびたび代わってもらうのも、また、二十三であるのにいまだめとっていないのも、この病弱さに原因があるようだ。

素直にのびた背から体格そのものは大柄であるのはわかったが、いつ臥《ふ》せてもおかしくないもろさの同居を半兵衛は感じ取っている。まだまだ長引きそうなこの戦に耐えられるだろうか、との危惧《きぐ》を抱かざるを得ない。

この若き太守にとって、初陣に当たる戦である。ただこのことは氏輝自身わかっていて、おのれに不安があるからこそ九英承菊をわざわざ呼び戻したのだろう。

「ほう、若いな」

氏輝の声が頭上に降った。意外なことに、公家《くげ》を思わせる甲高さはあったものの力強さを覚えさせる声だ。

「お屋形より五つ上にございます」

福島越前が答えた。

「腕利きか」

「渡り出抜《すつぱ》か」

「頭抜けております」

「いえ、駿河の者にて我が寄子《よりこ》にございます。この者の父祖が駿河に住みついたのは、お家の入府に先立つこと二百年になります」

「ほう、そんなに前か。名は？」

「それはご勘弁願います」

氏輝だけでなく、九英承菊も興味深げな視線を当てていることに半兵衛は気づいている。

「影の者ゆえ、申しわけないことにございます。どうあっても知りたいとの仰せであれば、お教えいたしますが……」

「まあ、よい」

氏輝は手を振って福島越前を制した。口をついて出ただけで、半兵衛の名などはなから関心はないようだ。どうだ越前、といってわずかに身を乗りだした。

「やれるか。成算は？」

福島越前はかすかに首をひねった。

「いいだしておきながらこんなことを申すのはどうかと思いますが、五分もないかと」

「ふむ、そんなものであろうな」

わかっておる、とばかりに氏輝は笑顔を見せた。太守には似つかわしくない細やかさを感じさせる笑みだ。

すぐに表情を引き締めた。

「しかし、あやつの心胆を寒からしめてやるだけでもよい。余も、この目で見てみたいものじゃ。あやつのあわてふためく姿をな」

二

あと半刻もしないうちに夜が明ける。

眠気はない。鍛錬もあるが一刻の仮寝のおかげでもある。ときおり吹きこむ風には透き通った涼やかさがあり、この山深い地には一足はやく秋が到来しつつあるようだ。

半兵衛がいるのは、松の大木が整然と生え連なっている森だ。

一度単身で行けるところまで行っている。忍び物見だ。今日だけでなくこれまでも福島越前のいいつけにより三度忍び入りを行っており、知りたいことはすでにつかんでいる。これまでと変わっている箇所は見当たらなかった。

顔をあげると、重なり合う松の葉を通して星空が見えた。空に雲はなく、雨の気配はない。鳥はまだ目覚めておらず、さえずりはきこえない。

いつ途絶えてもおかしくない弱々しい虫が足もとで鳴いている。この虫は秋を待たずに死んでいくのだろう。

今は夢でも見ているであろう太守氏輝を、半兵衛は連想した。楽しい夢であればいいが、と願った。あの声の張りからしてこの秋に逝くようなことはまず考えられないが、果たして冬を越えられるかは疑問だった。

背後で、甚左衛門《じんざえもん》が土を踏み鳴らした。虫が鳴きやむ。深夜道なき道を進み、遠い昔に築かれた城の跡が残ることから城台と名がついたという丘の裏側に出、急坂をこの森まで登ってきて、はや半刻が経過した。半兵衛が最も信頼する家臣とはいっても、さすがに低い姿勢でじっとしているのはつらいのだ。

甚左衛門は四十三歳。福島越前と同い年とは思えぬほど老けて見える。その顔貌《がんぼう》が関係しているわけでもないだろうが槍づかいの老練さでは、半兵衛ですら舌を巻かざるを得ない。

甚左衛門のうしろには三十八名が控えている。いずれも目だけを光らせて岩のように動かない。

「しかしなぜかな」

甚左衛門にささやきかけた。甚左衛門が半歩出て、耳を傾ける。

「なにがでしょう」

「なぜ武田《たけだ》信虎《のぶとら》は軍を動かしたのか」

駿府からの行軍中も何度か半兵衛の胸をよぎった思いだが、実際こうして甲斐《かい》との国境までやってきてその思いはより強まった。今川家中でも首をひねる者は多かった。

甚左衛門が顎をうなずかせる。

「たかが二人の百姓を鳥波《とりなみ》の者に殺され、こちらが犯人の引き渡しをこばんだからといって、なぜ大永七年の和議以来、平穏を保ってきた国境を越えたのか」

大永七年（一五二七）の和議。その前年の氏輝の父氏親《うじちか》の死がきっかけとなり、甲斐側の使者となった信濃の国人伴野《ともの》刑部少輔《ぎょうぶしょうゆう》と九英承菊が善得寺において折衝を重ね、六月三日にまとまっている。

甲斐では、国をあげて喜んだとの話を半兵衛はきいている。甲斐の人々にとり、それまで三十五年の長きにわたった今川との争いは耐えがたい重荷だったのだ。だからそのせっかくの和議を反故《ほご》にしてまでなぜ、との思いを半兵衛はぬぐいきれずにいる。

「たかがとはいわぬが、国境の百姓同士のいさかい、殺し合いなど珍しいことではない。お互い百姓が殺された際の犯人引き渡しには一切応じておらず、なのに今回に限り軍勢を催すとはどうにも腑《ふ》に落ちぬ」

富士川沿いの塩の道と呼ばれる街道を南下してきた武田軍二千は、七月五日、不意に国境を侵すや鳥波の在に押し寄せ、家々に火をつけてまわり、逃げおくれた百姓を十数人殺した。

こうして報復したのちも信虎は軍を返さず、今川軍との対決を望むようになおも塩の道をくだり、万沢《まんさわ》という、甲斐領が岬のように南に突き出て最も駿河の海に近い国境の地に陣を敷いた。

ここまで来れば、富士川河口までわずかに三里。鳥波近くを領する駿河の国人富士九郎次郎《ふじくろうじろう》や井出左近太郎《いでさこんたろう》などが、寡兵ながらまず武田軍に相対した。

七月二十八日夕方に今川本隊三千も到着し、氏輝は駿河、甲斐の国境が頂を走る白鳥山に陣して武田軍と対峙した。両軍はそれきり動かず、にらみ合ったまま今日、八月十日を迎えている。

「しかも鳥波の者どもは、濡衣であると申しているそうではございませんか」

「ああ、甲斐とのいさかいなどこのところ起きておらぬし、むしろ国境を越えてくる者には施しを与えているそうだな」

「信虎が駿河に攻め入る口実にすぎぬのは明らかですな」

「その通りだ」

「やはり飢饉《ききん》、はやり病のせいでしょうか」

「おそらくな」

甲斐においては一昨年の夏は冷たい雨続きのため米がとれず、去年の夏は例年にない暑さによって疫病がはやり、今年は追い討ちのごとく春の大風で多くの家が倒壊した。一昨年からの餓死者、病死者はおびただしい数にのぼっているとの風聞をきく。

信虎は年貢の軽減など百姓救済の手を打っておらず、民衆は疲弊し切っている。この状態ではとてものこと出兵できる余裕などないはずだが、信虎は軍を動かしてきた。

今川が困窮につけこむのでは、との信虎の疑心が甲斐への討ち入りを許すより先んじるべきとの判断をさせたとの見方もできそうだが、甚左衛門のいうように今回の駿河侵入に関してはむしろ国内の、幽谷すら埋めかねない不平不満の土砂のはけ口を国外に求めようとの意図が、より強いように感じられる。

太守氏輝もこの図式が読めたのだろう。信虎の身勝手な思惑によって引き起こされた戦にすぎない。十数名の鳥波の百姓はただ殺されたにすぎず、氏輝自身病軀《びょうく》をおして甲駿国境まで出張る仕儀となった。だから信虎憎しの思いが募り、あやつのあわてふためく姿が見たい、との言葉につながったのだ。

だが、と半兵衛は思う。もともとここ万沢は山中に端を発した万沢川という幅一間ほどの川が富士川に流れこむすがら、いたるところに灌木《かんぼく》や草が茂る水辺をつくりあげた土地である。深く切れこむせまい谷と竹藪《たけやぶ》だらけの小さな丘が複雑に入りまじり、数千の軍勢がぶつかり合える場所ではない。

両軍が対峙したまま動かないというのも、動けないといったほうが正しいのだ。

こんな場所を選んで陣張りした武田信虎。戦の意思はないのかもしれない。だとすると、今回の出兵の意図がよけい半兵衛にはわからなくなる。

口をつぐんだ半兵衛は、しばらく斜面の上に目を向けていた。やがて松に立てかけておいた二本の刀を背中にくくりつけ、腰に提げた刀をつかんだ。

半兵衛に合わせ、家臣たちも立ちあがっている。手槍を所持しているのが甚左衛門を含め二十七名。残りの十二名は半弓だ。

半兵衛は家臣たちの顔をじっくりと見渡した。このうちの何名かは今日まちがいなく死ぬ。死神に魅入られてしまった者たちだ。

それは自分かもしれなかったが、とりついた死神が見えるのなら今日は外してやれるのに、と心から思う。だが、そんな霊力はおのれのどこを捜してもない。そして、これまでともに幾多の戦いをくぐり抜けてきた家臣たちは、あるじの無言の凝視の意味を知っていた。

よし行こう、と半兵衛は告げた。東の空が白む前にさらなる移動を終えていなければならない。

四十名は最後の斜面を登りはじめた。すぐに傾斜が消え、平地になった。丘の頂に着いたのだ。森もここで切れる。一町ほど向こうに背の低い石垣、その先に土壁が見える。土壁の内側では篝火が鈍色の光を放ち、立ち木を暗く照らしている。

立ち木越しに陣幕がうっすらと見えた。幕には紋。武田菱《たけだびし》だ。武田軍の本陣である。旗幟《きし》が、立ち木と競うように何本も立てられている。

顕本寺《けんぽんじ》という、白鳥山を正面に一望する寺を信虎は陣所にしている。白鳥山との距離はおよそ四分の一里。闇が霧のごとく沈む谷をはさみ、篝火が狐火《きつねび》のように燃える白鳥山が横たわっているのが見える。

この付近には武田勢の一隊が厳重な陣を張っている。城でいえば搦手《からめて》に当たるのだ。この敵は避け、寺には間横から近づくつもりでいる。

森の切れ目の下草には鳴子が仕掛けられている。これも物見の際に気づいていた。半兵衛は飛び越えた。家臣たちも軽々と続いた。

体勢を低くして闇を駆け続けると、幅二間ほどの空堀に突き当たった。およそ一間の深さの底には乱杭《らんぐい》が打たれ、綱が張りめぐらされている。軍勢を防ぐためのもので、半兵衛たちにはなんの効果もない。

空堀を抜けると、柵にぶつかった。捨て篝がいくつも燃えている。影が火に浮かびあがらぬように心を配り、半間に渡って竹を引き抜かせた。

次は逆茂木だった。かたい枝が槍の穂先のようにとがらせてあり、しかもとげのある木が選ばれているから厄介な代物だ。逆茂木は重要な場所に設けられるもので、この逆茂木は寺の南門に対する備えだ。あえて突破する必要はない。やや遠まわりをした。

逆茂木から右に行くと、堀切のような大きなくぼみがある。掘り下げられたものではなく自然の地形のようだ。

ここにひそみ、ときがすぎるのを待つことにした。近くにはさらに多くの篝火が焚《た》かれているが、その明るさが逆に濃い影をもたらすくぼみに光は一切届かない。

四十名の出抜は息を殺して、まだ暗い東の空をじっと見守った。

さして待たされはしなかった。あらかじめ決められていた通りの刻限に、右手から大波が盛りあがるように喊声《かんせい》があがった。

朝駈けだ。福島越前隊を中心とする今川勢五百が、横沢山《よこざわ》と呼ばれる小高い山に陣を据える武田軍の最右翼に攻撃をかけた。とかげの尾のように延びる白鳥山の南の裾と横沢山とにはさまれたそのあたりは平皿を置いたような地形で起伏があまりなく、軍勢がそれらしく動ける唯一の場所だ。

くぼみの縁ににじり寄った半兵衛は、首をのばして眼下に陣する武田勢に目を向けた。まだ目覚めていなかった武田の雑兵が、陣小屋を飛び出てくる。鳥の大群のごとく飛来した矢が、鷹が獲物を狙うように一気に落ちてくる。矢を、首や腹に突き立てた雑兵が風を受けた土人形のようにばたばたと倒れてゆく。矢を逃れた者は急いで具足をつけようとするが、あわててしまいうまくいかない。草鞋を履こうとして矢を背中に受けたり、横から走ってきた者に弾き飛ばされたりしている。もともと裸足の者も多かった。具足をつけたはいいが両刀を差す腰帯を忘れ、かまわぬとばかりに具足の上から巻く者もいた。具足は無視して槍を手にしたが自分のでないのを握り、引っぱり合っている者もいた。そこへ矢の雨が降り注ぐ。

新たな死人が多く出た。

　夜討ち、朝駈けの際によく起きる、同士討ちには至っていない。長滞陣で気がゆるんでいた割りにはいいほうだ。信虎の威令が行き届いているのだろうか。陣小屋に取り残された御陣女郎たちが亀のように顔を突きだし、うろたえ気味にあたりをうかがっている。逃げはせず、そそくさと首を引っこめてしまうのがほとんどだった。

　土煙を巻きあげ雄叫びをあげた今川勢の一隊が、戦仕度のととのわない武田陣になだれこむ。

「よし、かかれっ」

　半兵衛は刀を一振りし、走りだした。家臣たちも続いた。声をあげる間抜けはいない。夜は明けかけていたが山間ということもあり、まだ真っ暗だ。明るくなるにはしばらくかかる。もともと夜目のきく者ばかりだ。

　寺外の武田兵は持ち場を守っていたが、気持ちは戦にいっていた。忍び寄り、喉を次々掻くのに手間はかからなかった。半兵衛たちは石垣を飛び、土壁を越えた。境内に入る。

　方丈の横に出た。住持が居住しているこの建物の壁に沿って進み、表側に出た。方丈の入口近くには二つの篝火と二人の武者。

　鋭く口笛を吹いたような音が続けざまにし、武者の喉に矢が刺さった。矢を両手で握り締めて抜こうとしたがかなわず、二人の武者は倒れかけた。半兵衛の家臣がすぐさま飛びだし、鎧が音を立てぬように武者の体を支え、静かに横たえた。

方丈から出てきた武者がいた。兜を小脇にかかえている。半兵衛は即座に駆け寄り、上段から刀を浴びせた。がつという鈍い音とともに頭が割れ、武者は両目を飛びださせて地に崩れ落ちてゆく。倒れる前に半兵衛は背中を持ち、地面に寝かせた。

まだ若い侍だ。太守氏輝と同じくらいか。短刀を喉に刺し、とどめとした。

家臣たちは散っている。方丈付近の要所に配されている武者と兵を始末しているのだ。三人一組で一人を確実に殺してゆく。輪が解《ほど》けたあとには武者の死骸だけが残った。

半兵衛はさらに一人の武者を手にかけてから方丈内に入った。最初の刀がつかいものにならなくなったので、予備を手にしている。目につく武者、兵をとことん殺すのは、退く際、障りになりかねないからだ。一人でも多く殺しておけば死にゆく家臣が少しでも減るのでは、との思いもあった。

方丈は無人だった。信虎はおろか、住職もいない。住職はよそに移されているのだろう。

信虎はどこか。指揮所としている本堂にちがいない。

方丈を出ると、おおいかぶさってくるような本堂の屋根が明け頃の空に浮かびあがった。

方丈の庭園をまわりこんだ半兵衛は、本堂の裏壁に設けられた通用口を見つけた。通用口近くには二十名ほどの武者がいた。ここも篝火が焚かれている。武者の半分を矢で殺し、残りは闇に踊る物の怪と化した半兵衛たちが一気に始末した。

声は一言もあげさせなかった。

半兵衛は通用口に近寄った。なかの気配をうかがい、ためらわず戸をあけた。体をよじって入りこむ。

そこは本尊の裏側だ。半兵衛は二十名を通用口の外に残し、ここを退《の》き口として保つように命じた。

板敷の床を半兵衛は進んだ。うしろを甚左衛門がついてくる。半兵衛の斜め前には、本尊が天井を指してそそり立っている。

この本尊の向こうに信虎がいるはずだ。手のひらはじっとりと湿っている。

広間が見え、半兵衛は足をとめた。盛んに煤《すす》をあげる四つの灯心が、揺らぐような明かりを広間にもたらしている。

中央に武者がいた。

いや、武将だった。こちらに背を見せ、床几に腰かけている。壮麗な大鎧をまとい、あけ放された正面から白みつつある空を眺めている。

風に乗ってか、喊声が意外な近さできこえてくる。境内に陣幕が通路をつくり、その最も広い場所に旗本らしい武者が勢ぞろいしていた。おそらく二百名はいるだろう。さっきは遠かった旗幟がすぐそばに見えている。

武将は兜はつけていない。六名の小姓、小小姓と思える若侍がそばに控えている。あれが武田信虎なのか。背中でも人を圧《お》してくるものがある。

あの男の命が目的だ。手立ては問わない。できたらこの手でと半兵衛は思ったが、おのれの願望など考えているときではなかった。本堂の回廊にも武者が列をなしている。

とにかく殺すことだ。

半兵衛は家臣三名に手ぶりで下知し、本尊の脇から半弓で狙わせた。気息を整え弓をかまえる三人を、かたずを呑んで見守った。

矢が弦を弾く一瞬前だった。背中をどやしつけられたように信虎が立ちあがり、振り向いた。眼光鋭く半兵衛たちのいる暗がりを見据える。

感づいたのだ。ただ者ではなかった。六人の若侍も、不意に立ちあがって動かぬ主君の視線のほうへ目をやった。六人が六人とも思い当たった顔になり、信虎の前に立ちはだかるや、槍をかまえた。

やれ。半兵衛は命じた。風切り音がし、三人の小姓がいずれも胸に矢を受けて倒れた。

信虎に当たらないのは承知の上だった。半兵衛は先頭を切って突っこんだ。

「皆々さま、ご要心召されい」

生き残った小姓が声を張りあげる。

「者どもっ、出合えっ」

信虎も野太い声を発した。おう、との声とともに多くの鎧がざわめき、なにが起きたか事情を察していなかった武者たちがいっせいに立った。半兵衛の家臣たちは扇を広げたように散り、武者たちの応対に出た。

半兵衛は走りながら、拵《こしら》えの立派な太刀に右手を置いた信虎を見つめた。両目は聡明さを語るかのように澄んでおり、顔は小づくりでほっそりしていた。体も小柄だった。

噂から頭で描いていた像とはかけ離れている。むしろ高僧を思わせた。頭こそ丸めてはいないが、一瞬、鎧をまとった九英承菊の姿が脳裏に重なった。

しかし、やはりまちがいなかった。甲斐の荒大将、武田信虎だった。四十二と伝えきく歳よりわずかに若く見えた。

三

まだ二十歳《はたち》に達していない小姓が半兵衛の相手をした。選ばれて信虎に扈従《こじゅう》しているだけあって強かったが、半兵衛は容赦なく肩を打ち砕いて床に這わせた。

敷石や玉砂利を駆けてくる殺気立った足音がきこえてきた。お屋形を連呼する声も。陣幕内の旗本たちだ。

すぐに決着をつけねばならない。半兵衛が気を散らせたと見たか小姓の一人が槍を突きだしてきた。鋭かったが半兵衛はむしろ待っていた。跳躍して槍をかわし、刀を小姓の首にぶつけた。骨の断ち切れた音を残した首は床でごろりと一転がりし、切り口から血を流した。目が半兵衛をにらむ。

その首を飛び越えて半兵衛は躍りこみ、刀を振るった。

信虎はとっさに体を傾けた。鎧の大袖《おおそで》に刃は横滑りし、はね返された。半兵衛は刀を返し、信虎の頭めがけて振りおろした。信虎はおう、と獣のような気合をかけて太刀を引き抜き、打ち返してきた。これまで戦った武者より手強かった。

信虎の太刀を横へずらした半兵衛は刀を下段から振りあげた。信虎は顔をねじるようにした。切っ先が信虎の顎をかすめ、そこに赤い筋が走ったのを半兵衛は見た。

信虎はよろけた。

やれる。上段にかまえ直した必殺の一撃を半兵衛は見舞った。十分な手応えがあった。

だが床に倒れたのは小姓だった。最後の一人が身代わりに体を投げだしたのだ。胸から腹にかけて斬り裂かれ、おびただしい血が流れ出ている。体は引きつけを起こしたように痙攣していたが、すでに絶命していた。

信虎は恐怖の目で半兵衛を見つめていた。半兵衛は踏みだそうとした。

信虎の恐怖は顔一杯に広がった。頬が引きつっている。

半兵衛は肩をつかまれた。振り向くと、甚左衛門が首を振った。甚左衛門の足もとには二人の武者の死骸が転がっている。

半兵衛は唇を噛んだ。もはやときがなかった。死骸がいくつも転がっている本堂は、武田武者があふれていた。武田武者と斬り結んでいる家臣たちは、逆に三人以上に囲まれていた。せめてあと一太刀と思ったが、これ以上居続ければ全滅だった。

退くぞ。半兵衛は指笛を短く鳴らした。斬りかかってきた武者の左肩を打ち、視野から弾き飛ばした。広間の四つの灯心のうち三つを刀で払い倒し、足で蹴り倒した。皿が割れ、油が床に流れだしたものの、灯心は油のなかで湿った音をさせて消えてゆく。

斬りかかってきた一人を打ち倒して四つ目の灯心に懐紙を当てて燃え移らせ、武者の刺突を二度三度とかわし、十分な火勢にさせてから油だまりに投げた。炎は消えかけたが、やがて体を起こすように立ちあがった。

武者たちからどよめきがあがる。蛇がのたうつように床を走った炎が柱や板戸をなめあげてゆく。たちまち本堂内は赤く染まり、熱気に包みこまれはじめた。

逆巻く波のようにうねって湧きだしてくる煙が、広間を濃霧のごとくぼやかしてゆく。炎にあおられた武田武者がたまらず咳きこみ、口に手を当てる。

その隙に敵の輪から救いだした家臣たちの背を押して退き口へと行かせ、甚左衛門が相手にしている三人の武者の一人に体当たりを食らわせて壁に飛ばし、鞭のようにしなりをくれた刀を一人の顔面に叩きこんだ。残る一人を自ら始末した甚左衛門に退き口を指し示すや、半兵衛は体をひるがえした。

直後、信虎を振り返った。煙のなか、目が合った。

信虎は多くの武者に囲まれ、炎が渦巻く本堂から連れだされようとしていた。傷ついた顎に手を当てていたが、やや青ざめた表情には安堵があった。瞳には憎悪がある。聡明さはかけらも見えなくなっていた。

殺したい、と半兵衛は強烈に思ったが、もはやその機会は失せていた。

「逃すな、八つ裂きにしろっ」

顔をそむけた半兵衛に信虎の声が届いた。本性をあらわにした声だ。

甚左衛門が半兵衛のうしろにくっついている。通用口を出た半兵衛は、甚左衛門を先に行かせようとした。甚左衛門はやや足がおそい。一瞬躊躇を見せた尻を、刀の峰でひっぱたいた。驚いたが半兵衛の意を察し、甚左衛門は走りはじめた。

一人の武田武者が噴きだす煙とともに通用口から出ようとしている。半兵衛は立ちふさがった。武者は眼前の影に気づき、影が刀を振りあげているのを見て体をひっこめようとした。十分に腰を割った半兵衛は刀を振りおろした。兜を二つにされた武者は悲鳴をあげず、戸にしがみついて崩れ落ちてゆく。

退き口を確保していた家臣と一緒になって駆けはじめた。本堂を先に逃れ出た家臣は土塀を越えたところで待っていた。

何人か少ないのに半兵衛は気づいている。覚悟していたとはいえ悔しかった。何人なのか知るのが怖い。信虎に気づかれたとき退くべきだったのか。信虎を目の当たりにしてそれは無理だった。

少なくとも、と半兵衛は思った。太守の望み通り信虎をあわてふためかせることはできたのだ。だが、それはなんの慰めにもならなかった。

振り向くと、煙と炎が狂い踊っている本堂の横合いから追いかけてくる武田勢が見えた。あっという間に数はふくれ、百名以上になっている。

おとりを演じた今川勢はすでに陣へ戻ったようで、喊声はきこえない。

外は明るくなっていた。白鳥山の端に朝日がかかっている。大気もあたたまりはじめ、夏の名残のような香りを漂わせている。

往路を戻る気はなかった。そこには武田本陣の後備がいる。五百名はいるだろうから、さえぎられたら全滅だ。

足を白鳥山の方角へ転じた。武田陣を突っ切る気でいる。武田陣は顕本寺を中心に横に広がっている。さして厚みはない。

武田勢は信虎の厳命もあるのか執拗に追ってくる。半兵衛は手近の二人の家臣に命じ、半弓を放たせた。

矢を受けた二人の武田武者がもんどり打って倒れる。他の武田武者はひるみを見せない。たいしたものだ、と半兵衛は思った。この剽悍《ひょうかん》さを今川侍は怖れている。寒冷な気候とやせた土地が、駿河のようにあたたかく地味《ちみ》の肥えた国の兵とはくらべものにならない強兵を培うのだ。福島越前が望むような、武田が今川に屈するときは永久にやってこないような気がした。

肩を叩いて家臣を立ちあがらせると、半兵衛は最後尾を走った。武田陣が薄いところを選んで駆けおりる。風のように陣を抜け、谷を駆け、藪を突っ切った。

気がつけば、追いすがる武田勢は見えなくなっていた。見えるのは空を立ちのぼる太い煙だけだった。

逃げるためとはいえすまぬことをした、と半兵衛は寺に向かって心で手を合わせた。

死んだのは七名だった。

森で全員の顔を見渡したとき七人にほかの者とちがったところはなかったか、半兵衛は思いだそうとした。七人ともいつも通りの顔つきで、おかしいと思えるところはなかった。どこかおかしければ、そのとき気づいたはずなのだ。次の戦につなげられるものは今回もないというわけだ。

陣に戻ってきた家臣たちはほとんどが手負いで、無傷は一人もいない。半兵衛も例外ではなく、気づかなかったが腕と足に数ヶ所、傷を負っていた。軽傷の者だけで、命に関わる傷を負った者がいなかったのが唯一の救いだった。

それぞれの手当がすむと全員を集め、死骸はないままに七名の葬儀を陣所で内々に行った。経は、福島越前の計らいで陣僧があげてくれた。線香の煙が濃く漂うなかで、半兵衛は長いこと合掌した。

葬儀の前に詳しい報告を福島越前にした。福島越前は半兵衛の苦労をねぎらい七名の死を悼んだだけで、叱責の言葉を発することはなかった。もともと五分もない目算にすぎぬのをわきまえていたことに加え、太守の許しを得たとはいえ信虎襲撃が福島越前の私戦ともいえるのが理由のようだ。

　福島越前は大永元年（一五二一）十一月甲斐上条河原における合戦で、父左衛門尉助春《さえもんのじょうすけはる》を信虎に殺されている。父だけでなく、このときの戦いでは福島一党の戦死者は六百名を超えた。これまでの甲斐とのたび重なる戦で主力をなしたため、福島一族はおびただしい死者をだしてきている。この積み重なったうらみを、信虎を殺すことで晴らしたいと福島越前は念じているのだ。

　心うちを明かしたことは一度もないが、今川家でも五指に数えられるこの重臣が、信虎憎しの気持ちでこりかたまっていることは駿府の町人ですら知っている。

　だから半兵衛が信虎に四太刀まで浴びせたのに逃がしたのをきいたときはくっきりとした二重の目に暗い光を宿らせ、眉間に深いしわを寄せてさすがに無念の思いをあらわしてみせた。

　このご仁が陣所襲撃を思いつかなかったら七人が死ぬことはなかった、とは半兵衛は考えなかった。こんな時代だ。人の死は常に身近にある。ありふれたものにすぎない。

　死んだ七人も、とうに覚悟は決めていたはずなのだ。今日あの寺が死に場所となることは、生まれたときから定められていたのだ。

　とはいうものの、いつまでたっても家臣の死には慣れない。家を継いだこの六年ですでに二十三名も死なせ、今日の七人を加えて三十人に達したというのに。

そして、これからも死なせていかねばならないというのに。

四

万沢での両軍の対峙は続いている。

武田勢は陣におさまったまま、なんの動きも見せない。本陣襲撃に対する報復もなかった。今川本陣の兵は厚くなり、物見も頻繁にだされているが、物見に引っかかってくる武田軍の動きはない。蛇よりも執念深い、といわれる武田信虎とは思えぬ静けさだ。

八月も十八日になっている。

夕暮れが近い山間の地は急速に暗くなってゆく。見あげれば白鳥山は頂上の木々が火を浴びたような色に染まっているのに、半兵衛たちが位置する谷は常人なら人の顔も見わけがたいほどの闇におおわれつつある。風も冷えてきていた。はやめに焚かれていた篝火が次第に明るさを増してきている。

今日、朗報がもたらされた。前々日の十六日、今川家と姻戚関係にある小田原北条家が氏輝の要請に応じて甲斐に向けて兵をだした、との風聞が伝わってきたのだ。

二万四千の大軍とのことだが、北条家にそれだけの動員力がないのは今川の誰もが知っており、実際にはせいぜい一万を超えるかどうかと思われた。

それでも北条領国の底をさらったような軍勢であり、二万四千と号された人数は、戦う前から武田を圧するのはまちがいなかった。もっとも氏輝の要請がなくとも、今川が甲斐と干《かん》戈《か》をまじえる、という一事だけで北条家は軍を動かしたはずだ。

明応《めいおう》二年（一四九三）堀越公方足利茶々丸《ほりこしくぼうあしかがちゃちゃまる》を急襲し伊豆一国を手中にしたのちも、北条家の始祖伊勢宗瑞《いせそうずい》は、伊豆奪回を狙っていた茶々丸を追って明応四年、七年と甲斐に兵を入れており、二度目の侵攻の七年八月、ついに茶々丸を討ち果たしている。

茶々丸は、武田信虎の父信縄《のぶつな》にかくまわれて甲斐郡内にいたのだ。この茶々丸討滅により宗瑞の時代にはまだ伊勢家だった北条家と、面目を丸つぶれにされた武田家との対立は動かしがたいものとなった。

宗瑞は茶々丸の身柄引き渡しの要求に頑として応じなかった武田家を小面憎く思っていたし、宗瑞の跡を継いだ氏綱も父に劣らず武田を忌みきらっており、信虎をはさみ討ちにできるこの機会を逃すはずがなかった。

北条勢出陣の風聞は真実と思われ、背後をつかれることになる武田勢は急遽陣を払わざるを得ない。そこを今川軍が追撃することになるのだ。

武田軍は翌十九日朝になって動きを見せた。陣小屋がたたまれ、小荷駄隊が用材をしまいこんでいる。武者、雑兵も荷をまとめているようだ。北条勢が甲斐に攻めこんだのはもはや疑いようがなかった。

今川勢は色めき立った。追撃の備えはとうに終わっている。二十日に及んだ滞陣のけりをつけるときがようやくやってきたのだ。

武田勢は、勢いづき活気に満ちた今川軍に気をとめる様子もなく、粛々と陣を払ってゆく。次々に陣から兵が出て部隊としてまとまり、それがさらに大きな部隊となって、塩の道を急ぐでもなく北に向けて歩きはじめている。こちらに悠々と背を向けていた。

半兵衛はその光景を馬上から眺めていた。背後に甚左衛門が控えている。同じように馬に乗っている。

三百ほどの武田勢が居残り、盾を並べ連ねている。百ばかりの弓隊と二百名近い槍隊から成る部隊だ。騎馬も四十騎あまり散見できる。

殿軍《でんぐん》である。本隊が退却するあいだ、敵の追い討ちを防ぐという重い役目を背負わされた部隊だ。最も戦上手の侍大将が選ばれる場合が多い。追撃の要所となる場所を、縦に抑えこむように油断なくかためていた。

この追撃は楽ではない、と半兵衛は思った。

万沢の地形が関係している。今川勢の追撃路となる塩の道はのぼりとなっており、しかも万沢川が富士川に注ぎこむほとりだった。北側は富士川に落ちこむ切り立った崖で、南は谷や沢、竹藪の連なりとなっている。細い道を軍勢はせいぜい二列になって進むしかないのだ。

待つことなく今川陣から法螺《ほら》が鳴った。

法螺に応じて今川勢の先鋒岡部《おかべ》左京進《さきょうのしん》の部隊五百が槍隊を先頭に進みはじめた。岡部勢は強兵をもって鳴る。今川氏親の時代、遠江三河に侵攻する戦いでは常に武功をあげ続けた家である。早足となり、腹の底からおめきながら隘路《あいろ》を縦長になって突き進んでゆく。

矢頃まで待って武田軍から矢が放たれた。

岡部の武者は兜を傾けいっせいに顔を伏せたが、足軽、雑兵は折烏帽子《おりえぼし》をかぶっているにすぎず、矢を首や顔に受けてばたばたと倒れた。薄い具足をまるで紙のように貫かれた者も多数にのぼった。

矢は逃れたものの矢の刺さった馬が倒れてその下敷きになった武者、狂奔した馬に振り落とされて気だけでなく命を失った武者も出た。富士川へ落ち流れに呑みこまれた者、谷に転げ落ちていった者もまた多かった。岡部勢も負けじと弓隊が進み出て、矢の雨を盾の向こうに送りこむ。

万沢に陣する今川軍で、最大の七百名を誇る福島勢はまだ動かない。福島越前は白鳥山の本陣におり、福島隊の指揮は弟の助七郎《すけしちろう》がとっている。

半兵衛は前方で繰り広げられる戦いをただ見つめている。

武田勢に引く様子はない。さすがにしんがりをつとめるだけのことはあった。盾を寄せかため、子を背にした母猫のように守りをもっぱらにしている。突進を繰り返す兵に矢を射かけ、盾から槍を繰りだすだけだ。できるだけ持ちこたえることで、本隊が引くときを稼いでいた。

岡部勢も多少の死傷者にはひるみを見せない。数ではなく勇猛さにものをいわせ、しゃにむに突っこもうとする。盾を蹴散らし槍衾を突き破ろうと全身をつかってもがき、あがきつつ進んでゆく。

不意に武田勢の一角が崩れ立った。支え切れなくなったようには見えず、命を惜しんだ雑兵たちが我がちに逃げだしたように半兵衛の目には映った。

岡部勢は見逃さず、そこに兵を集中した。押し並べられていた盾が馬蹄《ばてい》に踏みにじられ、散乱してゆく。他の武田勢も一目散に塩の道を走りだす。岡部勢が追う。

先鋒の戦いぶりを見守っていた後方の今川勢からどよめきがあがり、すかさず全軍に追い討ちの下知がくだった。

今川勢は動きだした。武田信虎を討ち取れる大きな機会がやってきたことに、すべての武者、兵が奮い起った。これ以上の功名はない。

　白鳥山の氏輝本隊も陣を払い、麓に姿を見せた。それを見て今川勢はさらに勇み立ち、全軍が武田勢に打ち寄せる大波と化した。

　半兵衛は馬に鞭を入れた。うしろを甚左衛門が続く。

　福島勢も駆け足になっていた。三千近い軍勢を引き受けた道は押し合いへし合いし、駿府浅間神社の門前をしのぐ混雑ぶりを見せることになった。ののしり合いやいい争い、怒声、叫声、馬のいなないきがあちこちから響いてくる。伏勢に心せよ、と注意をうながす声も飛んでいる。

　蟻が大きな獲物を巣穴に持ちこもうと難儀するのに似て、万沢川が富士川に合する難所を今川勢は抜けられず、だいぶときをかけて三分の二ほどが通った。福島勢はようやく半分が通過した。

　半兵衛は難所にまだ達していない。背後の富士川の河原には、氏輝本軍六百と後備の三百が出てきている。

　ふと、悲鳴をきいた気がした。おや、と半兵衛は思った。気のせいだろうか。これだけの喧騒のなかで常人よりはるかに耳ざといとはいえ、それが悲鳴であるとききわけられるはずがないと思ったのだ。

またきこえた。遠かったがまちがいない。耳ははっきりととらえている。肝をつぶしたような叫び声だ。どこからきこえてくるのか。

うしろだ。背後にいる甚左衛門も耳にした表情をしている。

「きこえたか」

甚左衛門ははい、と答えた。

半兵衛は後方を見つめた。後備が横から敵に攻められているのが眺められた。信じがたい光景だ。

不意をつかれた後備の兵は、波頭が破け散るように先を争って潰走《かいそう》をはじめている。鎧を脱ぎ捨てて富士川に身を投じる者が続出していた。敵のいないのは富士川だけなのだ。今は、氏輝本軍がじかに敵の攻撃にさらされようとしていた。

五百、と敵の数を半兵衛は見た。内心、信虎の戦のうまさに感嘆していた。これだからたび重なる国人の離反、一族の裏切りを乗り越えて甲斐一国の統一を果たせたのだろう。

剛勇だけでなせる業ではない。あの聡明そうな瞳が思い起こされた。信虎は退却に先立って昨夜のうちに、軍勢を白鳥山の裏に送りこんでいたのだ。陣から抜いたのではなく甲斐からの後詰のようだ。二千の軍から五百を抜いたらさとられずにはすまないからだ。

この狙いがあったから、陣所襲撃の報復をこれまでせずにいたのだ。信虎は今川勢と対峙したときから、いつかせねばならない退却のときを考えていたのだろう。北条が背後をついてくるだろうことは、今川と北条の仲を知っていれば考えるまでもないことだ。殿軍は引きあげ時の定石だが、今回は今川勢を引きつけるおとりの意味もあったのだ。

崩れ立ったのもわざとだろう。難所を抜けた今川勢が太守の危機を知って軍を返そうとしても、再び袋の口のような場所を通らなければならない。そのあいだに、白鳥山からのこのことおりてきた今川屋形を殺してしまおうというのだ。

しかも一度は背を見せた敵が取って返し、このときとばかりに襲いかかってきたとしたら、今川軍は大混乱を起こしかねない。

半兵衛は家臣の一人に本陣の危機を隊の指揮をとっている福島助七郎に注進するように命じ、自らは氏輝の本軍に向かって馬を走らせた。

五

ついてきているのは騎馬の甚左衛門だけだった。俊足ぞろいとはいえ徒《かち》だけに、家臣たちがうしろに置かれるのは仕方なかった。

富士川の河原で氏輝の本隊は押しまくられていた。そこかしこに今川武者の死骸が横たわっている。打ち捨てにされており、首は残っている。勢いに乗った武田勢は強さを増していた。選び抜かれた馬廻でなかったら、後備の者のようにとうに逃げ散っていたろう。

武田軍のなかに特に強い一隊がいた。具足に身をかためているが、武者とは異なる身の軽さを半兵衛は感じた。

同じだ、と直感した。武田の出抜だ。人数は百近い。騎馬は十騎ほど、あとは徒だ。立ちふさがる今川武者の攻撃をかわし、命を確実に奪ってゆく。大金槌に連打されている鑿《のみ》のように今川勢の壁を突き崩し、ひたすら突き進んでゆく。なすすべもなく武者たちは討たれてゆく。

狙いは太守の命だろう。この者たちが報復の任を負って、甲斐から信虎に呼ばれた一党であるのは明らかだ。

動きがしなやかで俊敏な刀づかいをする小男と、見るからに剛力で豪快な槍さばきの大男。半兵衛と甚左衛門主従のように常に離れることのないこの二人の騎馬が、抜きん出て強かった。

半兵衛は甚左衛門をうながし、武田の出抜をうしろから襲った。二人を二振りで打ち殺し、甚左衛門も二人を槍の穂先にかけたのを見て、さらに馬を進めた。

甚左衛門と二人で八名を殺したところで、例の小男が半兵衛たちに顔を向けた。怪訝そうだったのもつかの間、一目散に馬を寄せてくる。大男もついてきた。

大男が小男を追い越し、半兵衛に突っかかってきた。槍を突きだす。早業だった。その動きを目で追えたのは、甚左衛門という槍の名手がいたからだ。甚左衛門との日頃の鍛錬が役に立ったのだ。甚左衛門がいなかったら、ここで半兵衛の一生は終わりを告げていたろう。それほどの鋭さだった。ぎりぎりのところで穂先をはねあげている。

大男ははじめて打ち返された、とでもいいたげな顔をした。本当にそうだったのかもしれない。

半兵衛は間を置かず刀を打ちおろした。大男はお返しとばかりに柄で払いあげてきた。

半兵衛は腕をひねり、刀で槍を巻きあげようとした。うまくいかなかったが、引っぱられて大男は体勢をやや崩した。

半兵衛は再び刀を打ちこんだ。大男は体をひねった。信虎のときと同じく鎧の袖に刀は当たった。

機敏に動けるよう軽くできている男の鎧は信虎の大袖ほどに衝撃を吸ってくれず、大男は馬から落ちそうになった。手綱でこらえたが、そこを半兵衛の刀が襲った。

大男はかろうじて槍で受けてみせた。弾かれた半兵衛の刀が、大男の握る手綱を断ち切った。馬上で大男は支えを失った。

半兵衛は見逃さなかった。横殴りに刀を振った。

大男の首が飛んだ、兜ごと。手応えはあまりなかった。首は熟していない柿の実のように地を転がり、今川武者の死骸に当たってとまった。

甚左衛門を押しまくっていた小男がつと顔をまわした。戦場には似つかわしくないような端正な顔をしている。その顔が醜くゆがみ、信じられぬといった表情に変わった。馬を返し、甚左衛門など忘れたように半兵衛に向かってきた。

ほっとしたように息をついた甚左衛門が、小男の目当てがあるじであるのを知ってあわてて馬腹を蹴ったのを冷静な目で半兵衛は見ていた。甚左衛門ですら、辟易させられる腕を持つ男なのだ。

小男は有無をいわせぬ迫力で刀を打ちおろしてきた。半兵衛も負けず、三合まで激しく刀を戦わせた。三合とも、刀が折れてどこかへ飛んでいってしまうのではないかと危惧するほどの強さだった。

敵もそう感じているようなのは、歯をかたく食いしばった顔つきからわかった。半兵衛も知らず、歯をきつく嚙み締めていた。こんなに強い男に会ったのははじめてだ。

四合目はなかった。武田出抜の一人が小男の手綱を横から取り、まわりを見るように強い口調でいったからだ。小男は首を左右に振ってあたりを見渡し、悔しそうに目を光らせた。

別の男が半兵衛の殺した大男の首を拾いあげた。

　半兵衛もあたりを見まわした。今川勢が満ちていた。家臣たちも追いついてきて、敵とやり合っている。福島勢を中心に、難所を抜けて駆けつけた部隊も少なくない。

　逃げる武田信虎は軍を返さなかったらしい。この五百名の奮戦を尻目に甲府を目指しているのだ。逃げ散っていた今川勢の後備の者も集まってきて態勢を立て直していた。

　今は武田勢が押されていた。囲まれたら全滅であることを武田勢は知り、じりじりと白鳥山のほうに後退を続けている。

　武田出抜は一つの群れとしてまとまるや走りだし、躊躇することなく富士川に駆けこんでいった。人も馬も見事に流れを渡ってゆく。あの小男だけは馬上から、向こう岸に着くまで首をねじって半兵衛をにらみつけていた。信虎以上に冷酷さを感じさせる瞳だ。福島隊の放った矢が出抜たちを追いかけたが、一本として当たらなかった。

　後退を続ける武田勢の背後にまわりこもうとする動きを、右手からあらわれた新手の今川勢が見せた。途端に武田勢は崩れ立ち、潰走をはじめた。今川勢は喊声をあげて追った。武田勢は白鳥山を目指している。

　武田勢が残らず山中に逃げこんだのを確かめた今川勢は氏輝の下知によって、深追いすることなく兵をとどめた。これ以上、犠牲をだす必要はなく、勝利に終わったのだから十分、との判断のようだ。信虎を追って、甲府に向けて進む必要はない。

今川勢はこれまで甲斐に兵を進めて勝ったことがない。氏親時代、甲斐国内で何度か大きな戦も行ったが、そのいずれも利を得ていない。はっきりいえば負け戦だった。その繰り返しとなるのを太守氏輝は怖れているはずだ。九英承菊にはかって結論をだすことになろうが、おそらく引きあげることになろう、と半兵衛は考えた。

敵地における利、不利ということではない。太守の体の弱さだった。これ以上の戦にはとても耐えられまい。

半兵衛の思ったようにはならなかった。今川勢は白鳥山に再び陣を張り、様子見に入ったのだ。

北条と武田をはさみ討ちにする絶好の機会を見送ったのは、太守の体調を勘案してのことだろう。かといって兵を引かなかったのは要請に応じて甲斐に攻めこんでくれた北条への遠慮からだろう。

その後八月二十二日、甲斐郡内において北条勢は、郡内一円を領する国人で信虎の義理の弟でもある小山田信有《おやまだのぶあり》勢と合戦に及び、半兵衛たちに伝わってきた限りでは小山田勢七、八百を討ち取ったとのことだ。北条勢の討ち死はわずかに二人、手負いは二、三百にすぎないとのこと。誇張があるにしても、すさまじい大勝だ。

北条勢は余勢を駆って武田家の居館甲府躑躅《つつじ》ヶ崎館にまで攻めこむ構えを見せたが、関東管領扇谷《かんれいおうぎがやつ》上杉氏の武将上杉朝興が留守にした相模に攻め入り各所を焼き討ちにしたため、二十四日急ぎ軍を返している。上杉朝興は、武蔵制圧を目指す北条家の途上に立ちはだかる勇猛な武将で、同一の敵を持つとの理由から武田信虎と盟約を結んでおり、この出兵もその盟約に応じたものであるのは明白だった。

この知らせをきいたあとも、今川勢は陣を払わずしばらく白鳥山にとどまっていた。甲府に戻った信虎は人馬を休め、軍を動かそうとする気配は見せなかった。九月五日、今川軍はようやく陣払いをした。

一月以上に及んだ滞陣が終わりを告げた瞬間だった。

六

山々が色づくにはまだはやいが、里はすっかり秋景色だ。

目につく柿の木はどれもおびただしい実をつけている。谷に向かってくだる斜面に広がる段状の田にも、猫の額ほどの平田にも、稲穂が重く実っている。

甲斐ほどではないにしても、駿河も今年は夏の長雨などで天候が不順で、半兵衛は実りを心配していたが、どうやら取り越し苦労だったようだ。里は黄金色に染まっていた。吹き渡ってくる風には、収穫間近のうれた稲の香りがしている。

先触れをだしておいたために、里の最も奥に位置する屋敷の門前には、里の全員が老若男女を問わず集まっていた。知らぬ顔は一つもない。一人一人に声をかけるようにして、一重の土塁が囲う屋敷の門を半兵衛はくぐった。

久しぶりの男どもの帰郷で浮き立つ雰囲気の里人のなかで、耐えてはいるが悲しみを隠せずにいる者が三十名近くいるのに半兵衛は気づいていた。今度の戦いで死んだ七名の家族である。先触れをつとめた甚左衛門によって夫や父、子の死をきかされたばかりだ。悲しむな、というほうが無理だった。

家臣を屋敷の庭に集め、そこで半兵衛は今度の戦に対するねぎらいの言葉を口にした。蔵からありったけの酒をだし、わけ与えた。

今日はこれで終わりだった。

家臣たちは家族と水入らずのときをすごすのだ。ただし、死んだ者の家族は、それぞれ親しい者の家に呼ばれて長い夜を越すことになる。これまで四百年にわたり、里人は死者が出るたびそうしてきた。親しい者に死者が出たら招き、自分の家族に死者が出たら招かれるのだ。そうして慰め、慰められてこの里のときは流れてきたのだった。

屋敷に入った半兵衛を、妻の奈津江《なつえ》が一人子の太郎の手を引いて迎えてくれた。

「よくぞご無事で」

ただいま戻った、と半兵衛はいった。奈津江の隣で同じように手をついた太郎が、母と同じ文句をたどたどしく口にした。

「まだ三つにしては――」

刀を奈津江に渡して太郎を抱きあげる。

「なかなかに口が達者なことよな」


里は駿府から安倍川《あべかわ》を渡り、西北へ半日の距離に位置する山峡の地だ。

山に囲まれた景色は万沢とたいしたちがいはない。戸数は四十八。家は、里の中央を流れる小川沿いと南側がひらけたいくつかの山懐にかたまっている。

里の名は深見。もとからあった名ではなく、この地に住みついた先祖が故郷にちなんでつけたものだ。

駿府の住人で、この里を知っている者はまずいない。訪れるのは山窩《さんか》ぐらいだ。山を五つはさんだ三里南には東海道の難所宇津谷峠があり、四百年前播磨を追われて山間の割りに気候が穏やかなこの地に土着した先祖は、昼なお暗いといわれる宇津谷峠を主な舞台に山賊稼ぎ、夜盗働きを行ってきた。

播磨を追われて、というのは深見家の伝承によれば、ときの支配者の苛政《かせい》に武力であらがったもののついに敗れ国をあとにしたとのことだが、悪党としてかの地で派手な働きを繰り返した挙句、官兵に追い払われこの地に流れ着いたのが本当の事情ではないか、と半兵衛は思っている。

今度は官の怒りを買わぬようにと播磨を離れざるを得なかったそのときを教えに、宇津谷峠での働きはより慎重にかつ巧妙になり、いつの頃からか出抜働きを得意とする者がこの世に生まれ出たのではないか。その血を半兵衛たちは受け継いでいるのだ。

南北朝の当時、深見家は、楠木正成《くすのきまさしげ》とも親しく無二の宮方と呼ばれた駿河の国人領主狩野《かの》貞長《さだなが》に属し、貞長の居城安倍城に籠城するなどして駿河守護職今川範国《のりくに》、範氏《のりうじ》父子に抗したが、駿河において南朝方の抵抗が終熄を見た文和《ぶんな》二年（一三五三）頃、およそ十五年の血と戦塵にまみれた鎧を脱いで今川家によしみを通じ、今川家の被官となっている。

その仲立ちをしてくれたのが、今川家の駿河入府にいちはやく応じ、今川家に従属していた国人福島一族だった。

深見勢の強さを各地で見せつけられて感じ入った当時の福島家の当主助親《すけちか》が、自ら仲介を買って出てくれたのだ。それを縁に深見家は福島一党の麾下《きか》となり、今は寄親《よりおや》寄子の関係を結んで、戦のたびに与力としてその指揮下に入ることになっている。

久しぶりに奈津江と情をかわしたあと、半兵衛は寝所の暗い天井を凝視していた。静かだった。なんの物音もしない。広くもない屋敷に住まう八名の郎党と二人の端女《はしため》は、とうに眠りの波に身をまかせている。愛馬も明日大好きな野駆けに出ることを夢見ているらしく、厩からは鼻息一つ洩れてこない。納屋の鶏たちも、屋敷の住人で一番の早起きであり続けるために熟睡しているようだ。

「眠れませんか」

うん、と奈津江を見た。奈津江は、あどけない寝息を立てて気持ちよさそうに眠る太郎をはさんだ自分の寝床に戻り、片肘をついて上体を起こしていた。きらきら光る目で半兵衛を見ている。

いつまでたってもきれいなおなごだ、と半兵衛は思った。

「うむ、眠れぬ」

この六つ年下の妻に心情を隠す気はない。

「そちらへ行ってもよろしゅうございますか」

うなずくと、太郎がぐっすり寝入っているのを確かめてから奈津江は再び半兵衛の隣にやってきた。半兵衛がうながすのに応え、半兵衛の胸にそっと頭を置いた。

「またしばらく眠れぬ日が続きますね」

半兵衛は奈津江の髪をゆっくりと撫でた。

「ああ、もう慣れっこだな」

奈津江が顔を動かし、半兵衛を見た。

「慣れてなんか、いらっしゃらないのに」

強がりにすぎないのを見抜かれている。

「一生慣れることはなかろう」

「七人ですね、このたびは……」

奈津江の語尾がかすかに震えた。同時に頭も小刻みに震えはじめている。

「うむ、死なせるには惜しい者たちだった」

半兵衛はそれぞれの面影を心に浮かべつつ、七人の名をあげた。七人が七人とも、奈津江にとっても馴染みの名だ。

奈津江の頭の震えが大きくなり、半兵衛の胸があたたかいもので濡れた。里の者が戦で死ぬたび、眠れなくなるのはむしろ奈津江のほうだ。

父の卒中による急死から一年たった五年前、話を持ってきてくれた人があり、それが奈津江をめとるきっかけとなった。話を持ってきた人というのは奈津江の父脇田《わきた》伝右衛門《でんえもん》本人だった。

伝右衛門は東へ三つ山を越えた、ここほどには山深くない里の地侍で、万沢の戦いで先鋒をつとめた岡部左京進を寄親としている。脇田勢も万沢の戦いには出ていた。

伝右衛門は半兵衛の父と懇意にしており、自分たちのせがれと娘を夫婦にすることを若い時分から約していたことを半兵衛に語った。その話は父からそれとなく半兵衛はきかされており、また伝右衛門の人柄はよく知っていて、このお人の娘御ならまちがいあるまい、と思い、ありがたく受けたのだ。

寄親の福島越前に話を通して許しをもらい、実際めとってみると心根のやさしい娘だった。美しさは余得にすぎない。そのやさしさはすぐに里人の知るところとなり、奈津江は里に受け入れられた。

「泣くな、奈津江」

赤子をあやすように背中をさすった。

奈津江は濡れた顔をあげた。

「ではまた家をまわられるのですね」

「ああ、いつものごとくな」

死んだ七人の家族に半兵衛は、死んだときのありさま、どうして死んだのかを率直に語るつもりでいる。おのれの力が及ばなかったことも飾らず告げなくてはならない。

また、なんの慰めにもならないが金子《きんす》も与える気だった。夜盗、山賊をしていた頃の深見家の貯えだ。

それから伝右衛門の里から僧を呼び、あらためて里全体で葬儀を行う。この里に寺はない。亡骸はないままに死者は里の墓に葬られることになる。墓は深見屋敷の裏山の、日あたりのいい南斜面に設けられている。

奈津江が半兵衛の胸に頬を当てた。

「里の人たちが戦で死なずにすむ世はやってこないのでしょうか」

半兵衛の肩先に手をまわしてくる。

「私が嫁いできてからも、もう十八人が亡くなっています。里人の涙に暮れる顔は、これ以上見たくございません」

半兵衛は奈津江の手をそっと握った。

「いつかは戦乱の治まる日がやってこよう。この里だけでなく駿河や遠江、いや日本中から戦で死ぬ者はなくなろう。だが……」

「だが、なんでございます」

「俺たちが生きているあいだは無理だろうな」

「そんな……」

半兵衛は奈津江の目尻のしずくを指先でぬぐった。

「応仁の大乱ののち、幕府の手綱が利かなくなって勝手気ままに駆けはじめた大名という荒馬どもを、また囲いにおさめられるご仁があらわれるのを待たねばならぬが――」

半兵衛は吐息をつくように続けた。

「いったいいつになることやら」

奈津江は顎を傾け、半兵衛を見つめた。

「その役、お家はいかがでございます」

「お家か……」

半兵衛は太守氏輝を思い浮かべた。

あの蒲柳の質ではむずかしかろう、と思った。だが、もし太守があの僧に采配を預けたらどうだろうか。天下は今川のものになるだろうか。

足利一族である今川家には室町将軍になれるだけの地位、身分は備わっている。万沢の戦いは九英承菊の実力を計る格好の舞台だったが、実際に采配をふるったのは福島越前だったたとのことだ。

四十歳の九英承菊。余命は十余年、といったところか。そのあいだに天下統一をやれるだろうか。

若いうちから傑物をいわれている男だ、やれるかもしれないが甲斐との仲が落ち着けば、梅岳承芳を連れてまた京に戻ることになる。あの僧に出番はない。

「でももしお家に――」

奈津江がいった。

「天下さまになるだけのお力があるとしたら」

奈津江のいいたいことはすぐにわかった。

「それはそれで戦続きになるな」

日本中に今川の旗を押し立ててゆくとしたら、どれだけの戦を重ねていかなければならないだろうか。思うだけで気が遠くなる。

「そういたしますと……」

「ああ、また死人が出るな」

しかもこれまでとはくらべものにならないほど、おびただしい数だろう。

今川家に天下を統一するだけの力があってもなくても戦続きであることに、また、里の者が死にゆくことに変わりはない。

そして、と半兵衛は思った。里の者を生かすため、これからも自分は殺生を続けていかねばならない。むろん殺生される側にいつまわってもおかしくはない。

奈津江がつぶやくようにぽつりと口にした。

「悲しい世の中にござりますな」

七

暦も十一月に入り、冬が訪れた。

あたたかな駿河とはいってもこの時季になれば晴れた朝は霜がおり、水たまりには氷が張り、大気には張りつめた厳しさがあって、半兵衛ですら寒いと感じることが多い。

父になんと弱いやつだ、とののしられるかもしれないが、寒いものは寒かった。昼間は音を鳴らして強い北風が吹き、身を縮めたくなる冷たさを押しつけてくる。夜はしんしんとした静けさが里をつつみ、ただひたすら冷えてゆく。

ここ二月、駿河は平穏な日々が続いていた。半兵衛たちは技の鍛錬に励み、新年を迎える備えをし、あるいは農具の手入れなどをして来年の耕作の用意もおこたりなくはじめている。

甲斐も同様なのか武田信虎は駿河の出方をうかがうようにしばしば兵を動かしているが、それは動かしてみせるだけで、まずまずおとなしくしていた。国境近くの国人たちはその動きに惑わされることなく動静を見張っているが、今のところ刀槍に研ぎをかける毎日だった。

この間、半兵衛は福島越前から感状一枚と黄金二枚をもらっている。感状は福島越前自身の発給で、信虎の陣所襲撃を賞したものだ。黄金は駿府で鳥目《ちょうもく》に替え、家臣たちに配っている。半兵衛の手もとには残っていない。

気がかりな噂も耳にしていた。これは、孫と娘の顔を見に来た脇田伝右衛門からきかされたものだ。

伝右衛門は足まめで、三里の山道を供を一人連れた身軽ないでたちでやってきては、駿府でのさまざまな噂を半兵衛にきかせてくれる。

夜盗稼ぎをしていた頃の深見家は、官の動きを知るため駿府にも草を配しておいたが、今川家に仕えて二百年近くたった今はその必要もなくなって、噂は風の便りがほとんどになっていた。その穴を埋めてくれるのが伝右衛門だった。

伝右衛門によると、ここ半月ほど太守氏輝が寝こんでいるとのことだ。万沢から駿府今川館に帰ったとき数日臥せたもののすぐまた政務に復帰し、決して無理をすることなくつとめをこなしてきたが、急に寒さが厳しくなってきたことで初陣の疲れが今になって出たようだ。

駿府や駿府周辺の寺では快癒の祈禱が行われているが、今度はもたないのでは、との風聞が駿府の口さがない町者のあいだで広まっているという。不届きなことに今年一杯もつかもたぬかで、ひそかに賭けまで行われているらしい。信じられないことだが、寺のなかには賭けのもつほうに乗り、祈禱により力が入っているところもあるそうだ。

もし仮に氏輝に万が一があったとしても、今川家の恒例となっている家督争いが起きるとは考えられない。氏輝の下には、同じ母を持つ弟彦五郎《ひこごろう》がいるからだ。

歳は二十一。六人の男子をこの世に残した前太守氏親。三男、四男、五男はいずれも慣例通り寺に預けられ、六男は幼くして那古野《なごや》に居城を持つ尾張今川家に養子にだされているが、次男の彦五郎は外に出ることなく今川館を居としている。

生まれたときから体が弱かった嫡子を、長くはない、とみた氏親の扱いといわれている。元服までとてももつまい、と氏親がみていたとの話もある。

彦五郎は兄とはちがい、体は丈夫とのことだ。めったに風邪も引かず、武芸にも熱心で、槍は一人の武者として戦場に出ても恥ずかしくない働きができるといわれている。また馬も好きで、五、六日に一度は気に入りの駿馬と野駆けを楽しんでいる。

ただしほめられるのはそれくらいで、ほかにいい話はきかない弟ではあった。

十二月も半ばをすぎた頃、西の隣国三河から驚くべき報がもたらされた。これも伝右衛門が持ってきてくれた話だった。

今月五日、三河一国の統一を成し遂げる寸前だった国人松平清康《まつだいらきよやす》が急死したというのだ。しかも家臣の勘ちがいによる斬殺《ざんさつ》という。

勘ちがいというのは、謀反の疑いをかけられて父親が清康に誅されたと思いこんだというもので、尾張守山城に在陣し織田信秀《おだのぶひで》と対していた清康を、家臣が父の仇として殺害したのである。なぜ家臣がそんな疑いをいだくに至ったかつまびらかではないが、大永三年（一五二三）十三歳で家督を相続して十二年、三河を席巻した若大将はあっけない死を迎えたのだ。

この報に元気づけられたわけでもあるまいが氏輝は一気の回復を見せ、清康一人のせいでとどこおっていた三河攻めを父氏親の遺志を継ぐ形であらためてはじめている。

まだ床を離れたわけではなく顔色がようやく戻りつつあるぐらいのことらしいのだが、朝比奈筑前守、朝比奈摂津守、伊東左近将監《さこんしょうげん》、岡部出雲守、長谷川石見守《いわみのかみ》など名だたる重臣を、三河吉田城攻めに差し向けたのだ。

主君を失ったばかりの三河武者たちは今川勢に囲まれるや、抵抗することなく城を捨てている。今川軍は城を拾うように、あっさりと手に入れた。三河攻略の足場がこれでできたのだ。その知らせをきいてさらに気力が充実したのか、氏輝は年内にも床払いができそうとのことだ。

この三河攻めは氏輝の下知という形をとっているが、実際には九英承菊が采配をふるったようだ。九英承菊は甲駿国境の雲行きとの兼ね合いもあり、梅岳承芳と京へ戻る日を来夏まで延ばしたときいている。

また、彦五郎の噂も半兵衛は伝右衛門を通じて耳にしていた。彦五郎は、この六月に館に入れた小小姓を寵愛しているとのことだ。衆道が悪いとは半兵衛もいわないが、彦五郎の評判のよくないのは、女には見向きもせず衆道一筋であるところだ。

兄氏輝は体の弱さのため妻帯できずにいるが、この二十一の弟が独り身でいるのは女に興味がないゆえだった。彦五郎の寵を独り占めにしている小小姓は女に見まごうばかりの美童とのことで、その小小姓に夢中になってほかが見えなくなっている彦五郎を、まわりの誰もが危ぶんでいるという。

というのも何年か前、彦五郎は小小姓を一人殺しているのだ。表向きは無礼な振る舞いをしたゆえ手討ちにしたことになっているが、本当は彦五郎から心が離れていった小小姓を斬り殺したらしいのだ。

今度もまた同じ結果を呼びはしないかと、皆怖れているのだった。

年はあらたまり、天文《てんぶん》五年（一五三六）となった。半兵衛の里でも梅がちらほら花をつけている。うぐいすもときおり姿を見せ、風もなく穏やかな正月だった。

ここ三年ほど年末から年明けにかけて雪こそ降らなかったものの厳しい寒さ続きだったが、この正月はむしろあたたかささえ覚えた。十一月から十二月のほうがよほど寒かった。

甲斐でもこうした正月を迎えているだろうか、と半兵衛は思った。穏やかであるなら、甲斐の虎も大軍を催し、国境を越えて出てくることはなさそうだ。

それにこれだけあたたかであれば、床を離れたばかりの太守の本復も遠くなさそうに思えた。太守が冬を越えられるか心配したが、どうやらはずれのようだ。うれしい見こみちがいといえた。

もう一つうれしいことがあった。奈津江の懐妊である。生まれるまでまだ七ヶ月は待たなければならないが、年明け早々これ以上めでたいことはござらぬ、と屋敷を訪れた甚左衛門もいってくれた。

また、いくら耳のはやい伝右衛門でもさすがにこのことは知らないはずで、さっそく使いをやっている。続々と屋敷にやってくる家臣たち、里人たちも喜びをあらわに飛びあがらんばかりで、その顔は笑いに輝いていた。

祝福を受ける奈津江も、照れくさそうながらも喜色を隠せずにいる。

八

春も終わり、初夏を迎えようとしている。

桜はとうに葉だけになっていた。一時は、これほどあったのか、とあらためて感じられるほど屋敷は桜の花に囲まれていた。

今は盛夏を思わせるみずみずしい日の光がまぶしく山々を照らしている。鳥たちの鳴き声が高くきこえる。厩からは野駆けを催促する愛馬のいななき。板戸をあけ放した客間には、日の香りをたっぷりと乗せた風が吹きこんでくる。

風だけでなく、信じられない知らせが飛びこんできていた。これも、目の前であぐらをかく伝右衛門が持ちこんできたものだ。腹が目立つようになってきた娘の体を案じての来訪かと思ったが、それだけではなかった。

「まちがいないのでしょうか」

半兵衛は立ちあがり、板戸をすべて閉めた。

伝右衛門の正面に腰をおろす。

「本気にできぬのも無理はない。わしだっていまだ信じられぬのじゃからな」

伝右衛門が腕をかたく組んだ。

「お屋形が亡くなられ、しかも弟御の彦五郎さままで同じ日に逝かれるとは」

「おとといのことですが……」

「うむ、三月十七日のことじゃ。駿府は大騒ぎになっているらしい」

「そうでしょうね」

太守兄弟の同日の死。騒ぎにならないはずがない。駿府の混乱ぶり、あわてぶりが目を閉じずともまぶたの裏に浮かぶ気がした。

「この十日からお屋形が臥せられているとはきいていたが、まさか本当に逝ってしまわれるとは。今度も持ち直されるものと、信じて疑わなかったのだが」

「十日から臥せられていたのですか」

知らなかった。家督を継ぐ前も継いでからも、長いこと起きたり臥せたりを繰り返していた太守氏輝。ぼろぼろになって最後の一筋でつながっていた命の綱はとうとう耐え切れず、ついに切れてしまったというわけだ。それにしても三河の太守の死に驚かされたばかりなのに、三ヶ月後、今度は自分たちの太守が死んでしまうとは。

「小田原訪問のご無理がたたったのじゃろ」

伝右衛門は無念の表情を見せた。四十八という歳に相応といっていいのか、眉間に深い縦じわができた。

「お礼などせずともよかったものを」

先月五日から末にかけて氏輝は、京の公家である冷泉為和を連れて小田原に北条氏綱《うじつな》、氏康《うじやす》父子を訪ねている。万沢での武田信虎との対陣の際、背後をついてくれたことへ謝意をあらわすための旅だ。

また、甲斐に出兵したせいで北条家は上杉朝興の相模侵入を許し、各所を焼き払われて、民が立ちあがる気力をなくすほどの甚大な被害を受けている。その見舞いの意味もあった。

氏輝は、小田原城や重臣屋敷での歌会に何度も招かれたそうだ。

「お屋形が一番の楽しみにされていたのは、妹君とのご対面だったらしいが」

一年前、氏輝と仲のよかった妹が氏康に嫁いでおり、この妹と一年ぶりに会うことにずいぶん心弾ませていたとの話はきいている。

もしや、と半兵衛は思い当たった。太守は自分の命がもはやむなしいことを知り、今生の別れに最も親密だった妹に会っておきたいと考えたのではないだろうか。

「小田原からの帰り、熱海の湯につかられたともうかがっていますが」

「当月頭のことじゃな。北条屋形やまわりの者から、ぜひにと勧められたときいておる。その頃からまた、お体の具合がお悪くなっていたのではないかな」

　太守自ら進んでというわけではなかったのだ。あるいは、一縷の望みをかけて、という気持ちもあったのかもしれない。なんといってもまだ二十四の若さだったのだから。

「湯につかったがために、病状があらたまったともいわれているらしいがの」

　そういう事例はよくきく。よかれと思った湯が、体の弱っている者には毒となる。

　だがこれも、生まれたときより定まった寿命なのだろう。もともと長生きは望めなかった人なのだ。

　しかし弟までなぜ。武芸に秀で、体も頑健だったはずなのに。

「彦五郎さまのほうは？」

　伝右衛門は眉根を寄せ、しかめ面になった。

「小小姓にやられたようじゃ」

　吐き捨てるようにいった。

「十五、六の、いまだ前髪を落とさずにいるような若衆のごときやつばらにな」

　半兵衛は息をのんだ。

「では、まわりの者が懸念した通りに？」

「そういうことじゃな。彦五郎さまはずたずたに体を切り刻まれて殺されたそうだ。小小姓は逐電《ちくでん》、詳しい事情も秘されているため、これ以上のことはわしにもわからぬ」

数年前、小小姓を斬り殺した彦五郎。今度はその逆になったということか。色情に迷った心が生みだした血の惨劇。しかし、それがまさか太守が死んだ日と重なるとは。

「小小姓は逐電したといわれましたが」

その後どうなったかを半兵衛はたずねた。

「行方はわかってないようだ。どこぞの国人のせがれであるとのことだが」

「国人……」

「それが誰かも明かされてはおらぬ」

むろん捕物役は誰であるか知っており、すでに探索に走っているのだろう。

「彦五郎さまの野駆け好きは存じておるな」

「はい。五日に一度は馬を駆られると」

彦五郎さまは、と伝右衛門はいった。

「野駆けのたびによく寄られる寺があってな」

それで理由はわかった気がした。

「見当がついたようじゃな」

いえ、と半兵衛は首を振った。

「お続けください」

「そこで、ある若い修行僧を見初めたのじゃ。それが昨年四月のことという」

やはりそういうことか、と半兵衛は思った。確か、新しい小小姓を館に入れたのは六月ときいたが、つまりもらい受けるまでに二ヶ月かかったということか。

「見初めたから、とすぐ館には入れられぬ」

そのあたりの事情を伝右衛門が説明する。

「寺としても彦五郎さまに譲り受けたい旨告げられたものの、本人の気持ちも無視できぬし、親の意向もおろそかにできぬ。その国人も立派な学識を身につけさせたいと願ってせがれを寺に預けたのじゃろうからな。その説得に二月ばかりかかったようじゃ。まあ、最後はお家の威光を笠に着たのかもしれぬ」

あり得ることだな、と半兵衛は思った。

「すぐに小小姓はつかまるであろうよ」

伝右衛門が自信ありげに断言した。

「その小小姓がどこに姿をあらわすかを考えればおのずからな」

「寺か里でございますね」

「その通りだ」

満足そうに伝右衛門はうなずいた。

「それよりもだ」

口調を変え、真顔になった。

「お家の家督だな」

その通りだ。氏輝の万が一の備えまでもが死んでしまったのだから。

「争いになりましょうか」

伝右衛門はこりをほぐすように右肩を上下させた。

「どうであろうか」

しばらく黙したのち、口をひらいた。

「おそらくな」

「梅岳承芳さまと玄広恵探《げんこうえたん》さまですね」

伝右衛門は案ずる目で半兵衛を見た。

「うむ、まちがいなくその二人の争いだな」

九

久しぶりの駿府だった。

戸数一万六千を誇る町で、京もかくやと思わせるにぎやかさ、人の多さだ。水に浮いているのではと思えるほど湧き水が豊富な町でもあり、土を割るように湧きだす水のせせらぎがそこかしこからきこえてくる。

そんな水に恵まれた町でも享禄三年（一五三〇）十一月、今川館近くを火もとにする大火が起き、折からの西風にあおられて、またたく間に二千軒を超える家が燃え落ちている。

復興はめざましく、家並みは大火前以上に立てこんでいる。大火の傷跡は六年たった今、目にすることはない。ただし武家屋敷や寺院神社は火除けとして木々を多く植えてきている。

もともと京を模して町づくりが進められただけに神社仏閣がひじょうに多いこの町は、特に若葉が芽吹くこの時季、六年のあいだでそれなりに成長した木々がよく茂って、以前より緑が濃く感じられた。

太守兄弟の葬儀は、京の泉涌寺《せんにゅうじ》で修行を続けていた氏親の四男である象耳泉奘《しょうにせんしょう》の帰りを待ってはじめられ、善得院で九日間にわたってとり行われた。

善得院は今川館の詰の城が山上に築かれている賤機山《しずはたやま》の南懐に抱かれるようにして建つ寺で、氏親の母で伊勢宗瑞の姉に当たる北川殿の旧宅を寺院としたものだ。

僧侶が駿河、遠江二ヶ国だけでなく伊豆、相模、遠く京からも呼ばれ、その数三千人といわれた。家臣も一門衆、近臣衆、寄親衆など八百を超す人々が参列した。氏輝は『臨済寺殿用山玄公大居士』とおくりなされ、遺骸は善得院に葬られた。彦五郎の亡骸は、駿府から東海道を西へ三里行った藤枝の円良寺《えんりょうじ》におさめられた。

陪臣でしかない半兵衛は葬儀に加わることなく、盛大な葬儀を町人たちにまじって外から眺めただけだ。

葬儀がはじまる前、誰が祭文を読むかで一悶着起きている。

祭文とは死者の霊に語りかける文で、先代氏親の葬儀のとき氏輝が読みあげているように、読み手が正式な家督継承者と見られる面を持っている。

争ったのは、やはり梅岳承芳と玄広恵探だった。この二人の争いは、兄二人が死んだときからはじまっていた。どちらも、表から裏から有力部将たちに自分を支持してくれるように働きかけたのだ。

もっとも、実際に動いたのはこの二人ではない。二人のうしろ盾といえる者だった。

九英承菊と福島越前である。

九英承菊が傅育をつとめる梅岳承芳をあと押しするのは当然だが、福島越前も玄広恵探に力添えする理由があった。福島越前の妹が氏親の子を産んでいるが、その子こそ玄広恵探なのだ。玄広恵探は福島越前の甥に当たる。

子のない福島越前が、母を八年前に失っている玄広恵探を氏親の三男として敬いつつも、実のせがれのようにかわいがっていることを半兵衛は知っている。これほどの好機を目の前に、かわいい甥を太守の座につけたい、との気持ちは半端なものではないはずなのだ。

しかも恵探が太守となれば、福島越前は家中でこれまで以上の権勢を得ることになる。戦も辞さぬ、との決意で動くのはまちがいなかった。有力国人である福島家は一族が駿河、遠江に散らばっているし、懇意にしている国人も多い。それらが結集すれば、九英承菊、梅岳承芳もあなどることのできない勢力となるのは疑えないところだ。

この祭文の一件は結局今川一族の重鎮瀬名《せな》氏貞《うじさだ》の鶴の一声で梅岳承芳に決まっている。氏貞は明応六年（一四九七）生まれで九英承菊の一つ下という若さながら今川一族の長老を自任し、その発言には福島越前といえども無視できない重みがあった。さらに重要なのは、家中に強い影響力を持ち重きをなす氏貞が承芳側についたというのが、これではっきりしたということだ。

氏貞が承芳のうしろ盾となることを表明したというのは、福島越前にとって痛手にちがいなかった。だが以前からその親しさが知られていた九英承菊と瀬名氏貞の関係を考えれば、越前ははなから氏貞は期待できないものと見越していたかもしれない。

祭文の件に関しても、執拗に抗議することなく引いたときく。醜態をさらして部将たちの反感を買いたくない、との計算が働いたのか。余裕を誇示し、やせ我慢でなく大人《たいじん》ぶりを見せつけたかったのかもしれない。

玄広恵探と梅岳承芳。年齢だけでいえば三男の恵探が太守ということになるが、家督相続に当たり、尊ばれるのは長幼ではなく血だ。

福島越前の妹は氏親の側室だ。それに対し、五男の承芳は氏輝、彦五郎と同じく氏親の正室大方どのから生まれている。しかも大方どのは京の公家中御門《なかのみかど》家の出で、父の宣胤《のぶたね》は十一年前に没しているが権大納言をつとめていた。

血筋という点からいえば、権大納言の孫に当たる承芳は申し分ない。この事実は、京という地に憧憬の念が強い今川家中の気持ちを刺激せずにはおかないはずだ。それに加え、九英承菊という今川家の柱石となることが定められた人物が後見している。

福島越前が相当の勢力を結集できるといっても、家中のほとんどが承芳支持にまわるだろうことは想像にかたくない。家督相続が、承芳を中心に動いてゆくのはまずまちがいなかった。

舅《しゅうと》の伝右衛門が半兵衛を案ずる目で見たのはこうした図があのときすでに描けていて、どう見ても負け目が強いほうにいる娘婿を心配してのことだったのだろう。また、伝右衛門の寄親である岡部左京進は瀬名氏貞と親しく、その氏貞が九英承菊と近い以上、左京進が承芳側につくのは自明であり、もしかすると戦場で相まみえなければならないのを予感した眼差しだったのかもしれない。

ちなみに象耳泉奘は家督争いに名乗りをあげることなく、葬儀が終わるやそそくさと京への帰途についている。京にこそ、我が身を落ち着ける場所があるのだといわんばかりのすばやさだった。

痛くもない肚を探られるのがいやだったのかもしれない。ずるずると滞在を延ばすことで、家督に興味があるのではないか、との疑いを持たれかねぬことを承知していたのだろう。もともと脇腹である上、与《くみ》する勢力もなくこれから与同する勢力をつくり得るときもないことで、たとえ望んだにしても太守はあり得ない。そのことがわかっていて最初から今川家督は念頭になかったのかもしれず、あるいは俗世には欲がなく、ひたすら修行を重ねて仏門での栄達のみを心に描いているのかもしれなかった。

象耳泉奘が京へ帰っていった翌四月三日、梅岳承芳は九英承菊、実母大方どの、瀬名氏貞らに付き添われて今川館に入っている。それまでは兄の遺骸が葬られた善得院にいた。

この突然のできごとに福島越前は厳重に抗議した。

抗議が受け入れられるはずもなかった。祭文を読んだ一事を名目に、家督相続者として家中から認められたものとしての入館なのだから。

今川館の承芳のもとには九英承菊の実家の庵原勢、母方の里である興津勢が集結を終えている。

軍勢の目的は明白だった。承芳を守ることだ。今川館は、幅四間の二重の堀と高さ二丈の土塁をめぐらせた方二町のかまえを誇っている。

氏親時代、三浦、朝比奈といった今川でも別格といわれた重臣たちの屋敷にも堀が延び、館とは木橋でつながっている。この両重臣も、承芳支持をすでに明らかにしていた。この結構に軍勢をもって籠もられれば、どれほどの猛兵をもってしても殺すのはたやすいことではない。

しかも、この軍勢がいつなんどき福島屋敷に寄せてくるかもしれない。今川館と二町の距離しかない屋敷には、葬儀のため駿府に出てきた玄広恵探が滞在している。

恵探は二十歳の若さで、駿府の西、山と丘の連なりに囲まれた花蔵《はなぐら》という里にある遍照《へんしよう》光寺《こうじ》の住持をつとめている。この若者を殺してしまえば、余計な手間はかからない。

承芳に有利に進んでいる今、部将たちの反発を招きかねないそんな無理をするはずがないのは半兵衛にも予期できたが、備えるに越したことはないのは確かで、福島越前は領地のある有度《うど》郡と、城主をつとめる駿府の南の守りである久能山城から城が手薄にならないぎりぎりの手勢を呼び寄せ、屋敷に集めた。その数五百。広い屋敷だが、さすがに人であふれている。

戦の気配を感じて、駿府でも今川館や重臣屋敷の近くに住む町人は、縁者を頼っていちはやく避難をはじめたともいう。

半兵衛も、甚左衛門など二十名を連れて福島屋敷に入った。この事態を前々から予想していた福島越前から、恵探の警固につくように命じられたのだ。駿府にやってきたのはそのためで、葬儀見物ではない。


福島屋敷に呼ばれたその夜、半兵衛は奥座敷に呼ばれた。

上座で若い男があぐらをかいていた。左側のやや下がった位置に福島越前が控えており、半兵衛に平伏するように命じた。

白鳥山と同じだな、と畳に両手を押しつけ首を落としながら半兵衛は思った。あのとき目の前にいたのは太守氏輝だった。

「玄広恵探さまである」

半兵衛が頭を下げたのを見た福島越前が戦場のような野太い声でいった。若者に膝《ひざ》を向け、半兵衛を紹介する。

「お屋形、今朝申しあげた者にございます」

お屋形という言葉を照れもなくつかっていることに、半兵衛は少し驚いた。今川館の承芳も同じ呼ばれ方をされているだろうことに気づくと、この血のつながった主従の気持ちがわかる気がした。

「本日よりお屋形の警固につきます」

半兵衛は畳に額をつけ、じっとしていた。

お見知り置きを、と福島越前がいった。

「そのほうが深見半兵衛か」

よく通る、落ち着きのある声だった。氏輝のような甲高さはなく、穏やかな沼のような深みが感じられた。

半兵衛はわずかに顎を引くことで、玄広恵探への答えとした。うむ、という満足げな声が座敷に響く。衣擦《きぬず》れの音がし、恵探がわずかに身を乗りだしたのがわかった。

「ところで半兵衛、万沢の折にはたいそうな働きだったそうではないか」

声に称賛の響きがある。背伸びしているわけではなく、強い者は強いと認める思いが素直に出た声だ。父の手柄話をききたくてたまらぬ幼子のようにも思えた。

半兵衛はこの若者に好感を持った。小さく点頭した。

「あの剛勇の武田信虎があわてふためき、脅えた顔すら見せたそうだな」

そこまで福島越前には話していない。警固につけるに当たり、いかに深見半兵衛という男が頼りになるか誇張して語ったのだろう。

それにあの襲撃はうまくいかなかった。半兵衛は気恥ずかしい思いで顔を伏せた。

「四度まで斬りつけたそうだが惜しかったな」

半兵衛がまたうなずきで答えようとするのを、恵探はすばやくさえぎった。

「そのほう、口がきけぬわけではあるまい」

いらだたしさなど感じられない、ほがらかな声だ。半兵衛は福島越前に目を向けた。

「よい、じかに申しあげよ」

福島越前が苦笑まじりに許しを与える。

半兵衛はこれまで恵探とは会ったことはないが、一度、遠目に見たことはある。十年前の先代氏親の葬式のとき、棺を中央にしずしずと進む葬列のなかほどで父の位牌を胸に抱いていた、まだ十歳の玄広恵探をである。背筋をぴんと張り、凛とした雰囲気をあたりに漂わせていた姿は、猛将を謳われた祖父福島左衛門尉を彷彿させるものだった。

同じ行列に八歳の梅岳承芳もいた。承芳は、悲しみに満ちた顔をするのがその場にふさわしいのがよくわかっている風情で、うつむきがちに棺の引き綱を握っていた。

十年後にこういう形で対立関係となるなど、幼い二人は考えもしなかったはずだ。ちなみに、葬列には福島越前もいた。棺の担ぎ手の一人だった。

半兵衛はそっと顔をあげ、それとわからないほどに目を動かして恵探の顔にさりげなく視線を走らせた。恵探がどれほど成長しているか興味があった。

こちらを見つめている目とまともにぶつかって半兵衛は内心驚いた。

恵探は柔和に笑っていた。惹きつけられる笑顔だ。あわてて頭を下げることはせず、半兵衛も笑みを恵探に送った。

恵探は父の葬儀のときより背はだいぶのびており、体にもかたく肉がついていたが、あのときと見た目は変わらなかった。恵探はまっすぐ成長をとげたのだ。

まちがいなく武人だった。今川氏親と福島左衛門尉という良将の血を余すことなく受け継いでいる。頭は丸めたままなので見た目は僧だが、内からにじみ出る武将としての器量が感じられた。

福島越前が、どうしても家督につけたいと願う気持ちが半兵衛にも解せた。公家の血が混じりほっそりとしたやさしさを覚えさせるとの評がある承芳より、武将としての匂いを放つこの男のほうが家督にふさわしいと福島越前が考えたとしても、この若者が太守として存分に采配をふるう姿を見たいと思ったとしても、決して不思議はなかった。

「あれはしくじりでございました」

半兵衛がいうと、顎に右手を当てた恵探は、興味をそそられたという色を目に浮かべた。色白の頬が赤らんでいる。やや面長の鼻筋の通った顔は父氏親に似ているのだろうか。

「ほう、しくじりと申すか」

「あそこまで行きながらなぜ討てなかったか、今考えても妙な気がいたします」

恵探の目は、半兵衛をにらみつけるようなものにいつからか変わっている。それだけ真剣なのだ。恵探が初陣をすませていないことを半兵衛は思いだした。これからのためにも、まだ味わったことのない戦を身の内に取り入れようと必死なのだろう。

「どうして討てなかったと思う」

恵探が目を据え、問いかける。

はて、と半兵衛は首をかしげた。

「頭に血がのぼっていたのやもしれませぬ」

あのとき欲に駆られず冷静になれていたら、信虎の前に身を投げだす小姓の姿が見えていたはずだ。

「どうして血がのぼった」

「あまりに好機だったためと存じます。これを逃がしてはならじと心乱れたゆえに」

「そのほうほどの強者でもそんなことになるのか。となると……」

恵探は半兵衛の顔をのぞきこむようにした。

「余など初陣の際、どうなるものかな。震えがとまらぬ気がしてならぬ」

「そのご心配には及ばぬものと」

「なぜだ」

やわらかではあったが、追従《ついしょう》は許さぬ、といいたげな一声だ。

半兵衛は心をこめて答えた。

「恵探さまには名将の血が流れているからでございます」

半兵衛の気持ちはしっかり伝わったらしく、恵探はこの言葉をへつらいとはとらなかったようだ。

「余の体に流れる熱き血が戦場に立ったとき、震えなど起こさせぬと申すのだな」

「いえ、どんな勇士といえども戦の前には必ず震えはまいります。いわゆる武者震いと申すものです。それは脅えではなくむしろ心を奮い起たせるもので、決して恥ずべきものではありませぬ。しかし恵探さまの場合、戦がはじまれば、なにもされずとも震えはとまりましょう。それこそが武将の血です。ほかの者は戦がはじまったからといって、なかなかそういうわけにはまいりませぬ。いつまでも歯の根が合わぬ者がほとんどにて、わあわあと声をあげ、敵と斬り結んでようやく震えがとまるものです」

「他の者どもは無我夢中になってこそ、震えはとまると申すのだな」

はい、と半兵衛はいった。

「また、お体を流れる血は戦場においてなにをすべきかも教えてくれるものと存じます」

「なら、腹を切るのにためらわずにすむか」

いきなりいわれて半兵衛は戸惑った。福島越前も、なにをいわれるという顔だ。

しばし考えを咀嚼してから、半兵衛は答えた。

「それがしが申したのは、他の誰にも指図されることなく軍配を自在にふるい、敵と組み合ったりできることにございます」

恵探はわかっておるとばかりにうなずいた。

「そのほうがそう申すのであればまちがいなかろう。その言葉、胸に刻んでおく」

恵探が二呼吸ばかり置いた。

「しかし半兵衛、余の生まれつき、果たして存分に試されるときがくるものかな」

半兵衛はこの言葉の意味を考えた。

承芳との対立が戦にはならず平和のうちに解決すると考え、采配のふるいどきがないと思っているのか。戦になったとしても実際に指揮をとるのは福島越前だから、という意味なのか。

あるいは、と半兵衛は思った。承芳との戦いになすすべもなく敗れ、二十歳の若さで死にゆくおのれの姿がはっきり見えているためか。それゆえにぶざまな死に方はしたくないと考え、腹を切るのにためらわずにすむか、との言葉につながったのか。

双方の戦力を比したとき、ほとんど勝ちは望めず、恵探がすでに覚悟を決めているとしてもおかしくはない。

半兵衛は思い切って顔をあげた。

恵探は余裕のあるほほえみの表情で、半兵衛の視線を受けとめている。

「半兵衛、こたびの一件、こちらの旗色が悪いのはそのほうも存じておろう」

他人事《ひとごと》のような平静な声音だった。

肯定はできなかった。半兵衛はじっとしていた。福島越前が苦い目で甥を見ている。

「返答に窮することはない。まことのことだ」

半兵衛はうなずき、目の動きで控えめに先をうながした。

聡《さと》い恵探は即座に応じた。

「もし戦になり、いや早晩戦になるのはわかっていることだが、こちらが負けたとする」

横から福島越前が鋭い声を発した。

「お屋形、負けるなどと滅多なこと、口にされるものではござらぬ」

「まあ、ここはきいてくだされ、伯父上」

　恵探は穏やかに福島越前を制した。

「負けたら余の、この余といういい方もいまだ慣れずどうにもつかいづらくてたまらぬのだが、伯父上がどうしてもと申すので、仕方なくつかっておる……」

　ちらと福島越前を見、笑いを含んだ顔でそんなことはどうでもいいが、と半兵衛にいった。

一つ息をつき、目に真剣さを宿す。

「負けたら、余の命はむなしゅうなろう。そのとき余の血はどんな散り方をさせてくれるものかな。できれば腹を十文字に切り裂いてはらわたつかみだし、それを敵に投げつけてから死にたいと願っておるのだが」

「縁起でもないことを申されるな」

　福島越前が不機嫌をあからさまにした。

「やれると思うか、半兵衛。どうだ」

　恵探は伯父を見なかった。

「どれだけ強いご覚悟があるかにかかってくるものと思いますが……」

「半兵衛もよせ」

「が……、なんだ」

恵探が半兵衛の言葉尻をたずねた。

「血からは、どんなことがあっても生きのびる力を与えていただくことこそ最良と存じます」

「そのほうが死ぬよりも大事か」

「御意」

なんとかまとまったのを知って福島越前が、とにかく、と大きな声でいった。

「半兵衛、お屋形のことよろしく頼む」

はっ。半兵衛は両手をそろえた。

「余からも頼む」

その声にはっとして半兵衛が顔をあげると、恵探もこうべを垂れていた。

「余には手練が幾人も仕えてくれてはいるが、経験のほとんどない者たちゆえ、あまり多くは望めぬ。そのほうがいてくれれば、余も枕を高くして眠れるというものだ」

客間を退出して半兵衛は、もしやするとあるな、と思った。承芳側の襲撃である。軍勢による正面からの攻撃でなく、半兵衛が信虎にしてのけたような襲撃だ。あるいは忍びによる闇討ち。

九英承菊は、恵探の武将としての器量をすでにつかんでいるだろう。もし恵探の器を脅威に感じているとしたら。あるいは、味方に犠牲をだしたくないと考えたとしたら。戦を避け、一挙に片をつけるために襲撃はあり得ることのように思えた。

しかも恵探がこの屋敷にいるあいだを狙うにちがいない。山上の城に入られてしまえば、いかな練達の出抜でも仕留めることはまずできまい。

もし襲撃がないまま戦に突き進み、恵探側が敗れることがあれば、自身覚悟しているように恵探の命はまちがいなくなかった。名将の素質を備える男を、承芳の将来に禍根を残しかねない男を九英承菊が生かしておくはずがないからだ。容赦なく殺しにかかってくる。

果たして、と思った。どこまで守ることができるだろうか。

長い廊下を歩きながら半兵衛は知らず腕組みをしていた。


「そこな出抜どの」

玄関から表に出ようとしたとき、背後から声をかけられた。呼びとめられる前から気配に気づいていた。

半兵衛は立ちどまり、振り返った。鎧姿の武者が廊下に立っている。半兵衛と同じ年の頃の武者だ。

半兵衛はゆっくりと向き直った。武者がなかなかの遣い手であるのを知った。鋭い両の瞳が半兵衛を油断なく見据えている。

「なに用かな」

「ずいぶんと馴れておられるようだ」

「なにがかな」

「出抜どのと呼ばれることに」

半兵衛は黙って見返した。

武者は口だけで笑った。

「ふむ、なに用、といわれたのだったな」

武者から笑みが消え、表情がなくなった。さげすみの目が取ってかわる。

「お屋形の警固を命じられたようだが、無用に願いたい」

「それは福島さまからの伝言かな。福島さまの命ならしたがわずばなるまいが……」

半兵衛は武者を見つめた。武者はなにもいわず、冷たい目をしている。

「しかし言伝《ことづて》では心許ないゆえ、福島さまに確かめさせていただく。お名をうかがおうか。福島さまにこういう者に言伝を頼まれたか、おききしなければならぬのでな」

肩を怒らせたまま武者は無言を守っている。

「ふむ、ご自分の名をお忘れか」

武者はようやく口をあいた。

「内野《うちの》兵部《ひょうぶ》」

ふむ内野どのか、と半兵衛はいった。

「では内野どの、確かめさせていただく」

「わかっておって人を愚弄《ぐろう》しおって、この出抜が」

いらだちを隠さず武者は声を荒らげた。

「よいか。お屋形は我らが守る。出抜ごときの手助けなど無用。恥だっ」

恵探に仕える武者の一人だろう。全員、花蔵の里近くの地侍の次男、三男たちときいている。恵探を慕って仕えているのだ。

「恵探さまはよろしく頼む、といわれたが」

「お屋形と呼べ」

「恵探さまはこのことご存じかな」

「お屋形と呼べっ」

半兵衛は内野兵部を冷ややかに見た。

「晴れてそう呼べる日がきたら」

なにっ。叫びざま内野は刀に手をかけた。

半兵衛は足を運んで一気に間をつめた。

「少しはできるようだが、内野どの」

半兵衛の腕は内野の手に重ねられている。身じろぎ一つできずに内野は、半兵衛のあまりのすばやさにあっけに取られている。

「この程度の腕で恵探さまを守ろうなどとは、片腹痛い。もう少し鍛錬されることだ」

腕をねじりあげ、どんと背を押した。内野は廊下を転がった。鎧が派手な音を立てる。

その音がきこえたのか、奥から鎧を着た武者が一人出てきた。内野に駆け寄る。

「いかがされた」

同僚のようだ。こちらは若い。恵探より一つ二つ下に見えた。内野を抱き起こそうとしたが、邪険に手を振り払われた。

「ええい、新参者の手は借りぬ」

一度半兵衛をにらみつけると、内野は足音高く奥に去っていった。

若い武者は半兵衛に一礼した。

「加納平大夫《かのうへいだゆう》と申します」

半兵衛は名乗り返さなかった。

「内野どのがなにかご無礼でも？」

心配そうに加納がきく。

「いや。ただ力くらべをしただけにて」

体をひるがえして半兵衛は外に出た。

十

四月六日、九英承菊の呼びかけで今川館において家督相続の話し合いが持たれた。館に行ったのは福島越前と百名の家臣だった。

恵探は行かなかった。むろん、謀殺を怖れたのだ。半兵衛は恵探とともに福島屋敷に残り、福島越前の帰りを待った。

夕方、福島越前は戻ってきた。

「あの生臭め」

音を立てて座敷に座るや、開口一番いった。声が枯れている。

座敷に入った恵探が福島越前の向かいに腰をおろした。半兵衛は敷居のそばにひざまずいた。ここからなら二人の顔が見える。

「九英承菊どののことですね」

恵探が福島越前にたずねた。

福島越前はきっとした目で恵探を見た。

「生臭にどののなどつけられるな」

恵探はわかりました、とうなずいた。

「生臭め――」

福島越前は大きく息を吐きだした。

「『越前どのは、花蔵どのを家督につけたいつけたいと駄々をこねる子供のごとくいわれるが、拙僧が承芳さまを家督につけたいと願うほどに命を懸けておられるようには見えませぬ。そのような方の推される花蔵どのに、家督を渡すことは決してでき申さぬ』などと申しおった。わしがこのかわいい甥を家督にするために命を懸けておらぬとは、よくいえたものよ。『命を懸けているか懸けてないか、いずれお見せできるときがやってこよう。お覚悟あれっ』

そう怒鳴りつけてやったわ」

憤懣《ふんまん》やるかたない、といった面持ちだ。声が怒りで震えている。

恵探が目をしばたたいた。

「怒鳴りつけたのですか」

「当たり前でござらぬか」

　頬をふくらませて福島越前はいった。

「生臭め、すくみあがっておりましたぞ」

　どうかな、と半兵衛は思わざるを得ない。九英承菊が福島越前の一喝を食って動ずるとは思えない。どこ吹く風といった風情ではなかったか。まじめな顔で受け流しているが、恵探もきっと同じ思いだろう。

「しかも、なにかといえばやつは腹のことをねちねち申しおって」

　福島越前の怒りはおさまらない。

「こちらのほうが歳は二つも上だ。年長者が順に継いでゆくのが、自然ではないか。我らこそが舞台をおりればいいことを盛んに申しおって。自分らこそとっととおりればなんということもないものを」

　それにだ、と福島越前はいった。

「腹、腹とあの生臭は申すが、脇腹が家督を継いだ先例はある」

「五代範忠《のりただ》公ですね」

　恵探がすかさずいった。

「その通り。範忠公は脇腹で家督を継いでおられる。しかも家督争いをくぐり抜けて」

半兵衛はこのことに以前から気づいていた。およそ百年前の永享五年（一四三三）、今川家におけるはじめての家督争いである。

このときの家督争いは重臣や国人だけでなく室町幕府をも巻きこんだ大がかりな騒動となり、今川家中において『永享の内訌《ないこう》』と呼ばれている。四代範政《のりまさ》が三人兄弟の末子で唯一の正室の腹である千代秋丸《ちよあきまる》に家督を継がせたいと望み、守護家の家督相続には幕府の許しが必要なことから、その旨幕府に届け出たことが発端だった。

だが幕府の強い思惑がからんでくるなどして、結局、側室の腹ながら長子である彦五郎が五代範忠となって今川家の家督を継いでいる。

「伯父上はそのことを申されましたね」

恵探が念を押すように、いった。

「むろん」

怒ったような口調で福島越前は答えた。

「何度も強く申しました。お屋形も亡き氏輝公も承芳も範忠公の曾孫《ひまご》に当たることもあり」

「しかしうまくいかなかった？」

「お子の義忠《よしただ》公、お孫の氏親公を含めすべて範忠公のお血筋である事実は重んずるけれども、あれは異例中の異例のできごとであったと口をそろえていわれ……。室町将軍が口をはさんできたゆえの仕儀だったと」

永享の内訌の裏には、室町将軍と、関八州及び甲斐、伊豆の十ヶ国を管轄下に置く鎌倉公方の対立があったといわれている。

正長《しょうちょう》元年（一四二八）くじびきで六代将軍に選ばれた足利義教《よしのり》と、当たりくじを引きそこねた鎌倉公方足利持氏《もちうじ》の対立である。くじびき以来この二人は、手をまわして兵をあげさせたり、京ではとうに改元された年号を鎌倉ではつかい続けたり、謀殺を画したりと陰湿な抗争を飽きず続けた。

今川の家督争いに介入した足利義教の真意は、鎌倉領との境である駿河を鎌倉の流れをとめる堤としてなんとしても支配下に置いておきたい、というものだった。今川四代範政が強く望んだ千代秋丸の相続を頑として認めなかったのは、千代秋丸の母が関東管領扇谷上杉家の出だったからで、鎌倉公方と関係の深い家の血筋が今川家督となるのは今川家が鎌倉に与するも同然と見た将軍としては、阻止せねばならぬことだった。

確かに、と半兵衛は思った。あのようなことは二度と起こらぬだろう。幕府にもはや突っこむだけのくちばしはない。鎌倉公方も鎌倉になく、八十年ほど前、下総古河に御座所を移している。この御座所移転は五代範忠の活躍によるもので、範忠公の恩返し、と今川家中ではいわれている。

父持氏の跡を継いだ鎌倉公方成氏《しげうじ》が関東管領上杉憲忠《のりただ》を殺して関東に兵乱が起きたとき、幕命を受けた範忠は鎌倉に成氏を襲ったのだ。成氏は支え切れず、下総に逃れている。結果として、範忠の家督相続に執念を燃やし続けた義教の思惑は見事、はまったことになる。とうに駿河は鎌倉領との境ではなくなっており、仮に幕府に盛時の力があったとしても、その思惑が永享の内訌のときほど強く今川家に及んでくることはない。

異例中の異例、といういい方に誇張はなかった。時代が生んだ珍しい一件だったのだ。

「『範忠公のお血を大事と思われるなら承芳殿をこそ立てるべきとは思われませぬか、越前どの』。大方さまにまでそう申されては、わしとしてもそれ以上はいえませなんだ」

福島越前は肩を落としている。

「大方さまが……そうですか」

恵探も残念そうに下を向いた。

氏輝の後見役として十年にわたって今川家を支えてきた女性《にょしょう》にいい返す言葉がないというだけでなく、氏親の正室だった大方どのと若い頃より懇意にし、七年前の享禄二年（一五二九）十二月には、頼まれて駿東郡沼津の妙覚寺《みょうかく》に使いに出たことまであった福島越前としては、大方どのにそれだけはっきりいわれるとは夢にも思わなかったのだろう。

大方どのが味方にならないとしても、敵にまわらぬことを信じていたのではないか。その当てがあっけなくはずれ、この落胆の表情になったのだ。

しかし、と半兵衛は思う。それを期待すること自体、無理があったのではないか。なんといっても大方どのは梅岳承芳の実母である。承芳は腹を痛めて産んだ子なのだ。なんとしても太守にしたいと願う気持ちの強さは、福島越前と変わりはあるまい。いや、それ以上だろう。いくら親しい間柄といっても、家督相続に限っては話は別なのだ。

福島越前が気を取り直したか胸を張った。

「これからは、戦を念頭に部将たちの抱きこみに力を注いでいくしかございますまい」

やや顔を曇らせたまま一人うなずく。

「まだまだ日和見は多くいましょう。これらを糾合できれば勝負はわかりませぬ」

「二度目はないのですか」

「二度目と申されますと」

福島越前が意外そうにきく。

「家督相続の話し合いです」

「あるはずがございませぬ」

吐き捨てるようにいった。

「話し合っても結果は同じでございます。もはや話し合いにもなりはしませぬ」

そうですか、と恵探はいい、考えこんだ。

「こたびのこと、戦を考えるのははやすぎるとは申しませぬが、幕府に働きかければ、また話はちがってきましょう」

恵探が伯父にいいきかせるようにいった。

ほう、と半兵衛は思った。つまりは五代範忠の再現を狙うということか。

「しかし、今の幕府に働きかけたところでどれだけの見返りが得られるものか……」

恵探は伯父に首を振ってみせた。

「往年の力がなくとも、今も守護家の相続に幕府の許しがいることに変わりはないのでしょう。うまく運べば承芳どのではなく――」

「どのなどつける必要はござらぬ」

福島越前に厳しくいわれて、恵探は伏せた顔を半兵衛に向けていたずらっぽく笑ってみせた。それからゆっくりと福島越前を見た。

「余が名指しされるやもしれませぬ」

「家督継承を将軍が認めたとあらば――」

福島越前がつぶやいた。

「家中も認めざるを得ぬであろうな」

今の室町将軍は十二代足利義晴《よしはる》である。年は二十六ながら、なかなかの苦労人との話は駿府にも伝わってきている。

近江で生まれて播磨で育ち、大永元年（一五二一）京に入って将軍となったものの追われて再び近江に逃れ、天文元年（一五三二）帰洛《きらく》を果たして今に至っている。いろいろな大名のあいだを、巣を移す鳥のようにめぐってきている。

恵探が強い口調でいい足した。

「今川も足利一族ゆえに、ましてや将軍になれる血筋と家柄を備えた家だけに将軍の言を無視するなどできぬでしょう」

「それなら戦をせずともすみましょう」

福島越前は拳で膝を打った。

「よし、すぐ手配りにかかりましょうぞ」

気合をこめて立ちあがりかけた。

「お待ちください。伯父上」

恵探が制した。

「なんでござりましょう。一刻もはやく手配りしなければ。生臭に先を越されたくは――」

どうだろうか、と半兵衛は思った。あの男がいまだに気づかず、幕府に対してなんの手も打っていないと考えていいのだろうか。

「北条家にも使いを走らせてください」

福島越前は大きく顎を動かした。

「おう、それもわしは考えておりました。綱成《つなしげ》どののもとへでございましょう」

恵探はにこりと笑ってみせた。

北条綱成二十二歳。北条氏綱の娘婿である。

綱成の父は福島正成《まさしげ》といい、駿河富士郡須津庄《すどのしょう》を領していた福島道宗《どうしゅう》の次男であり、福島越前とは同族関係だった。父祖が今川に仕えるきっかけをつくってくれた家の一族だけに、半兵衛も福島正成の経歴は知っている。

福島正成は明応二年（一四九三）伊勢宗瑞が堀越公方足利茶々丸討滅に伊豆へ押し入った際、氏親から与力として付与された一人で、宗瑞に心服し、宗瑞が伊豆一国を手中にしたあとも、駿河には戻らず伊勢家の被官となった。永正《えいしょう》十六年（一五一九）宗瑞が没し、跡を継いだ氏綱が大永四年（一五二四）、伊勢から北条に姓をあらためたのちも幾多の戦場を駆けまわって手柄をあげ続けたが、享禄三年（一五三〇）五十三歳のとき、武蔵小沢原の合戦で討ち死している。

勇将正成の死を惜しんだ氏綱は、残された二子のうち十六歳の長男勝千代をおのれの娘にめあわせ、正成と自分から一字ずつ取り、北条家の仮名《けみよう》である九郎も与えて、北条孫九郎綱成と名乗らせた。まだ一歳だった次男弁千代《べんちよ》も氏綱は引き取っており、いずれ福島家の跡目を継がせるつもりであるのは駿府にもきこえている。

「さっそくこの旨、弥四郎《やしろう》どのに伝えましょう」

福島越前がうれしげにいった。

「弥四郎どのなら綱成どのとの交渉役にはうってつけでございましょう。従兄弟同士ですから」

福島弥四郎は、正成の兄宗成《むねしげ》のせがれで、父の跡を受けて須津庄を領し、まだ二十四の若年ながら富士郡に隠然たる勢力を張っている。福島越前とも親しく、恵探の後援を一族のなかで特にはやく表明してくれている。

「承芳どもらと戦となったとき――」

福島越前は自らを励ますように口にした。

「北条綱成どのは我らの大きな力となってくれるでありましょう。それは疑いござらぬ」

力にあふれた調子で続けた。

「綱成どのは北条屋形の大の気に入り。北条家を我らの側に引き入れるのもむずかしくはござるまい。北条が合力してくれれば――」

福島越前は豊漁の網をひく漁師のように生き生きとした目をした。はじめて確実な戦力を得た気になって、心が騒いだらしかった。

「我らの勝ちは動きますまい。これで、生臭に吠え面かかせてやれるというものよ」

本当に綱成どのが北条屋形を動かせるならば、と半兵衛は思った。福島越前のいう通り、恵探が有利になるのはまちがいない。

今川家の重臣、有力国人のほとんどが承芳についたとしても、北条家がうしろ盾となれば形勢が互角以下ということはあるまい。北条がついたということで、恵探方へ寝返る部将もきっと出るだろう。

駿府で合戦がはじまれば、北条綱成が総大将となり、箱根を越えてくる。北条軍の西進に合わせ、恵探軍も一気に攻勢に出る。承芳、九英承菊軍を東西からはさみ討ちにできるのだ。これなら負けはない。

しかし、と半兵衛は思った。残念ながら血のつながりを持つのは福島越前だけではない。大方どのの娘が、氏綱の嫡子氏康の妻となっているのだから。つながりの深さでいえば、むしろ承芳側に分がありそうだ。

となると、北条を味方とするのはむずかしいかもしれない。

「北条家になにか与えなければ、釣り合いは取れぬやもしれませぬな」

そのことに思いが至ったらしい恵探が噛み締めるようにいった。

「なにか与えるとは？」

恵探が北条家に嫁いだ姉のことを告げ、北条に味方についてもらう餌の必要をいった。

「いや、大方さまの娘御のことはとうにわかっておりましたが」

福島越前は、うーむ、とうなり声をあげた。

「確かに我らのほうが不利やもしれませぬな」

先ほどの輝きに満ちた表情は、水をかけられた炎のようにはかなく消えている。

「たとえばなにを与えれば？」

「武士に与えるもので最上のものといえば、領地しかございませぬ」

「領地――」

福島越前は腕組みをして考えこんだ。

「河東《かとう》でござりますな」

富士川以東の駿河領を指して河東と呼ぶ。

「そう、河東には興国寺城《こうこくじ》があります」

興国寺城。六十年前、先代氏親がまだ六歳で龍王丸と名乗っていたときの『文明《ぶんめい》の内訌』と呼ばれる今川家二度目の家督争いにおいて、太守代行をまかされたにすぎぬのに龍王丸元服後も家督を返そうとしなかった小鹿範満《おじかのりみつ》を今川館に急襲して殺すなど、太守氏親の誕生にすばらしい役割を果たした伊勢宗瑞がその功により、はじめて城主となった城である。

この城と、氏親から宗瑞に所領として与えられた富士郡下方十二郷は河東の地にある。宗瑞が興国寺城を出て伊豆韮山《にらやま》城に移ったあと宗瑞の重臣富永三郎左衛門《とみながさぶろうざえもん》がしばらく在城していたが、三郎左衛門も宗瑞の相模進出にしたがっていなくなると、この地の支配権は曖昧なものとなった。

北条家では今川家に返した気でいるのかもしれないが、両家ではっきりとした取り決めがあったわけでもない。一応は今川家が沼津や吉原、大岡の庄など要所に代官を置いているが、それは支配しているように見えるだけにすぎない。

「北条屋形は河東を再び手にすることを——」

恵探が伯父にうなずきを示しつつ、いった。

「念願しているのではないかと考えられます」

「そうでございましょうな」

福島越前が同意して続ける。

「北条の故地との頭がありましょうから」

「それに、北条屋形はかの地をなつかしがっておられるのでは、とも考えられます」

「興国寺城育ちでございますからな」

北条氏綱は長享元年（一四八七）に生まれている。伊勢宗瑞が姉北川どのの依頼を受けて京から駿河にくだり、小鹿範満を討ち果たした年だ。城主となったばかりの父に呼ばれ、生まれてほどない氏綱は母とともに京から興国寺城にやってきたのだ。

「まだあります」

恵探が右手の指を二本立てた。

「といわれると？」

福島越前は甥の顔をのぞきこむようにした。

「北条家が河東を欲する理由です」

「ほう。うかがいましょう」

「まず一つ。今、北条家は鶴岡八幡宮の再建を行っています」

「ふむ、ちょうど十年前、里見勢の付け火で焼け落ちたのでござったな」

大永六年（一五二六）十二月、上杉朝興の攻勢に呼応した安房の里見実堯《さねたか》の軍勢が軍船で押し寄せ、鎌倉を焼き討ちにしている。鎌倉は焼け野原となり、鶴岡八幡宮も猛火にかかって焼失している。

「天文元年（一五三二）にはじめられた普請のためにすでに鎌倉近くの山々は伐採ではげ山

となり、北条家では四方八方に手をまわして必死に良材を求めております」

「なるほど、その良材にございますな」

半兵衛もなるほど、と思った。

富士の裾野を南広がりに持つ河東は、良木の宝庫だ。北条家はこの地で材木を今川家の御用商人から買いつけ、吉原湊《みなと》から船で鎌倉に送っている。河東を手に入れれば、商人に高い金を払わずにすむ。むろん津料もいらない。

北条にしてみれば、飛びつきたい好条件ではないか。

しかも、と半兵衛は思い当たった。河東は塩の産地でもある。塩の生む金も決して小さくはない。また、この地で採れた塩は、富士川沿いの塩の道を通って甲斐に送られている。甲斐への塩留めも、北条家は思いのままに行えることになるのだ。

これは、と半兵衛は思った。北条を味方につける決め手となるかもしれない。梅岳承芳、九英承菊も北条には使者を送るかすでに送ったにちがいないが、これだけの条件をだすとは考えられない。形勢有利で、北条の助けがなくとも勝てるからだ。自らへりくだった条件を提示する必要はどこにもない。

承芳が見事家督を相続したのちは九英承菊の采配により、それだけの材源を持つ河東の支配の力をむしろ強めてゆくことが予想された。

恵探が二つ目のこととして塩のことを福島越前に説き、さらにつけ加えた。

「もし北条が武田に塩留めを行うと申すのなら、我らも必ず足並みをそろえることを北条屋形に約しましょうぞ」

福島越前が相槌を打った。

「それは北条屋形も喜びましょうな」

恵探は穏やかな笑みを見せた。

「北条屋形に喜んでいただくのが一番」

その上、と半兵衛は思った。恵探を家督に据え、河東を手にすることで駿河に強い影響力を持つことになる北条家には、今川家を思いのままに操る機会が与えられるかもしれない。

伊豆を得てからも氏親をお屋形と呼び、遠江平定戦や三河攻めにおいて総大将をつとめ続けた伊勢宗瑞の今川家臣としての気持ちは、背後を上杉朝興におびやかされつつも氏輝の要請に応じて甲斐に兵をだすなど、北条家を名乗っている跡取りの氏綱にも受け継がれているように半兵衛には見える。それが今度は、今川家を下風に立たせることができるかもしれないのだ。

しかし、と半兵衛は続けて考えた。

関東経略を狙う氏綱に、今川家をほしいままにしたいとの欲があるかはわからない。武田を共通の敵とする今の最良ともいえる友好関係を保てればいい、と素直に思っているかもしれない。これまで通り強い今川家が相模の西側の壁としてそそり立っていてくれれば十分と考えているのなら、氏綱にとって河東割譲もあまり魅力はないかもしれない。

強い今川家か、と半兵衛は思った。つくり得るのは恵探を守《も》り立てる福島越前か、承芳を擁する九英承菊なのか。それを見極めたとき、北条家は旗幟を鮮明にするかもしれない。

「河東割譲」

福島越前は満面に笑みをたたえた。

「これはいけるやもしれませぬな」

十一

福島越前は必死に有力武将を抱きこもうとしているが、成果はたいしてあがっていない。名の知られたところでうまくいったのはわずかに三人。万沢に陣した武田信虎にいちはやく対した富士郡大宮を本貫の地とする井出左近太郎、駿河の西に位置し山西と呼ばれる地の一角小《お》柳津《やいづ》を領する斎藤《さいとう》四《し》郎《ろう》右衛《え》門《もん》、九英承菊の母方の実家庵原氏のすぐそばに知行地を持つ篠原刑部少輔のみだった。

井出左近太郎は、須津庄の福島弥四郎と親しいということで恵探への力添えを決めてくれたようだ。

篠原刑部の場合、庵原氏と知行地の境界のことでもめたことがあり、そのとき同じ庵原郡に領地を持つ福島一族の福島彦太郎《ひこたろう》がうしろ盾となり篠原側に有利な落着を見たことがあったというから、それが陣営入りの決め手となったのかもしれない。

斎藤四郎右衛門はよくわからない。氏輝時代の昨年十月、遠江の中尾生《なかびう》城で城代をつとめていたが、もう一人の城代二俣近江守が氏輝の不興を買い、連座でその職を取りあげられてからは日の当たる道を歩いてきていないともいうから、あるいは取り分の多いほうに張った大博打なのかもしれない。

二俣近江守の不興、というのは隣国三河で猛威をふるっていた松平清康の誘いを受けたそのことを即座に氏輝に報告しなかったというもので、斎藤四郎右衛門は職務懈怠《けたい》を問われたのだ。松平清康は、万沢帰りの氏輝が臥せたところを狙って調略を仕掛けてきたものらしかった。

どんな理由にせよ、と半兵衛は思った。味方になってくれるだけよかった。

そのほかにも福島越前は懇意にしている国人を熱心に誘っているようだが、まだ合力を約束してはくれないらしい。親しい間柄とはいっても、さすがに福島越前が示す恩賞にたやすくつられはしないのだ。

その気持ちは半兵衛にもわかる。多大な恩賞が約束された覚え書とはいえ反故になるかもしれず、反故になるだけならまだしも、累代の領地をその紙切れ一枚と引き換えにしてしまうかもしれないからだ。

恩賞の大きさは、勝てる見こみの少なさをあらわしているともいえる。そのことを国人たちはよく知っているのだ。

対する九英承菊の働きはすさまじい。他の部将や国人の動きをうかがっている者を一人一人確実に陣営に引きこんでいるという。

大方どのと瀬名氏貞という二人の名を存分に活かすことのできる九英承菊と一国人でしかない福島越前の立場がちがいすぎているとはいえ、九英承菊という人物そのものが持つ力が大きく感じられ、このあたりが福島越前との差のようだ。

福島越前ではなく九英承菊が恵探を支持したとしたら、ここまで差がついたとは半兵衛にはとても思えないのだ。

国人のなかには、僧衣にどす黒い欲望を隠したようないかがわしさを九英承菊に感じ、陣営に身を投じるのを躊躇する者もいるとのことだ。

しかしこれもなにかきっかけがあれば、迷うことなく承芳方の陣幕をくぐってゆくにちががいなかった。

四月十六日、強い南風が吹き荒れていた早朝、八つのさらし首が安倍川河原に並べられた。噂を耳にした半兵衛は、甚左衛門を向かわせた。帰ってきた甚左衛門によると高札には、お屋形に害意をもって館に忍び入った者ども、との意味のことが記されていたという。名も駿府の者であるかも不明、お屋形はご無事だからなんの心配もいらない、との説明がされていたとのことだ。

うまいことをやるものだ、と半兵衛は感心した。誰の指図によって八人が館に忍びこんだか侍、町人を問わず駿府の住人で察しがつかぬ者はない。福島越前に対する反感を覚えさせるのに、これ以上の手はないように思えた。

闇討ちを命じていない福島越前は激怒した。歯ぎしりしつつ意味不明のことを叫んでいた。ただ一つ半兵衛がきき取れたのは、必ず生臭と承芳の首を安倍の河原に飾ってやる、というものだった。

福島越前としてはこれが精一杯だった。拳を握り締めたまま、騒ぎがすぎるのを待つしかない。名指しされたわけでもないのに、潔白である旨、町中に知らせるのもおかしかった。はかりごとである、と声を大にしてみたところで信じる者などまずいない。首を切られたのは入牢《じゅろう》していた者だろう。罪の軽重はわからない。それらしい者なら誰でもよかったのだろうから。

九英承菊の冷酷さを、半兵衛は見せつけられた気がした。

これが背を押すきっかけになるかもしれんな、と思った。人がすれていない暖国の侍たち。闇討ちなど、暗い謀略手段は極端にきらう。これまで態度を決めかねていた者たちからためらいというつっかい棒が外れ、城門を突き破った軍兵が本丸を目指すがごとく一気に梅岳承芳側に人が流れてゆくかもしれない。

さらに翌日、今川館近くで六人の武者の死骸が見つかった、との噂が伝わってきた。いずれも斬り殺されたもので、庵原家の郎党とのことだ。庵原家が九英承菊の実家であることも、駿府の町人で知らぬ者はない。

半兵衛は首を振った。いい方はおかしくなるが、また罪もない罪人が犠牲となったのだ。あるいは死骸などなく、ただそういう噂を広めただけなのかもしれない。

福島越前は家臣に、庵原家の郎党を殺した者などいないことを確認している。だがこれにしても、無実を声高に叫んだところで信じる者などいない。

二日もたたぬうち反福島越前、反玄広恵探の空気が町を濃い霧のように流れはじめた。それを半兵衛は強く感じた。駿府の町人たちは恵探や福島越前を白い目で見ているようで、福島屋敷を出入りする武者たちもどこか居心地の悪さを覚える顔つきになっている。

四月二十日。朝から初夏とは思えない冷たい雨が降っていた。

雨のせいでなく、福島屋敷には沈鬱な気分が、黒く厚い雲のように重くのしかかっていた。瀬名、庵原、興津、朝比奈といったこれまで態度を明らかにしていた重臣だけでなく、岡部、由比、蒲原、長谷川、新野、井伊、飯尾、天野、久野、松井、伊東、関口、小笠原、富士、葛山《かつらやま》など、駿河遠江を問わず一族衆を含めた有力部将のほとんどすべてが承芳側についたのがはっきりしたからだ。動きのはやい者は、すでに軍勢を駿府に送りこんできている。

この結果に、さすがに福島越前は愕然とした色を隠せない。自分の人気のなさを思い知らされたようなものでもあるからだ。

明るく振る舞えというほうが無理だな、と半兵衛は思った。これでは兵をあげたとしても勝負にならない。粉砕される。まさに鎧袖一触《がいしゅういっしょく》だろう。

期待は、室町将軍の家督相続の容認と北条家との盟約の成立だった。

だがこの二つもどう転ぶかわからない。福島越前からは、福島弥四郎の受け持つ北条家との交渉は順調であるときいている。幕府のほうに関してあまり口をひらかないところを見ると、こちらはうまくいっているとはいいがたいようだ。

今川家に寄食する京の公家冷泉為和を抱きこんだ九英承菊が、幕府に対する働きかけをこの権中納言にまかせ、自由にやらせているとも半兵衛は耳にしている。為和は活発な動きをしているらしい。

やはり、はやいうちから九英承菊は幕府へ働きかけてきたのだ。また、京での生活が長い九英承菊は、これまで築きあげてきた人脈を目一杯につかって、もとの太政大臣《だじょう》近衛尚通《このえひさみち》を窓口に朝廷や幕府に金や馬、太刀、酒、鏡を贈るなどしているともいう。

贈り物攻勢は福島越前もかけている。ただ幕府にろくな手蔓を持たないだけに、その贈り物が要路にしっかり届いているか確信はないようだ。名手のいない弓隊みたいに多くの矢を無駄に放ち続けている危惧を、言葉にだしはしないが抱いているようだ。

そのために駿府に滞在中の公家衆に幕府への働きかけを福島越前自ら申し入れているが、朝廷で要職経験を持つめぼしい者はすべて九英承菊の息がかかっているらしく、承諾してくれた者は一人もいないとのことだ。

脅してもすかしてもただ白い顔をされているだけでまるできき目がなかったこと、ひどく疲れた対面続きだったことを恵探にこぼしている姿を半兵衛は目にしている。恵探に落胆の色は微塵もなく、そんなに気を落とされるな、とひたすら伯父を慰めていた。

十二

四月二十二日。夜半から降り続いていた雨は夜明け前にあがり、空は初夏らしく晴れあがっていた。

半兵衛は恵探に誘われて庭に出た。巳（午前十時）をすぎた頃で、陽射しは強いが緑を染めつけたような風が吹き渡っている。やや汗ばんだ額の熱を拭い去ってくれるようだ。

二人は向き合い、木刀をかまえている。

恵探は息も絶え絶えだった。半兵衛から見ても筋は悪くないが、もとからの素質の差の上、鍛え方があまりにちがいすぎた。手加減無用をきつくいわれているから、半兵衛は六分ほどの力をだしている。これ以上落とせば、手心を加えているのがばれるだろう。それぐらいの腕は恵探にもあった。

まわりには、心配そうな顔つきの十数名の侍が立っている。半兵衛が打ちこむたび、太刀がなるたび、恵探の刀が弾かれるたび、恵探が地面に手をつくたび、悲鳴ともため息ともつかない声が半びらきの口から洩れる。手だし無用を命じられていなかったら、半兵衛の前に飛びだしかねない顔をしている。あるじ以上に手に汗を握っていた。

なかなかうまくいっているようだな、と半兵衛は侍たちの顔を横目で見て思った。この者たちにも半兵衛の手加減は見えていない。

胴を狙った刀を打ち返されてうしろ向きに倒れかけた体勢を立て直し、恵探が上段から打ちこんできた。最後の力を振りしぼった渾身の打ちおろしだった。これまでとは異なった鋭さを秘めていた。

少しはあわててやらねばいかんな、と半兵衛はぎりぎりで木刀を払った。木の弾ける音とともに、鍬でも持ちあげたかのように両脇をがら空きにしてしまった恵探はふらとよろけると尻餅をついた。木刀を握り締めて、犬のような荒い息を吐いている。

お屋形、と叫んで家臣たちが駆け寄った。手をのばし、抱き起こそうとする。恵探はよい、といった。家臣たちは動きをとめた。

半兵衛は、案じ顔の家臣たちのあいだを縫って恵探に近づき、片膝をついた。恵探にびっくりした顔をみせてやる。

「最後の打ちこみは焦りました」

「本当か、半兵衛」

いたずらっぽい笑みを見せて、いう。

「遊ばれてるのがわかったんでな、胆を冷やさせてやろうとの一撃だったんだが」

話しているうち、息も落ち着いてきた。

「汗をかかすにも至らなかったようだな」

「そんなこともございませぬが」

半兵衛は額にうっすら浮かんだ汗を示した。

ゆったりと首を振り、恵探は苦笑した。

「そんなのはかかしたうちに入らぬ」

恵探は立ちあがった。袴を手で払う。

「どうだ、半兵衛。我が手で最高の腕とやってみぬか」

「最高の腕ですか」

まさかこの前の内野兵部ではあるまいな、と思った。

「もちろんかまいませぬが」

恵探は右手をあげて合図をした。

侍が出てきた。若侍だ。見覚えがある。わずかだが言葉もかわした。

確か加納平大夫といったはずだ。

「仕えてまだ一年にしかならぬが、余のようにはいかぬぞ、半兵衛。心してかかるよう、忠告しておこう」

承知いたしました、と半兵衛は答えた。

平大夫が木刀を提げて半兵衛の前に立った。足の運びに隙がなく、なるほど遣えそうだ。余裕を感じさせる笑みを浮かべている。

「半兵衛どのといわれるのですか」

稽古といえども刀をまじえる礼儀として、半兵衛はしっかりと姓名を名乗った。すぐに対戦となった。

平大夫は思った以上に遣えた。油断はできない。一合一合、恵探のいうように心して打ち合わなければならなかった。

しかし、まだまだ敵ではなかった。いつでも勝ちを制することはできた。平大夫の上段からの振りおろしをふわりと受け、半兵衛は腰を落とすや腕をひねった。平大夫の腕が力なく腕があがり、木刀が宙を飛んでいった。その行方を呆然と見ている平大夫の喉頸に、半兵衛は木刀を突きつけた。

平大夫が我に返った。なにも握っていない両手に目をやる。まいりました、といった。

「ふむ、平大夫でも無理か」

恵探は半兵衛の腕に感じ入っている。たいしたものだ、とその瞳は語っていた。

「平大夫、これから毎日鍛えてもらえ」

十三

四月二十四日、福島屋敷に京より早馬が着いた。

いい知らせではなかった。家督相続を梅岳承芳に命ずる、との内旨が出るとの知らせだった。将軍義晴から偏諱《へんき》を受け、承芳の今川家督としての名乗りは『義元』になるとのことだった。

今川義元か、と半兵衛は思った。太守にふさわしい、いい名に思えた。

恵探さまにはどんな名が似つかわしいだろうか。

しばらく頭で漢字をひねりまわしていた。これといった名は思い浮かばなかった。

いやな気分に半兵衛は襲われた。今川屋形になれぬから浮かばぬのではないか、と考えたわけではない。太守になれないとしても、まだ命があるならいい。この世からいなくなってしまうがためになにも考えつかないのではないか。

恵探は殺すには惜しい男だ。九英承菊は、だからこそ容赦はしまい。

翌日、また承芳方の武者が浅間神社近くで五名殺されたという噂が届いた。今度は瀬名氏貞の家臣ということだった。

その五つの死骸を目にした者はおらず、本当に殺されたか真偽のほどはわからなかった。福島越前は再び家臣に確かめたが、殺したという者はいなかった。当日、浅間神社のほうへ用事や使いで出ていた者もおらず、またも九英承菊が策を弄《ろう》したにすぎないようだ。

ほとんどの武将、重臣が承芳の旗の下に集まり、しかも近々将軍の家督容認の内旨まで出るというのに、こんなことをする九英承菊の真意が半兵衛にはわからなかった。


次の日の昼前、二人の武者が門のくぐり戸を入ってきたのを、日課となっている平大夫との稽古を終えた半兵衛は目にした。

武者の一人が怪我をして家士にかかえられているのだ。血みどろだった。よく息があると思えるほど、おびただしい血を武者は流していた。

半兵衛は駆け寄った。

「どうした」

声をかけると、そこで気力が切れたようで、武者は蒼白な顔を力なく落とし、倒れこみそうになった。家士一人ではこらえ切れず、半兵衛は背中に手をまわして支えた。その頃には、多くの武者や雑兵が集まってきていた。

半兵衛が福島越前に知らせるようにいうと、武者が一人駆けだしていった。

半兵衛は武者を屋敷の奥に運んだ。医師が鎧を脱がせ、床に横たわらせて手当をはじめた。脇腹をやられていた。槍で突かれた傷だ。福島越前もやってきて、手当の様子をじっと見ている。

腕のいい医師の必死の手当だったが、結局、武者は半刻ほどのちに死んだ。ひどく苦しみながらも息を引き取る前、事情を話している。

この武者は、福島越前の用事で外に出ていた六名の武者の一人だった。用事をすませての帰り、いきなり三十名ほどの軍勢に囲まれ、問答無用とばかりに斬りつけられたのだ。他の五人はなぶり殺しも同然に殺され、この武者だけは重傷を負いつつもなんとか包囲を脱し、屋敷まで帰り着いたのだ。

これだったのか、と半兵衛は思った。五名の瀬名家の家臣の死、その前の庵原家の六人の郎党の死、そして今川館に忍び入った八人の刺客の首、これらは福島武者を殺す口実ほしさだったのだ。襲ってきたという三十名が九英承菊に命じられたのか、それとも噂を信じて報復したのかはわからない。いずれにせよ、六名の福島武者が死んだのは事実なのだ。

報復を、と福島越前の弟助七郎は叫んだ。同調する者も相当数にのぼった。

やめよ、と福島越前は抑えた。今、戦に突き進むわけにはいかなかった。兵をあげたところで、負けは見えている。福島勢は五百にすぎず、承芳方は二千を超えている。二千にとどまらず、増やす気になればいくらでも増やせよう。

九英承菊もこの力のちがいを背景に挑発を繰り返してきており、福島越前としては九英承菊の手に乗るわけにはいかないのだ。

しかし、それから殺し合いがはじまった。お互い小人数で出合うや、いきなり斬り合いとなるのだ。街角でかち合った犬同士が激しく嚙み合うのに似ていた。互いの武者や足軽、雑兵だけでなく、巻き添えを食った町人に死者が出たことを半兵衛はきき及んでいる。

福島越前は家臣たちを厳しくいましめた。出合ったら避けるように、出合う前に察して姿を消すように、と。

しかし承芳方は避けたところを追って、戦いをいどんできた。福島武者は好むと好まざるとにかかわらず応戦せざるを得ず、双方の死者は少しずつふくらみ続けた。

いつ戦端がひらかれてもおかしくないほど、憎悪、憤怒の炎が両陣営の武者、兵の心に燃えはじめている。炎はすべての敵を焼き尽くさない限り、およそ鎮まることのない劫火《ごうか》と化しつつあった。

戦は避けられない、といった空気が町を包み、その気配を敏感にさとった町人たちが家財道具とともに避難をはじめる姿を見るのも日を追って増えつつあった。

十四

四月二十九日の昼下がりだった。門戸があわただしく叩かれ、ひらかれたくぐり戸を、三人の武者がばらばらと転がるように入ってきた。

三人とも傷を負っていた。

またやられたのだ、と半兵衛は思った。幸い、命に別状があるほどの傷ではなかった。いずれも息をあえがせており、必死に走ってきたのがわかった。

三人から事情をきいた屋敷の武者たちが外に出て、まだほかにいないか見たところ、槍を杖に道をよろけながらやってくる一人の武者を見つけ、屋敷に収容している。しばらくほかにいないか待ったが、それ以外に姿を見せる者はいなかった。

この者たちは、今日、久能山城から屋敷にやってきた部隊と交代で城に戻ろうとした五十名のうちの四人だった。浜街道と呼ばれる、駿府の南に広がる海へつながる道を進んでいるとき、待ち伏せしていたらしい二百を超える軍勢に襲いかかられたのだ。

四倍の敵を相手に福島勢は勇敢に戦ったものの、四半刻もかからずほぼ全滅した。五十名のなかにはこれまでの町なかの戦いで負傷した十数名も含まれており、それらも容赦なく殺された。

四人のうち三人まではは自力でその場を逃げだしているが、一人は左の太ももをやられ動けなくなったところを助かった。敵に助けられたのだという。

横たわって身動きがとれない武者の目に、呻きをあげる手負いを敵が次々に槍で串刺しにしてゆくのが見え、武者も逃げようとしたが体が自由にならなかった。自分のそばにも敵がやってきて、やられると思ったとき、立ちあがらされ、行けといわれたのだ。それで槍にすがって、ようやくここまでたどりついたのだった。

明らかに承芳方の仕業だが、この武者を殺さなかったのは、襲われたことを屋敷に知らせる役を負わせたからのようだ。またもや挑発だった。

それほどまでに、と半兵衛は思った。九英承菊は福島越前に兵をあげさせたいのだろうか。兵をあげさせ、完膚なきまでに叩きのめす。そして恵探を殺す。法弟承芳のために、九英承菊はどんな手をつかっても恵探をこの世から消してしまおうというのだ。

文明の内訌が九英承菊の頭にあるのでは、と半兵衛には思えた。家督返還の約束を果たそうとしなかった小鹿範満を伊勢宗瑞が殺し、龍王丸を第七代今川屋形とした一件だ。

四十一の若さで戦死した今川家第六代義忠の従弟でしかなかった小鹿範満が、代行といえどなぜ太守の座につけたのか。

発端は、文明の内訌から四十四年前の永享の内訌までさかのぼる。

四代範政が跡に据えたくてたまらなかった末子千代秋丸は幕府の許しを得られなかった上、父の病死に加え、鎌倉公方足利持氏の命にしたがってあと押しをしてくれていた国人の中心だった狩野氏の討ち死などが重なってついに争いに敗れ、その後今川館を出て駿府近郊の小鹿の地に居を定め、小鹿範頼と名乗った。この小鹿範頼こそ、小鹿範満の父なのだ。

小鹿範満が形だけながらも屋形になり得たのは、扇谷上杉の血を引いているために上杉家の家宰で名将と謳われた太田《おおた》道灌《どうかん》の後援を得られたことに加え、千代秋丸をかついで多くの犠牲を払った人々の、今度こそは、との思いが結集したからだ。

永享の内訌の際、千代秋丸を殺しておいたら文明の内訌はなかった、と九英承菊は考えているのではないか。千代秋丸は父範政が最もかわいがった子であり、また扇谷上杉の娘が産んだ子だけに乱の首謀者とはいえ生かすしかなかったが、恵探は一国人の娘の腹にすぎない。殺すのにためらいはいらない。

あるいは、と半兵衛は思った。九英承菊は伊勢宗瑞たらんとしているのではないか。京からくだって小鹿範満を殺して範満一派を討滅した姿を、同じく京からやってきたおのれに重ねているのかもしれない。

福島越前は五十名が襲われたことを知ると、すぐに恵探の部屋を訪問した。

二人は向き合って座り、半兵衛は恵探の左斜めうしろに控えた。

「あの生臭が我らに兵をあげさせたくてならぬのはわかっておりますが――」

福島越前はいった。

「ついに堪忍袋の緒が切れ申した。やられたらやり返すのが武門の掟である以上、ここでやり返さぬとあらば、我ら、世の嘲笑を浴びることになり申す」

「今日殺されたのは四十六人でしたね」

恵探が確認するようにいった。

「これまでの町なかの戦いでの死者を加えれば、六十四名になります」

「戦になれば、それ以上死にます」

福島越前は暗い顔でうなずいた。

「その通りです。家臣たちだけでなく、敗れればお屋形も拙者も命はございますまい」

「与同を約束してくれた国人も命を落とすことになりましょう」

福島越前は目を伏せた。

「しかし、それも覚悟の上で合力を誓ってくれたはずにございます」

恵探はかすかに首を上下させた。

「北条家のほうはいかがですか」

「まずまず順調かと」

言葉とは裏腹に福島越前は自信なげな声で答えた。幕府に対する働きかけと同じで、こちらもうまく運んでいないのではないか。

「味方についてくれるのですか」

やや強い口調で恵探がきく。

「九分九厘は」

微妙ないいまわしであるのに半兵衛は気づいている。恵探も同じだろう。今の問いに対する答えは、はい、か、いいえしかない。

「つまりは、まだ味方につくという確約は取れていないのですね」

福島越前はすまなそうに両肩を縮めた。

「正直に申せば」

「取れますか、確約は」

「……おそらく」

恵探は寂しそうな笑みを洩らした。

「おそらくですか……」

顎に拳を当て、考えこんだ。

「もし北条を味方にできなかったら、我らの負けです。伯父上がいわれたように、それがしも伯父上もこの世から露と消えましょう」

それがし、と恵探がつかったが福島越前はとがめなかった。

「九英承菊……どのが挑発を続ける理由はなんだと思われますか、伯父上」

「それは我らに兵をあげさせ……」

福島越前は甥を悲しい目で見た。

「将軍から命じられた承芳の家督相続を阻もうとする逆賊を討つ、との大義名分をもって我らを打ち負かし、お屋形の命を取ることにございます」

恵探は一度まぶたを閉じ、またひらいた。

「その通りです。承芳どののために、のちの災いの種を除いておきたいのです。永享の内訌で千代秋丸さまを弑《しい》さなかったゆえに小鹿範満どのが生まれ、それがため我が父に苦難のあったことを九英承菊どのは考えているのやもしれませぬ。あるいは遠く源平の頃、平清盛《たいらのきよもり》公が源義朝公の男子を助けるという武門の掟を破った故事を思い浮かべているのやもしれませぬ。やるときはとことんやる。殺すときは殺し尽くす。伯父上のいわれる通り、それこそ武門のあるべき姿ですから」

　恵探は小さく息をついた。

「つまり、九英承菊どのとしてはそれがしを殺さぬ限り、安心できぬのでしょう。それがしが生きている一事だけで、たとえ承芳どのが太守となったとしても、それがしをかついで承芳どのを倒そうとする輩がいつ出ぬとも限りませぬから」

　恵探は唇を湿した。

「それがしが家督争いから外れ、象耳泉奘どののように京へ行くといったら九英承菊どのはどうするのでしょう」

「えっ、そうするおつもりですか」

　驚いて福島越前がきく。

「いや、たとえばの話です」

　恵探は柔和な笑みを見せた。

「やはり伯父上はおいやのようですね、それがしが京へ行くのは」

　福島越前はつまった顔をした。

「いえ、そういうわけではございませぬが」

　福島越前は顔をしかめ、息をついた。

「お屋形が京へ行く行かぬは別にしても、しかし、あの生臭に黙って家督を渡すのはどうにも耐えられませぬ。殺された者の仇討もせずに」

「九英承菊どのではございませぬ」

「えっ、なにがでしょう」

「家督を継ぐのは」

恵探は笑みを浮かべている。

「伯父上は本当に九英承菊どのがおきらいなのですね。いったいどこがそんなに」

「どこと申されましても……」

福島越前は額の汗を手のひらで拭った。

「あの坊主とはじめて会ったのはいつでしたか。会ったのをはっきり覚えているのは、大永六年（一五二六）の先代のご葬儀のときです。すでにその頃から気に入らぬ、と思っておりましたな」

ゆっくりとした調子で続ける。

「あの男を承芳どのの傅育として京より呼び戻し、先代がなんでも相談を持ちかけることに妬《と》心《しん》をいだいていたのやもしれませぬ」

あるいは、と福島越前はいった。

「……こんな日がいつかやってくることを予感していたせいかもしれませぬ」

「予感があったのですか……」

じっと耳を傾けていた恵探がぽつりといった。下を向き、目をつむる。寝こんでしまったのでは、と思えるほど長いあいだそうしていた。

「わかりました」

顔をあげていった。瞳には、柱を這いのぼる炎のような強い決意があらわれていた。明らかに武人のそれだった。

「伯父上、やりましょう。これもさだめでありましょう。九英承菊どのが挑発を繰り返しているのも、それがしの命がほしいゆえ。ならば、たとえそれがしが京へ去ったところで、拳の振りおろしついでに刺客を放つやもしれませぬ。京での修行の最中も心がおさまらぬでは、行く意味はありませせぬ」

それに正直申せば、と恵探はいった。

「それがしは逃げるのは好きではない。これも天から与えられた試練なのでしょう。それにそれがしは、武将としてどれほどの力があるか試したいと、寺で修行しているときからずっと考えておりました。それがしの体を流れる祖父福島左衛門どのと父今川氏親の血が、それがしにどれだけの働きをさせてくれるか楽しみでなりませせぬ。もしも力及ばず敗れたとしても、武門に生まれた者として最期を武将として飾れるなら、これぞ本望と申すものでありましょう」

これで、と半兵衛は思った。二人とも死ぬのが決まった。

いや、そう決めつけるのははやい。勝てばいいのだ。この二人に殉ずるつもりはないが、半兵衛も力の限り戦う決意を胸に刻みつけた。

「お屋形、よくぞ申してくれました。これで拙者の夢がかなうやもしれませぬ」

膝行《しっこう》した福島越前が恵探の手を取らんばかりにいった。

「伯父上の夢ですと？」

「伊勢宗瑞公が小鹿範満どのを敗って甥の氏親公を家督につけたがごとく、拙者もそうありたいと常々思っていたのでございます」

「ありがたいお言葉です」

恵探は伯父に向かって頭を下げた。

福島越前は甥の顔をあげさせた。

「苦しい戦いになりましょうが、お屋形、二人で乗り越えてゆきましょうぞ」

「乗り越えるのはいいですが、伯父上」

恵探は冷静に釘を刺した。

「北条家との交渉、必ずやまとめてくだされ。武将として死ねるなら本望と申しましたが、まだ死ぬのにはいくらなんでもはやすぎるとも、それがしは思っております」

福島越前が弟の助七郎を呼び、挙兵する旨を告げた。

助七郎は、これで死んだ者どもの仇を討て申す、といって喜びをあらわにした。福島越前は十数名の武者を集め、あらかじめ用意していたらしい封書をそれぞれにさずけた。

その様子を半兵衛は恵探とともに見ていた。

門を出た武者たちは、馬腹を蹴ってそれぞれ目指す方向に馬を駆けさせた。合力を約束した国人や一族への檄《げき》だった。

蜂起がいつなのか、半兵衛にはわからなかった。ただし、そう遠くない日であることははっきりしていた。

十五

翌朝、半兵衛は部屋に呼ばれ、福島越前と腰をおろして向き合った。

何日かぶりの雨が、板葺きの屋根を叩いている。さして強い降りではない。

ほかにはなにもきこえない。福島越前の眉間には、心中の苦悩をあらわすかのように深い縦じわが刻まれている。目も充血している。あまり寝ていないのかもしれない。

黙したまま、福島越前は口をひらかない。半兵衛には、用件は察しがついていた。

「生臭に――」

沈黙を破って福島越前がついにいった。

「思い知らせてやろう、と思う」

やはり、と半兵衛は思った。福島越前がいわんとしているのは、半兵衛が今川館に忍び入り梅岳承芳の命を断つことだ。

半兵衛が意を察したと見た福島越前が細い息を吐きだして、言葉を継ぐ。

「どうだ、やれるか」

どこかできいた言葉だ。信虎を襲撃する前、白鳥山の陣所で今川氏輝が福島越前に成算をたずねたのと同じだ。今氏輝は亡く、命を拾った信虎は甲斐で牙をひたすら研いでいる。

「目当ては承芳どのでございますね」

一応は確認した。福島越前の指しているのが、九英承菊ではとの思いがかすめたのだ。

「むろんだ」

それしかなかろうな、と半兵衛は思っている。この状況をくつがえせる一手は。

盛りあがった気持ちそのままに戦に打って出たところでやはり九英承菊の策に乗ったことに変わりはなく、どんなにがんばったにしろ善戦が精一杯で、勝ち目はないことを福島越前は冷静に考えたのだろう。恵探が武将として優れた資質を持っており、その資質を存分に発揮するつもりでいるのもわかっているが、それだけで勝てるほど九英承菊は甘い相手ではないことを一晩かけて見つめ直したのだ。

そして、戦で勝てないのなら大将を殺してしまえばいい、との結論に達したにちがいない。八つの首を河原にさらした九英承菊の行いが、あるいは示唆を与えたのかもしれない。

北条家との交渉は予想以上にうまく進んでいないのやもしれぬ、と半兵衛は考えた。挙兵の決意をしたとはいえ、負け戦でかわいい甥を死なせたくないとの思いが、福島越前の心を強くとらえているようでもあった。

しかしどうかな、とも半兵衛は思った。

九英承菊としては承芳擁立を表明したときから、承芳のそばに最上の腕利きを何人も置いているはずだ。九英承菊は、信虎襲撃をしてのけた者が福島越前の配下であるのを知っている。両陣営の緊張が高まっている今、承芳の警固は一層厚みを増し、蠅ですら近づけないのではないか。九英承菊から見ても満足ゆくほど備えが万全だからこそ、福島越前を挑発し続けることができたのだ。

今川館のなかにはおびただしい軍兵もいる。それらを突破して承芳の命を奪うのは、容易ではない。いや、容易ではない、というい方は甘かろう。成功の見こみは一分もあるまい。逆に、半兵衛の首がさらされかねなかった。だが、無理と告げたところで福島越前としてはやらせるに決まっていた。昨日一晩かけて得た結論なのだろうから。

ここはもう、半兵衛が口にするべき言葉は決まっていた。

「力は尽くします」

「では、やってくれるのだな」

福島越前の顔が喜色に満ちた。

「半兵衛ならそういってくれると信じていた」

半兵衛は福島越前から今川館の絵図を借りた。絵図といっても、福島越前が思いだしながら描きあげた即席のものだ。それを宿所に充てられている離れの一室に持ちこみ、甚左衛門に見せた。

甚左衛門はしばらく床の絵図に目を落としていた。

「顕本寺とはくらべものになりませぬな」

駿河、甲斐の国境の万沢において武田信虎が本陣とした寺。まだ九ヶ月ほど前にすぎないのに、ずいぶん昔のことのように感じられる。

「確かにな」

方二町の今川館。堀がいくつかの重臣屋敷の周囲まで延び、堀に沿って高さのある土塁、塀が本丸ともいえる館のぐるりをめぐっている。館とはいっても、構えと呼ばれているのがよくわかるつくりだ。

常御殿、主殿、奥殿御屋敷、対面所、持仏堂、会所、台所、遠侍など巨大な建物がいくつもあり、それらが廊下でつながり、複雑に入り組んだ塀が外からの侵入を巧みにさえぎっている。

ほかにも厩、米蔵、館で働く者たちの長屋などが、敷地の端に寄せられて建てられている。

承芳は常御殿か奥殿御屋敷を寝所にしているのだろうが、そこまで近づくのも骨であるのが、稚拙な絵図とはいっても見て取れた。

いつまでに、と甚左衛門がきく。

「五月三日」

「その日になにか意味があるのでしょうか」

「きかされてはおらぬが見当はつく」

「ほう？」

「その頃承芳どのに、幕府より家督相続の正式な承認がおりるのではないかと思う」

「つまり、その日、承芳どの側はいっせいに兵を？」

「そういうことだろうな」

なるほど、と甚左衛門はいった。

「この絵図は正確なのでしょうか」

氏輝や大方どのの信任が厚かった福島越前は、太守と親しい者しか入ることのできない館の奥まで何度も足を踏み入れている。そのとき頭に残った絵がどれだけ確かかによる。

「おそらくは」

「もっと詳しく知りたいものでございますな」

半兵衛はうなずいた。

「ふむ。甚左、やってみるか」


夜が更けるのを待って福島屋敷を出、屋敷の背後を通る東海道にいったん出た。昼間は通る人の多い街道も、日が暮れてしまえば人通りは絶える。今も道行く人の姿はない。

空が雲におおわれた闇夜だ。二人は人けのない道の端を、油断することなく早足で行った。

このあたりは町屋が両側に密集し、商家も多く、道幅はけっこうある。

二人とも柿の渋で染めた装束に身をかためている。黒は暗夜に浮いてしまうことがあるが、柿色は闇にしっくりとなじむ。これが父祖の編みだした工夫なのか、それとも他の出抜から伝えられたものなのか半兵衛は知らない。

東海道を一町ほど南にくだると、道が右へ大きく曲がる。曲がり切ったところに小川に渡された橋があるが、東海道はこの橋を渡ることで西へ向かうことができる。二人は渡らず、東海道とわかれた小道をまっすぐ進んだ。

やがて、少しよどんだような臭いが半兵衛の鼻につきはじめた。今川館の外堀が近づいているのだ。駿府を流れる清流の一つ北川から水をひきこんだ堀ではあるが、流れがたいしてないために臭いがしてくる。今川義忠に嫁いできた伊勢宗瑞の姉は、この流れの名を夫の死後の名乗りとしている。

旗指物をした兵や武者の姿がこのあたりから増えてきた。いうまでもなく福島勢の攻撃を警戒しているのだ。四辻は特に兵が厚く、互いちがいにした幾重もの柵をめぐらせ、土俵を積みあげている。盾もぎっちりと並べられている。弓隊も多く目についた。

これらに出合うたびに町屋の屋根にのぼって外し、いくつかの敵陣をぐるりとまわりこんで、今川館を福島屋敷とは反対側から見られる場所まで二人は来た。

このあたりにも兵や武者たちが多くいるが、福島屋敷から距離があるだけにいかにもたむろしているといった様子で、警戒心は薄いようだ。

二人は夜のつくる濃い影を選んで動き、四間の幅を持つ堀の際に立つ松の木陰に入りこんだ。

それ以上は進めなかった。堀のせいではない。堀など、半兵衛たちにはないも同然にすぎない。

半兵衛は驚いている。今川館の塀の向こうは篝火の光で満たされており、おびただしい人であふれているのが眺めているだけで見て取れたからだ。

考えないことではなかった。ただ、予期していた以上だった。

どの部将も重臣も、そして国人までも、先を争うように兵を送りこんでいるのだろう。三千から四千の兵が、館や重臣屋敷を中心に集結しているようだ。おそらくこれからも増える一方だろう。福島越前はどんなに集めたところで、二千五百に届くかどうかだった。

甚左衛門と顔を見合わせる。無理ですね、とその顔はいっている。なかを見ずとも、忍びこめる隙間がないのははっきりしていた。仮に入れたとしても、なにもできはしない。もともと無理をするつもりはなかった。

忍びこむのではなく、別の手立てを考えなければならないこともこれでわかった。それだけでも収穫があったといえた。

戻ろう、と半兵衛は口の形で伝えた。

十六

一昨日よりだいぶはやい刻限だ。戌（午後八時）には、まだ半刻以上ある。二人は、堀端の松の木陰に再びやってきた。今日も忍び装束姿だ。

ここで気息を消し、ひたすら待った。弓を思わせる細い月が、残照の消えた空に出ている。闇に塗りつぶされそうなか弱い光。空で口だけの化け物が笑っているように見えた。

長いときが流れたようにも思えたが、実際には四半刻ほどだったろう。ようやく二人の武者が近づいてきた。一人が松明を掲げている。これからどこかへ使いに出るのか、急ぎ足だ。

旗印を確かめる。岡部だ。

半兵衛はどきりとした。

顔を見る。二人とも駿府に来ているはずの義父ではなかった。胸をなでおろす。岡部なら調べはついていた。今日は自身の屋敷にいる。絶好だ。

半兵衛と甚左衛門はあたりをうかがった。

二人の武者にとって不幸なことに、近くには誰もいない。目の前に来るのを見計らい、背後から一気に襲いかかった。声をださせぬように短刀で首を掻っ切る。

魂が抜け出た体からはかたさが消え、鎧を着ているにもかかわらずやわらかな重みを伝えてきた。まだ自分の死に信じられず驚いたような目を閉じてやり、死骸は木陰にそっと横たえた。

合掌して、口のなかで経を唱える。


闇に立ちあがった二人の武者は、なにげない様子で道を東へ歩きはじめた。背中の旗指物が夜風に吹かれ、はためいている。

今日やるつもりでいる。福島越前に確認して訂正とつけ足しをもらい、絵図はほぼ完璧なものになっていた。福島越前を信じるしかない。

家臣をつかうつもりはなかった。二人のほうがやりやすいし、逃げやすくもあった。本当は半兵衛としては一人でやりたかったが、甚左衛門が許してはくれなかった。

今川館近くの道を堂々と歩き進んでいると、篝火が明々と燃える要所要所に立つ武者や兵が「はた」と声をかけ、槍を突きつけてくる。「しず」と甚左衛門がすかさず返す。すぐに槍が立てられ、道があく。

承芳方は、今川館の詰の城がある賤機山を合言葉にしている。これもとうに調べずみだった。福島屋敷の方角へ向かっているので、反対側から来る者にくらべ、これでもだいぶ誰何はゆるかった。

今川館と橋でつながれ、しかも館と最も距離の近い屋敷を二人は目指している。目当ての大きな屋敷の前に来た。屋敷の周囲は水を満々とたたえた堀で、これも今川館の外堀の続きだ。道から屋敷に向かって一本の橋が渡されている。なかから打って出るときのために落とされたり焼かれたりすることのない土橋で、幅は一間、長さは五間ほど。

橋の先に、かたく閉じられた門が見える。橋の手前には、これまで以上に大勢の軍兵がいた。ここも盾と柵でかためられ、まるで出城のようだ。いくつもの篝火が置かれ、盛んに火の粉をあげている。伏せ気味にしたくらいでは、顔を隠しようがない。

柵の前で立ちどまった二人に槍が槍衾のように突きだされ、よそ者を見る冷たい視線が送られてくる。一人の武者が合言葉を口にする。甚左衛門は難なく答えた。

屋敷のあるじは、三浦次郎左衛門尉《みうらじろうざえもんのじょう》。朝比奈泰能《やすよし》とともに、今川家きっての重臣である。この二人に限っては、死の二ヶ月前に氏親の制定した『今川仮名目録』に今川館に出仕する際の席次が決まっているほどだ。むろん、二人とも最上位だ。

盾のあいだから合言葉の武者より身分の高そうな武者が進み出て、二人の前に立った。年は四十すぎか。この場の指揮をとる武者らしかった。いかにも遣えそうだ。手にした松明で二人の風体を無遠慮にじろじろと見、旗指物に目を移した。

納得したように首を縦に動かすと、武者はいった。

「梅」

面にだすような真似はしなかったが、さすがに甚左衛門は面食らったようだ。承芳方は場所によって、二種類の合言葉をつかいわけているのだ。今川館の入口の一つというだけでなく、福島屋敷にも近く、ここはそれだけ重要ということなのだ。

半兵衛はすばやく頭をめぐらせた。

「菊」

甚左衛門がなにか答えようとするのをさえぎるように口にした。じっと二人に目を注いでいた武者は半兵衛の答えをきくとうなずき、配下に槍をあげさせた。

真摯な口調で、名と用件をきいてきた。

「岡部左京進の手、拙者堀川九郎、こちらは池山十郎。我があるじ岡部左京進より三浦さまあての書状を持参してまいった」

適当な名をあげて自分と半兵衛を指し示し、甚左衛門がすらすらと答えた。

「ほう、さようか。では書状を」

武者が手を差しだす。

甚左衛門が鎧の奥にしまいこんだ書状をひっぱりだして、半分ほどを少しだけ見せた。あらかじめ用意しておいたもので、中身は白紙だ。

「お預かりいたしましょう」

甚左衛門がゆっくりと首を振る。

「三浦さまにじかにお渡しするよう、あるじより厳命されておりますゆえ」

「じかにと申されても、我があるじは今、館におられる」

これを調べるために一日、間を置いたのだ。今日、屋敷にいてもらっては困る。

「では、館まで案内をお頼み申す」

甚左衛門がいうと、武者はためらいを見せた。

「案内できぬといわれるのであれば、我らはここで引き返すのみ。その後あるじにこの旨報告し、腹かっさばく所存にござる」

武者は目をむいた。

「腹かっさばくなどそんな大袈裟な――」

「我らには大袈裟ではござらぬ」

「そんなに大事な書状でござるのか」

「玄広恵探さまと福島越前に強いつながりを持つある国人に関するものとはきいております

が、それ以上のことは拙者も。――いや、この書状が大事かどうかは拙者の存じよらぬこと。それは受け取られる三浦さまが判断なさることでござろう。拙者にとっては、つとめをまっとうできるかがすべてなのでござる」

甚左衛門は気合十分にいってのけた。

「わかり申した」

気圧されたように武者は答えた。

二人の武者と四人の足軽が呼ばれる。

「こちらの二人を中門までお送り申しあげろ」

武者は気のいい男らしく親切にいい足した。

「館に入られたら、遠侍において藤田彦市《ふじたひこいち》と申す者を呼んでくだされ。その者が我が殿にお取り次ぎいたしましょう」

二人は橋を渡って門をくぐり、六名に囲まれるようにして三浦家の屋敷内を歩きはじめた。

幅三町、奥行半町の広大な敷地で、ここにも多くの兵がいた。ぎらぎらした目で半兵衛たちを見る。どうやら駿府に屋敷を持たない国人の兵もかなり収容されているようだ。

屋敷の裏門を抜け出ると、また橋にぶつかった。今川館の内堀に渡されている橋だ。こちらは木橋で、いったんことあるときはすぐに落とせるつくりになっている。

ぎしぎしと揺れる橋の先にも門がある。館の中門の一つ東門だ。ここもかたく閉じられている。

四足門。館の大手に当たる四脚門とはちがう。こちらの門のほうがはるかにつくりが小さく、四本の柱で支えられている、という意味にすぎない。

東門の門衛をつとめる今川の旗本らしい四人の武者に三浦武者の一人が用件をいい、半兵衛と甚左衛門を罪人でも扱うようなぞんざいさで引き渡した。

これで引き継ぎは完了だった。六人はさっさと橋を戻っていった。

武者がなかに声をかけると、木のこすれる重い音とともに門がひらいた。四足門を二人は抜けた。同じ音をさせて門が閉められる。

今川館だ。足を踏み入れるのは半兵衛ははじめてだ。甚左衛門も同じだ。正面の闇に、館の待ち合いである遠侍の建物がぼうと浮かんで見えた。距離にして半町ほど。

ではこちらへ。一人の武者の先導で二人は歩きはじめた。

土がきれいにならされた広い場所で、ここにも多くの篝火が燃やされている。たとえ忍びこめたにしても、姿を隠せる陰がどこにもなかった。ここは籠城の際、兵が籠もる場所で、今も多くの武者、兵がいた。横になっている者もいる。陣小屋が建っていないだけで、野陣とたいして変わりはなかった。

右手は白壁の塀が連なり、塀の向こうは庭園になっているはずだ。広々としたその庭園は、館の北東側に位置している。富士山を借景としてつくられているのだ。駿河にやってくる京の公家にも評判の高いらしいこの庭は、駿河づくしときいている。富士山以外にも、富士川をあらわした細長い泉水、三保の松原を模した松並木が配されているといわれている。

左手は武者走りの土塁で、その上に木塀。土塁の向こうは堀。やや手前に、今通ってきたばかりの門と同じつくりの門がある。南門だ。

この門を出るとまた木橋があり、その橋は幅二町、奥行半町という館の二の丸へつながっている。兵を備えるための曲輪《くるわ》である二の丸に四脚門はあり、この門以外の建物は番所しかない。

遠侍の左側にも番所がある。武者が何名かつめているだけの小さな建物だ。

案内の武者が声をかける。なかから武者が出てきて、用件をたずねた。甚左衛門が、藤田彦市を呼びだしてくれるように依頼した。

ここでも半兵衛たちは引き継がれ、新しい武者に連れられて、庇の突き出た玄関を入った。玄関は、すぐに遠侍にあがれるつくりになっている。

草鞋を脱いであがった。畳に換算して四十畳はある広い板座敷にはほかに人はおらず、がらんとしていた。二つの灯心が隅で小さな炎を立てている。暗い部屋だ。

「しばしお待ちくだされ」

武者がいい、奥へ取り次ぎのために去った。

半兵衛と甚左衛門は腰をおろした。

殿、と甚左衛門がささやきかけてきた。

なんだ、と半兵衛は小さく返した。

「さすがですね」

「合言葉か」

「はい。それがしは梅といわれたので、松と答えようとしてしまいました」

承芳方は梅岳承芳と九英承菊から、一文字ずつ取っているのだ。

「俺も一瞬、松が頭をかすめたが、梅に松では合言葉にならぬのに気づいた。とっさの賭けだったがうまくいった。おそらく九英承菊殿の工夫であろうよ」

あのとき半兵衛はひそかに安堵の息をついている。常に九英承菊のことを考えていたからにちがいなかろう、と感じた。

先ほどの武者が戻ってきた。一人の武者をともなっている。二人に引き合わせると、番所の武者は去った。

二十をいくつも出ていないと思える武者は、藤田彦市と名乗った。年の割りに物腰に落ち着きがある。三浦家の家士ではなく、館うちで三浦次郎左衛門を受け持つ今川武者であるようだ。

「書状を持参されているそうですが」

甚左衛門が懐から書状を取りだし、内容について話した。藤田は書状に視線を投げただけで、黙ってうなずいた。

「三浦さまがお会いになるそうです」

二人は立ちあがった。藤田が、ところどころ淡い火が燃えているだけの闇色濃い廊下を手慣れた様子で先導してゆく。

廊下は少し行って右に曲がった。遠侍よりはるかに大きな建物が視線の先に見えた。福島越前の絵図によれば、そこは主殿だった。主殿に廊下は通じておらず、横を素通りしてゆく。

主殿を右手に見つつ廊下はまっすぐになり、十間ほど行って右に折れた。正面に、また大きな建物があらわれた。いったん中庭を通った廊下はその建物に吸いこまれている。

その大きな建物に入ってすぐ藤田が立ちどまり、こちらへ、と杉板戸をあけた。

畳の敷かれた八畳間だ。ここまで人には出会わなかった。多くの人がこのなかにいるはずなのに、館は静まりかえっている。咳払い一つでも響き渡ってしまうのでは、と思えるほどの静けさだ。

藤田が火を灯した。座敷はやわらかな明かりに満ちた。

この建物は会所だ。庭園に面した対面所を使用しないとき、太守がここを対面の場とすることもあるようだ。三浦次郎左衛門はここをつかうつもりでいるのか。藤田は一礼し、杉板戸をあけ放したまま廊下を戻っていった。半兵衛たちは座った。

待つほどもなく、六十に近いと思える侍がやってきた。鎧は着ていない。藤田と似た年頃の小姓らしい若い武者を二人したがえている。立とうとする半兵衛と甚左衛門をそのままと右手をあげて制し、腰をおろした。うしろに控えた小姓が杉板戸を閉める。

三浦次郎左衛門だ。やや小肥りの小柄な男だが、先代氏親の信頼が厚く、器量人との評が高いだけに、しわがかなり目立ちつつあるとはいっても、さすがに目には鷹のような鋭さがあった。

その目で二人を一瞥した。一瞥といっても、にらみつけるような迫力だ。

三浦じゃが、としわがれた声でいった。戦場経験の深さを裏づける肚に響く声だ。

「岡部どのの書状を所持しておるとのことじゃな。恵探どのと越前に強いつながりを持つ国人に関するものときいたが――」

半兵衛は甚左衛門に目配せした。甚左衛門が懐から書状を取りだし、三浦に捧げるようにした。

三浦は、うむと顎を一つ引いて手をのばした。甚左衛門が三浦の手を引くや、みぞおちに拳を叩きこんだ。うっ、と呻いて三浦は気を失った。

同時に半兵衛は小姓に躍りかかっている。一人の首に手刀を浴びせ、もう一人には腹へ右足の蹴りを食らわせた。二人とも声をあげることなく、畳に崩れ落ちた。

家督を握ったのちに無用のうらみを買いたくないとの理由から、三浦次郎左衛門を含め、重臣を殺さぬように福島越前にきつく命じられている。

今は敵対しており、いざ戦となれば三浦次郎左衛門も恵探、福島越前の首をあげようと必死に働くだろうから、殺せるときに殺しておかぬのは甘いのではないか、と思ったが半兵衛に逆らう気はない。

半兵衛は懐からだした紐で手足をしばった上で三人を背中合わせにし、さらにぐるぐる巻きにした。仕あげに猿ぐつわをする。

廊下とは反対側の奥の杉板戸をあけた。

そこも八畳間で、無人だった。その部屋に三人をひきずって入れ、二人は岡部武者の鎧を脱ぎ捨てた。もとの柿色の装束に戻って腰に刀を差す。

半兵衛は、よし行こう、と甚左衛門にいった。部屋の明かりを消してから杉板戸を慎重にあけ、廊下に出た。誰もいない。

半兵衛は頭に絵図を描いた。鮮明だ。これならやれる。

廊下を戻り、廊下が丁の字になっている場所まで来た。まっすぐ行けば遠侍だが、左に曲がれば承芳がいるはずの常御殿に行き当たる。

二人は用心しつつ左へ向かった。

だが、目指していた常御殿には出なかった。台所とおぼしき太い柱と梁が目立つ建物につながっているだけで、廊下は行きどまりだった。

ちっ、と半兵衛は心で舌打ちしかけてこらえた。絵図がちがうことなど予想がついたことだ。腹を立てるほどのことではない。

廊下を引き返す。しかしこうなってしまうと、頭の絵図は役に立たない。部屋の多さと入り組んだ廊下に、ただ混乱するだけだった。人の気配を感じて、引き返さなければならないことも何度かあった。

しかも、そうこうしているうちにときがどんどんなくなってゆく。会所の三人が気がついたとしても助けを呼ぶまでにはしばらくかかるだろうが、それでもさほどのときが残されているはずがない。なかなか戻ってこないあるじを家来どもが心配し、いつ捜しはじめるかわかったものではないのだ。それにこんな刻限でも、不意の来客があって会所をつかわないとも限らない。

だが、この機会を逃すわけにはいかない。これをしくじったら二度目はないのだから。

とはいえ、あせって闇雲に動くわけにもいかない。むやみやたらに動けば、屋敷の音や警固の武者と鉢合わせしかねなかった。

「殿、一度庭に出てはいかがです」

甚左衛門がいい、半兵衛は顔を向けた。

「例の駿河づくしの庭です。対面所は庭に面しています。いくらなんでも、そこまで絵図をまちがえようがないと思います」

半兵衛は甚左衛門の言葉の意味を考えた。

「対面所の廊下か」

「ええ、あの廊下は確か、藍書院につながるお廊下と呼ばれる廊下とそれほど離れていないはずです。ですから対面所に行くことができれば、承芳どのに近づけるものと」

藍書院。太守の居間だ。奥殿御屋敷にある。一度建物の群れの外に出て、全体を眺め渡してみるのもいいかもしれない。

甚左衛門の進言通り、半兵衛は庭園に出ることにした。

十七

会所のほうへ戻り、廊下の切れ目から中庭におり、そこから生垣を越えて主殿をまわりこむ形で庭園に出た。広いところに出て、風が吹き渡ってゆく。

半兵衛は思わず深く呼吸をしかけてとどまった。こんな気配でも察する手練がいないとも限らない。

姿勢を低くして庭を南へ向かった。

対面所はたやすく捜しだせた。対面所には広縁がある。床下にもぐりこんだ。床は高く、さほどきつい姿勢は強いられない。

人の気配は頭上にはなかった。そのまま腰を折って床下を進む。

お廊下は苦労もなく見つかった。西へ延びる長さ十間ほどの廊下で、これは福島越前の絵図通りだった。その下を油断することなく進んだ。

やがて廊下が切れ、二十畳ほどの広さを持つ部屋の真下に来た。絵図通りならここが藍書院だ。

息を殺し、頭上の気配を嗅いだ。しばらく嗅ぎ続けて、部屋には誰もいないと判断した。

甚左衛門を見る。甚左衛門は顎を動かした。

半兵衛は床板をあげようとした。そのとき鼻先にきな臭い風を感じた。

動きをとめ、身がまえた。床板を突き破った刀が顔をめがけて伸びてきた。

半兵衛はとっさに土の上に仰向けに寝て、首をひねった。左耳に痛みを感じた。削がれたのだ。刀はすぐさま引き抜かれ、また半兵衛を襲ってきた。今度は左肩をかすめた。

すごいのがいる、と半兵衛は思った。俺や甚左に気配をさとらせぬとは。

刀が引き抜かれた瞬間、半兵衛は横に身を投げた。即座に今いた場所に刀が叩きこまれた。刀はぶすりぶすりと半兵衛を追ってくる。丸太のように転がり続けた。体勢を整える暇は与えられない。それでもお廊下の下へ出たとき、わずかに間があいた。

半兵衛は身を起こし、中腰になった。甚左衛門も別の刀に追われていた。突きだされる刀をかいくぐり、床下から木々の植わるせまい庭に出ようとしている。

そのほうが逃げやすいように見えたが、半兵衛は飛びかかるようにして甚左衛門の肩を持ち、体をぐいと戻した。

「罠だ」

はっとした顔で甚左衛門が外を見る。目が急激に細められた。

半兵衛は、相当数の敵がひそんでいるのを嗅ぎ取っている。二十名は優にいる。刀を突き刺し続けているのは床下から追いだすためだ。外へ出れば、いくら腕が立つといってもなぶり殺しの運命が待っている。

それにしても、と半兵衛は思い、おのれの迂闊さに唇を嚙んだ。気づかぬうちに囲まれていた。いったいいつ感づかれたのか。

おそらく、と思った。館うちを右往左往しているときだ。あのとき何度か見えぬ気配を感じたことがあったが、そのときこちらもさとられずにはすまなかったのだろう。

「会所だ」

甚左衛門に指示した。床下を出ることなくこのまま向かうつもりだ。二人は床に頭がつかないぎりぎりの姿勢で走りはじめた。一度通った場所だ、今度は迷うことはない。

頭上を追ってくる気配がしている。気配だけで足音はしない。

敵も出抜であるのに気づいた。容易ならぬ、と思った。九英承菊の手にこれほどの出抜がいるとは思わなかった。手練の出抜は食いついて離れない。このままでは逃げ切れそうになかった。

「出合え、出合え、狼藉者だぞっ」

半兵衛は喉を振りしぼって床上に叫んだ。

「お屋形の命を狙う者どもぞっ」

半兵衛の意を察した甚左衛門も応じた。

「敵は出抜ぞっ。ご要心召され、ご要心っ」

間近できく甚左衛門の声は梵鐘《ぼんしょう》が十も集まったようで、館の静寂に一気にひびが入った気がした。直後、それまで静かに寝ていた赤子が目覚めて泣きはじめたように、いっせいに鎧が鳴り、杉板戸があけられ、おびただしい足音が響いてきた。

どこぞ、出抜は。大声をあげながら、侵入者の姿を捜しはじめている。お屋形はご無事か。

館の静寂は粉々に砕け散った。

こんなに人がいたのか、と半兵衛はあらためて思い知った気分になった。

走りながら、なおも二人は叫び続けた。

床上から人がぶつかり合う音がきこえてきた。剣戟《けんげき》の音も叫び声も響いてきた。承芳の護衛をつとめる出抜どもを侵入者と勘ちがいして、武者たちが斬りかかったものらしい。

執拗だった気配も消えている。相当の手練と思えた出抜も否応なく戦いの渦に巻きこまれたのだ。その混乱にまぎれ、二人は床下から出た。中庭に入り、廊下にあがりこむ。

行く手をさえぎろうとする武者が今度は相手だが、明かりのあまりない暗い廊下では、鎧を着ていないとはいえ半兵衛たちのほうが有利だった。しかも柿色は闇のなかでは見えないのだ。殺す必要はほとんどなかった。廊下を走りつつ、一人の武者を半兵衛は視野から消しただけですんだ。殺しては多分いない。甚左衛門は一人も手にかけなかった。

会所にたどりついた。なかから、悲鳴ともわめき声とも取れる声がきこえている。

甚左衛門が杉板戸をあけた。次の間の板戸は半兵衛が横にすべらせた。暗闇のなか、ぐるぐる巻きにした三人ともが気づいており、紐を外そうと必死にもがいていた。一人は猿ぐつわが取れかかっており、この小姓が叫んでいたようだ。

板戸があけられた音に助けが来たと思ったか三人とも喜びかけたが、甚左衛門に黙れと刀を突きつけられると、二人の小姓の瞳は絶望の色に閉ざされた。三浦次郎左衛門尉だけは、夜目が利くかのように目をそらさず半兵衛たちをにらみつけてきている。

「そんな怖い顔をなさるな。殺す気はござらぬ」

半兵衛はかがんで三浦に笑いかけた。

「だがもう一度眠っていただく」

三浦のみぞおちに当身を食らわせ、気絶させた。小姓は甚左衛門が受け持った。

二人は再び手ばやく鎧を着け終えた。お互いを見合って、どこにもおかしいところはないのを確認する。甚左衛門が三浦のいましめを解き、小肥りの体を肩にかつぎあげた。

廊下に出た。出抜らしき者の姿はどこにもない。腕利きの気配も感じられない。騒ぎはさらに大きくなっており、館のなかだけでなく外まで広がっているようだ。

「どいてくれ、どいてくれ」

半兵衛は甚左衛門の露払いをした。

「三浦さまが怪我をなされた、道をあけてくれ」

廊下の武者たちをかきわけるように小走りに行く。あたりの喧騒はまだおさまりそうにない。三浦の名をきき、驚いて武者たちは身を避ける。なかには、大丈夫なのか三浦さまはときいてくる者もいた。

命に別状はないが館うちは危険なゆえ屋敷へお連れいたす、と半兵衛は落ち着いて答えた。いざというときのための人質だが、不審を覚えて前をふさぎにかかる者はいなかった。

遠侍まで戻ってきた。武者はここにもあふれていた。

手近の武者が気を失っている三浦に興味を示す。三浦次郎左衛門尉であるのを半兵衛は明かし、怪我を負われたゆえ屋敷にお連れする、屋敷なら落ち着いて手当ができるゆえと夜に屋根が浮かんでいる三浦屋敷を指し、遠侍を離れた。

群れ集まっている兵たちのあいだを、門を押しひらくようにして進む。それほどときをかけることなく兵たちの厚い壁を抜けることができた。往きと同じ道筋を逆にたどって、東門の手前まで来た。

いきなり背後から襲いかかられた。寸前、半兵衛は剣気をさとり、体をひるがえして落ちてきた刀をかわした。腰の刀を引き抜きざま向き直り、音もなく忍び寄ってきていた敵と相対する。男は体勢を低くして刀をかまえているようだ。

半兵衛の目をもってしても刀しか見えない。忍び装束を身につけているのだ。わずかに忍び頭巾から細い目がのぞき、半兵衛を見据えている。

まちがいなくさっきの凄腕の出抜だ。一度は撒いたのだろうが、武者や兵が館うちに押し寄せているのに、その波と反対に進むのは半兵衛たちしかいなかったのだろう。おそらく駿河づくしの庭園を突っ切って先まわりし、このあたりを見張っていたのだ。

男の刀に血がついているのに気づいた。邪魔をした武者を斬り捨てたにちがいない。

男の背後には三つの黒い影。男を含めて四人を相手では、さすがにつらいものがある。半兵衛の内心の焦燥を察したかのようにさらに敵は姿勢を低くしてゆく。

低くし切って半兵衛に飛びかかると見えた瞬間、横から大声がした。

「おのおの方、出合われよ。出抜にござる」

甚左衛門が門に向けて叫んでいる。

「お屋形のお命を狙った出抜にござるぞ」

その声に応えて東門からばらばらと武者たちが駆けてくる。遠侍のほうからも甚左衛門の大声に武者が十数名駆け寄ってくる。

かまわず出抜は飛びかかってきた。刀を振るう。半兵衛は打ち返した。がきん、と重い衝撃が腕を伝わる。

さらに打ちこんできた。これはぎりぎり見切ってかわした。なおも跳躍を重ねようとして男は急に反転し、左手の白壁を越えて闇に姿を消した。うしろに控えていた三人も続いている。まばたきする間もなく敵は見えなくなった。

抜き身を手に駆け寄ってきた武者たちが、口々になにがあったときいてくる。

「お屋形のお命を目当てに出抜が入りこんだようにござる。どうやら三浦さまを――」

半兵衛は甚左衛門の背の武士を示した。

「お屋形と勘ちがいし、追ってきたものらしい。貴公らに来ていただき助かり申した」

「出抜がか、ふむ、またか」

四十すぎの武者がいった。またか、は八つの首がさらされたときのことを指している。

「越前もなかなかにしつこいのう」

別の武者がたずねる。

「出抜は何人だ」

「今は四人だった」

「ふむ、いったいどこより忍びこんだのか」

自らに問いかけるように首をひねった。

「とらえたのか、出抜どもは」

わからぬ、と半兵衛はいった。

「そんなことよりはやく通してくだされ。三浦さまが怪我をされたゆえ、屋敷にお運びせねば」

「おう、これはすまぬ。重いのか、怪我は」

「いや、お気を失われているだけにて」

門があいた。橋を渡りながら、三浦が気がつきかけたので、甚左衛門がまた急所に拳を食らわせた。寝入ったように三浦は首を落とした。

三浦屋敷の裏門をあけるのにも、たいした手間はかからなかった。

三浦の身柄を預け、あるじの大事に人が走りはじめた屋敷を尻目に、半兵衛と甚左衛門は街なかの道を歩きはじめた。悔いはなかった。やれるだけのことはやった。

やつらは、と半兵衛は出抜らしい者たちを思いだした。何者だろうか。容易ならぬ相手だった。打ち合った感触がまだしびれとして腕に残っている。

はっ、と直感が体を突き抜けた。まさか、と思った。しかし、そんなことがあるだろうか。

思わず立ちどまり、背後を見た。無人の道が延びているだけだ。だがあの動きは。

甚左衛門がどうされた、といった。半兵衛はきいてみた。甚左衛門も同じ考えだった。それでも信じられなかった。

しかしまちがいなさそうだった。

十八

福島越前は口をへの字に曲げている。その顔から、相当の期待をしていたことがわかった。

「どうしてしくじった」

「警固が厚すぎました」

「それですごすごと帰ってきたか」

福島越前の声には毒があった。

「半兵衛、命を惜しんだのではあるまいな」

「滅相もない」

半兵衛ははっきりと告げた。

「やれると思ったなら、承芳さまと刺しちがえる覚悟でおりました。しかし残念ながら、そこまで至ることもできませんでした」

福島越前は腕を解き、座り直した。

「至ることができなかったか」

半兵衛はどんな状況だったかを説明した。

「ふむ、藍書院までは行ったか。わしの絵図は正確だったということだな。そこでおぬしと同じ出抜、しかも相当の腕利きのおよそ二十名に囲まれて逃げださざるを得なかったと申すのだな」

はい。半兵衛は首肯《しゅこう》した。

「だが、あの生臭にそれだけの出抜がいるとはきいておらぬ。井伊は出抜を飼っているともきくが、そやつらか――」

井伊氏は、遠江の西北に位置する井伊谷《いいのや》に平安の頃より本拠を置く国人領主である。当主は井伊直宗《なおむね》。今川家の外様で永正十四年（一五一七）に服従するまで、南北朝時は遠江における南朝方の中心をつとめていたこともあって、常に反今川の旗頭だった。井伊谷は山深い地だけに出抜を育む素地はあり、相当の手練がいることは半兵衛もきいている。

半兵衛は、あのとき感じたことを口にしようとした。その前に福島越前が言葉を吐いた。

「だがあの井伊が――考えられぬ」

半兵衛、と福島越前がいった。

「もう一度やれ、といったらできるか」

半兵衛は首を振り、率直にいった。

「無理です」

「ふむ、ますます警固はかたくなっておるだろうからな。ということはだ、おぬしはまたとない機会を逃したというわけだ」

それを否定する気はなかった。

「そういうことになります」

「半兵衛、しかし失敗続きだの」

武田信虎の襲撃をいっている。ちょうどいい、と思い、半兵衛は口をひらきかけた。

「伯父上、もうよろしいでしょう」

それまで黙っていた恵探が横からいった。

この温和な若者にしては珍しく、興ざめした表情をしている。いや、怒っているのだ。

「半兵衛はよくやってくれました。これ以上望めぬ働きといえます。半兵衛でだめなら、やってのけられる者などこの世にはいないということです。それに、もともと伯父上の命に無理があったのです。半兵衛の左の耳に傷があるのが見えませぬか。ほかにも傷を負っておりましょう。どれだけの危機を半兵衛がくぐり抜けたか、この一事だけでもおわかりでしょう。

無理をやらせておいて、いたわるどころか命を惜しんだなどとよくもいえたものですな。二度と口になされますな。それがしが許しませぬ。おわかりですか」

福島越前は驚きを隠さず恵探をまじまじと見ている。かわいい甥の口から本当に出た言葉なのか確かめているかのようだ。

「おわかりですか、伯父上」

恵探が繰り返し、わかり申した、と福島越前は母親に叱られた子供のように答えた。

それにそれがしは、と恵探がいった。

「半兵衛がしくじって、むしろよかったと思っています」

「しくじってよかったと？」

福島越前がきき返す。半兵衛には意外ではなかった。

「それがしは戦で決着がつけたいのです。家中に、どちらが武将として上か、どちらが家督を継ぐにふさわしいか、どちらが強い今川家をつくり得るか、堂々と示したいのです」

思わず昂ぶってしまった自分に気づいたように恵探は声の調子を落とした。

「それには、戦が最もよろしかろうと存じます。それがしの気持ちを伯父上はわかっておられると思っておりましたが」

福島越前は気弱げに甥を見た。

「はあ、わかっており申した……」

「だったらなぜ。汚い手をつかい、たとえうまくいったところで家中の気持ちを集めることなど望めませぬぞ。のちのちまでうしろ指を指され、あざけられることになりましょう。実力ではなく、汚い手をつかって太守になった男。ほかにおらぬから仕方なくかついでいるだけだ、と。戦えば負ける見こみが強いと申しても、勝負はときの運。運だけでなく、やり方次第で寡兵が大兵を破ることも古来よりまれではありませぬ。こういった不利をくつがえして太守になればこそ、はじめて家中の心をつかめるというもの。たとえ敗れたとしても、武将として死ねれば本望であるというそれがしの気持ちに偽りはありませぬ」

恵探は伯父をやさしく見た。

「それがしをどうしても太守にしたいとの気持ちはわかりますが」

福島越前は顔をあげて、甥を見つめた。

「しかし勝たねば。たとえどんな手をつかっても。伊勢宗瑞公も伊豆を得るため、相模を手中にするためにいくらでも汚い手をつかい申した。偽り、欺き、殺し。勝ったがゆえに、誰もなにも申しませぬ」

「宗瑞公ですか」

一度も会ったことのない男の面影を見いだすかのように、恵探は遠くを眺めるような目をした。

「宗瑞公ならどんな手をつかってもうしろ指を指されることはなかったでしょう。人には、打つ手がすべて正義に見えたでしょうから」

恵探は視線を福島越前に戻した。

「しかし我らは残念ながら宗瑞公ではありませぬ。非道という剣を振るい続けていたのにいつの間にやら正義の剣に、などという手妻のごとき行いはとうていできませぬ」

「我らは宗瑞公ではない……わかり申した」

福島越前はしゅんとなっていった。

恵探は伯父の悄然《しょうぜん》とした様子を目にしても、真剣な表情を崩さなかった。半兵衛の視線に気づいて顔を向けてきた。微笑した。

影の薄い笑いだ。どこかで見たような、と半兵衛は思った。

氏輝だった。氏輝の笑顔を見たことがあったか定かではないが、氏輝に通じるものが今の恵探には確かにある。兄弟だからではない。顔のつくりはさほど似ていない。はじめて会った頃にはこんな影の薄さを感じさせるものは恵探にはなかった。

いつからこんなふうに、と考えたが無駄だった。顔のしわと同じで、いつからなどとわかるはずはないのだ。

ああ、と暗い気持ちを半兵衛は抱いた。このお人もおそらく長くはないのだろう。病死、ということはないだろうから答えは一つだ。それならば、なにも悲しむことなどないのだろうか。念願がかなうといっていいのだから。

それにしても、家臣に取りついた死神は見えないのに、こういうときにわかるというのは、どういうことなのだろう。

いや、この若者を殺さずにすむかもしれぬ、と半兵衛は唐突に気づいた。福島越前に向き直る。

「一つ申しあげたき儀がございます」

なんだ、と福島越前がいった。

半兵衛は、承芳の守りについていた出抜について感じたことを正直に語った。

「まことか、それは――」

福島越前は驚愕をあらわにしている。

「なぜそれをはやくいわぬ」

叱ったが、福島越前はそれきりかたまってしまった。恵探も呆然としていたが、いちはやく我に返り、顎をぐいとあげた。

「もしそれが本当だとしたら、北条を味方につける、これ以上ない決め手となりますぞ」

「その通りにございますが、あの生臭がなぜそのようなことを」

信用できかねるのか福島越前は頭を傾けている。恵探が声を励ました。

「九英承菊どのがなぜ、という疑いは今はよろしいでしょう。武田と結ばざるを得ぬ理由がきっとあったのでしょうから」

福島越前は首を振っている。

「それにしても信じられぬ。武田出抜を承芳の警固につかうとは、やつらしからぬ手抜かりではございませぬか」

「結んでいるわけではなく、信虎どのより借りただけかもしれませぬ。いや――」

恵探はいって自分で否定した。

「承芳どのの警固に出抜を借りるなどという申し入れ、両者によほど深いつながりがなければできることではありませぬな」

「そうでございましょう」

「それだけ半兵衛の襲撃を九英承菊どのは怖れており、危険を承知で警固につかせざるを得なかったのでしょう。玉を殺られてしまえば、おしまいなのですから。なにより襲ってきたら殺してしまえばいいと考えており、よもや取り逃がすとは思っていなかったのでしょう」

「高をくっていたか。それにしても――」

福島越前が目を向けてきた。

「まちがいないのか、半兵衛」

「はっきり顔を見たわけではありませぬゆえ、しかとは申せませぬが、刀を打ち合ったときの感触は同じでした」

「それだけか」

むずかしい顔で福島越前は腕を組んだ。

「証拠がほしいの、なんとしても」

「確かに。九英承菊どのが武田と結んでいるという確たる証拠がなければ、北条を味方にするなど夢のまた夢。口でいくら説明したところで、信用するはずがありませぬ」

恵探は同意し、続けた。

「しかしそれだけの重要事、口約束ですむとも思われませぬ。約定書として、きっとどこかに残してあるにちがいありませぬ」

「館の九英承菊の部屋――」

福島越前が半兵衛を見た。恵探が福島越前の目を引きつけるように右手をあげる。

「半兵衛をもってしても、手には入れられますまい。館に忍びこむこと自体むずかしい。首尾よく忍びこめたとしても、ときがありますまい。九英承菊どのの部屋を頻繁に訪れても疑われることのない者を、味方につけたい」

「生臭が肌身離さず持っているとしたら。近しい者といっても無理でございますぞ」

恵探はかぶりを振った。

「精進潔斎は僧侶のつとめ。しかもこの時季、常に涼しい顔の九英承菊どのとて湯浴みくらいはいたしましょう」

「なるほど、機会はあるか」

つぶやいて福島越前は唇を湿らせた。

「それにしても、近しい者でございますか。生臭と親しい者で我らに力を貸してくれる者など、とても拙者に心当たりは」

「しかしなんとしても、手に入れる努力は続けねば。むずかしくはありましょうが」

福島越前はうなずき、唇を噛み締めて一点を見つめている。

「九英承菊が武田信虎と結んでいるという噂を流してはいかがでしょう。いずれ北条屋形の耳にも届くと思われますが」

「うまくありませぬ」

恵探は伯父の提案を一蹴した。

「証拠なしでは北条が信用せぬのに変わりはありませぬ。それに、噂の出どころがどこであるか九英承菊どのはきっとさとりましょう。わざわざ警戒させる必要はありませぬ。もしやすると、九英承菊どのは気づかれたことにまだ気づいておらぬやもしれませぬゆえに」

「ふむ。やはり手に入れなくては話になりませぬな。手に入れる手立てでございますな、肝心なことは」

恵探は下を向いて考えこむ福島越前の様子を楽しげに見ていたが、ふと湖面が静まってゆくように笑みを消し、顔を引き締めた。

「伯父上も不思議がられていたが、なぜ九英承菊は武田と結んだのでしょうな」

十九

その後、承芳方からの報復もないままに対峙は続いた。

九英承菊の武田との結びつきをあばくうまい手も浮かんでいない。福島越前は屋敷を砦とすることに、これまで以上に腐心していた。ここではあまりに敵に近すぎるという理由から花蔵に帰り、葉梨城に入るように勧めたが恵探は言にしたがおうとせず、屋敷にとどまり続けているからだ。

恵探としては、戦のにおいがほとんどしない地に身を置きたくないというより、自分をかついでくれている者たちが身命を賭している光景を火の粉のかからぬ場所でのうのうと眺めていたくはない、といった心情ゆえのようだ。

その恵探の気持ちを解したらしく、怒ってはみせたものの、福島越前も二度と花蔵行きをいおうとはしなかった。ただ黙って、屋敷の防備の充実に専念している。

駿府や今川家の重要な湊がある江尻の商人にも進んで声をかけ、武具を買い入れる努力をしている。しかしうまく運んでいるとはいいがたかった。

駿府商人の筆頭は滝家である。当主は勘右衛門。年は五十二。もとは今川武士で、命を的に手柄を立てるより、ときには命を懸けねばならないが、命を失う度合いがずっと少ない道を選んだ男だった。

勘右衛門は今川館だけに品物を入れている。この争いの前、福島越前とは懇意にしていたが福島越前方の旗色が悪いのを見て取ると、これからは注文に応じられない旨、屋敷を訪問して福島越前に丁重に伝えている。滝勘右衛門に追従して太田家、山本家、市野家、長島家といった豪商も福島越前にそっぽを向いた。

ただし勘右衛門は、ただ切るだけではあまりに寝覚めが悪いと思ったか、一人の商人を紹介している。友野与左衛門という男だ。

信濃の出で、大永七年（一五二七）今川家と甲斐との和議がととのった際、武田家の使者をつとめた信濃の国人伴野刑部少輔につながる者といわれている。駿府に住みついたのは四年前とのこと。氏輝の行った駿府、江尻の商い振起策に乗ったものらしかった。

ただこの友野与左衛門、駿河を商売の地に選んだまではよかったが、甲斐との結びつきを疑われて駿府における商売はあまりかんばしくないとの評がある。この点を特に気にしたらしい福島越前はさっそく勘右衛門に、急ぎ友野与左衛門に会わせるよう命じている。

五月一日、番頭を一人連れてやってきた友野与左衛門はまださほどの歳ではなかった。三十そこそこだろう、と半兵衛は見当をつけた。だとすると、駿府に来たのは二十六、七だったことになる。

与左衛門は座敷に通されている。どんな男か知りたがった恵探に引きずられるようにして、板戸をはさんだ隣の間で半兵衛も耳をすませた。

座敷に入り腰をおろすや、福島越前はいきなり言葉を浴びせた。

「いくら窮しているとはいえ、武田の息がかかっている者とはわしは付き合う気はない」

「武田の息などとんでもないことにございます」

穏やかな声で否定した。

「なにしろ手前が駿府にやってまいりましたのは、信濃からにござりますれば」

「だが伴野刑部とは同族であろう。伴野刑部は信濃の名族小笠原家のわかれといえども、武田信虎に近いことは明白。信虎の信濃出張りには常に案内役をつとめるともきいておる」

「一族と申せば一族でございますが、手前は伴野さまとは一面識もございませんし、何代前のわかれか、それすらもすでにわからなくなっております。さらに申せば向こうは武士、こちらは三代前から商人でございます」

「なんの関係もないと申すか」

「その通りにございます」

「信濃からなぜ駿府にまいった」

「この街の、京にも劣らぬ殷賑《いんしん》の噂をききましたゆえ。それに――」

与左衛門は間を置いた。

「信濃はたいそう寒うございますゆえ。手前、寒さと雪が大の苦手のため、人の勧めもあり、あたたかな駿府を選びましてございます」

「信濃人のくせに寒いのが苦手か」

福島越前は笑い声をあげた。

「誰かのつてか、人の勧めと申したが」

「富士さまにございます」

「富士？」

「はい、富士九郎次郎さまにございます」

富士郡の大豪族である。

「九郎次郎どのか。ふむ、富士家か」

福島越前は警戒の思いを声にわずかにだした。

「由緒正しい家だな。九郎次郎どのとはどういう知り合いだ」

「話せば長うございますが」

「うむ、手短に話せ」

はい。与左衛門は語りはじめた。

友野与左衛門は、信濃において父の見習として塩を主に商っていた。だからもともと駿河とは縁があったのだ。もっとも塩が入ってくるのは甲斐を経てだったため、じかに駿河と取引があったわけではなかった。ただ甲斐と駿河はよく戦を行い、そのたびに塩がとまり、与左衛門たちは難儀することが多かった。

大永元年（一五二一）のこと、やはり武田と今川は大戦となり、信濃に塩が入ってこなくなった。それで父がじかに駿河に買いつけに向かったのだが、およそ一月後、父が死んだとの報が与左衛門のもとに入った。駿河と甲斐の国境で戦の巻き添えを食ったものらしかったが、そのとき父の死を知らせてくれたのが富士九郎次郎だった。

父が死んだあとは与左衛門の若さもあって叔父が商売の実権を握り、父の死を知らせてくれた礼に参上して以来親しくなっていた九郎次郎に与左衛門が相談したところ、なら駿河に出てくればよかろうといってくれた。

その言葉に甘えた与左衛門は九郎次郎のあと押しを受けて最初は吉原湊で商売をはじめ、それなりの成功をおさめてから駿府にも店を持つことになったのだ。座、などわずらわしいことはあったがなんとか乗り越えて、駿府商人の仲間入りを果たしたのだ。

なるほどな、と半兵衛は思った。富士氏は甲斐と国境を接していることも関係しているのか、他国者にやさしいところがある。大永三年（一五二三）甲斐で大飢饉が起きたとき、国境を越えてきた百姓に米をわけ与え、命をつながせた美談は今川家ではよく知られている。当時は氏親が健在で、甲斐と駿河はまさに犬猿の仲だったのにもかかわらずである。

「駿府に来て、はやいもので四年になりますが」

与左衛門が話を今に戻した。

「しかし商いがうまくいっているとはとても」

「それで賭けに出たか」

「賭けにございますか」

意味がわからないというふうが感じられる。

「負け色濃い我らがもし勝てば、戦後の取り分が大きくなるとの賭けではないのか」

「今は目先のことしか考えておりません」

「ふむ、目先とな」

「福島越前さまのところでは——」

与左衛門がいった。

「武具や米、その他もろもろなんでも高く買ってくださるとのことでまいりました」

「勘右衛門がそう申したか」

「はあ、まあ」

まあよい、と福島越前がいった。

「なんでも高く買いあげるのはまことじゃ」

福島越前は言葉を切り、咳払いした。

「しかしいいのか、与左衛門。もし我らが敗れれば、駿府におけるおぬしの立場はまずまちがいなく悪くなろう」

「かもしれません」

他人事のように与左衛門はいった。

「しかしお館にも少ないながら品物は入れております。万が一福島さまが敗れたところで、蜘蛛の糸ながらもつながりは残りましょう」

　翌日には注文の品が入ってきた。友野与左衛門は若年を感じさせない商人だった。武具は特に得意らしく、槍、刀、弓、矢、盾などがおびただしく納入された。米も、屋敷の五百名が腹一杯食い続けても一月は楽にもつと思える量が運ばれてきた。この米は、江尻の蔵に蓄えていたものらしかった。

　その結果、五月三日を前に、大兵に攻められたとしても五日や六日は確実にもつであろう備えに、半兵衛の目から見ても屋敷は変貌を遂げた。これなら、一日二日で落ちることはなかった。


　五月三日、将軍足利義晴の使者が今川館に到着した。

　使者は承芳あての、今川家督に認む、との正式な書をたずさえているという。与えられた名はやはり『義元』だった。それを受け、承芳が還俗《げんぞく》したとも洩れきこえてきた。もっともまだ名乗りは変えないとのことで、文書にも当分、承芳をつかうらしかった。

　福島越前に不安は見えなかった。とうにわかっていたことだし、屋敷の強固さも自らに自信を与えたか、恵探を立てて戦い抜くとの決意をむしろかたくしたようだ。九英承菊の武田とのつながりもある。家臣にも、もはやなんの実力もない将軍の命など無用のもの、と強い調子で告げている。

翌四日、富士郡では福島弥四郎と井出左近太郎が、庵原郡では福島彦太郎と篠原刑部少輔が承芳方の国人に戦を仕掛け、戦果をおさめたとの報が入ってきた。

富士郡では吉原の代官所を襲って代官を殺し、吉原湊を占拠し、九英承菊の寺ともいえる善得寺城の包囲に向かいつつあるとのことだ。庵原郡の福島、篠原軍は由比の国人領主由比助四郎を攻めて由比城に追いつめ、落城寸前まで追いこんでいるという。この城を落とせば、由比氏の本城である川入《かわいり》城に向かうとのことだ。川入城もおとしいれたら、次は九英承菊の父庵原左衛門尉の守る庵原城だ。

五月五日。山西では斎藤四郎右衛門が、自身の兵五百に加え、恵探に同心する山西周辺の地侍を糾合して山西の要衝、方《かた》の上《かみ》城の奪取に成功したとの報が入った。三日未明から攻め続け、この日昼に攻め落としたのだ。城には承芳方の番衆がいたが斎藤軍の猛撃の前につい に城を捨て、逃げ去ったという。斎藤勢は深追いすることなく城にとどまっている。一日兵を休めたのち、付近に散らばる承芳方の国人の討滅に移る手はずになっていた。

福島越前はこの結果に満足気にうなずいている。予想以上の戦果といってよい。

ただしまだ緒戦だ。不意をつかれた格好の承芳方はいずれ態勢を立て直し、攻勢に転じる。

それだけの戦力を擁している。

そのことを裏づけるように敗報の届いたはずの今川館に動揺はなく、ときおり早馬が出入りするくらいで静まり返ったままとのことだ。城が落ちたといっても一つだけで、自力ではまさっている。あわてることはなく、今は攻めさせておく、との余裕が九英承菊をはじめとした主だった者にはあるのだろう。

福島越前としては、この余裕を打ち破る方策を考えねばならなかった。恵探をまじえ、重臣たちと軍議をひらいた。

九英承菊の所持しているはずの書を手に入れられる方策が浮かべば最もよかったが、外に洩れるのを怖れて福島越前は家臣には話していない。重臣といえども、寝返っていないとはいえないのだ。だからこのことは、題目としてまな板に乗せられることはなかった。

軍議では、この勢いに乗じて一挙に館を攻め落とし、承芳、九英承菊の首を刎《は》ねてしまえとの意見も出た。善戦はできるが館をおとしいれるには兵が足りず、むしろ返り討ちにされる見こみのほうが高いことを知っている福島越前は、小田原での交渉が成立し、北条勢を含めた味方が駿府に向けて攻めのぼってくるときがそのときである、方の上城の斎藤四郎右衛門が呼応して駿府に寄せれば館でも裏切る者が必ず出よう、内応さえあれば館を落とすのはむずかしくはない、とその意見は抑えた。

ほかに方策らしい方策は出なかった。今は駿府をはさんだ戦いに注目し、静観するしかないようだ。

その後、駿府ではにらみ合いが続いた。いくつか小競り合いがあっただけで、軍勢のぶつかり合いなど目立った動きはなかった。

庵原郡と山西での戦いは、相変わらず恵探方が優位を保っている。

保ってはいるものの、すぐに落とせるはずだった由比城はいまだに落ちていない。由比助四郎は戦上手で知られており、また手足となる家臣にも勇猛な者がそろっており、主従一体となったその戦いぶりに篠原、福島勢は手を焼かされている。山西でも各地に盤踞《ばんきょ》する国人たちがおのおの館に拠って頑強な抵抗を繰り返しており、さほどの戦果はあがっていない。

富士郡では、友野与左衛門の後援者となった富士九郎次郎の次男である富士宮若《みやわか》の奮戦もあって、承芳方が盛り返しつつあるという。

富士宮若は故氏輝の馬廻をつとめて氏輝にその剽悍さを愛されて将来を嘱望された男で、氏輝の死後、父が城主をつとめる本拠大宮城に戻っていた。氏輝の目は誤っていなかったようで、福島弥四郎勢は善得寺城の攻略は望めず、逆に包囲を解いて下がらざるを得なくなっている。

善得寺城近くの戦いで井出左近太郎が傷を負って井出城に戻らねばならないなど、福島勢の富士郡全体を今にも支配下に置かんとしていた勢いは、やや鈍りつつあるとのことだ。

もともと富士氏は九英承菊が善得寺にいた頃から親交があり、その名からもわかるように富士郡における最大の豪族であることから、承芳方の重要な国人の一人として数えられていた。福島越前が友野与左衛門にわずかながらも警戒心を持ったのはこのためだ。

この富士氏を倒すことが福島弥四郎に与えられた使命だったが、さすがに延暦十年（七九一）から駿河で歴史を刻んできた国人だけに、福島弥四郎もその使命を果たすのは容易ではないようだ。

富士郡における激戦続きのために吉原湊からの木材の搬出がとどこおり、北条家では難儀しているとの知らせも入っている。ただでさえおくれ気味の鶴岡八幡宮の再建造営は、さらにおくれることになろう、といわれている。

二十

五月十日のこと、福島屋敷に不意の来客があった。

屋敷の誰もが驚愕した。大方どのだった。輿に乗って今川館からやってきたのだ。供は、女と男合わせて十人ほど。

半兵衛は供に厳しい視線を当てた。見つめ続け、あの出抜と思える者はいない、と判断した。

これほど近くで大方どのを見るのは、はじめてだった。遠目で見たのは恵探や承芳と同じく、先代氏親の葬儀のときだ。そのときとあまり変わっていない。公家の娘らしく、年は四十八ながら、いまだ都人らしいたおやかな雰囲気を身にまとっている。やや太りはじめているようにも見えたがその分ふっくらとして肌に輝きがあり、五つか六つは若く見えた。

とりあえず座敷に招き入れた福島越前も大方どのの来意がつかめず、混乱しているようだ。花蔵どのも呼んでほしい、との大方どのの願いから恵探も義母の前に座ることになった。

半兵衛は座敷には入らず、杉板戸一枚をへだてた次の間に控えた。大方どのといえども決して油断せず、もし万が一の際は板戸を蹴破って座敷に飛びこみ、斬り伏せるつもりだった。

さっき見た大方どのは思いつめた表情をしていた。その顔が実の息子のためにわが身を犠牲にしようとの覚悟をあらわしているのなら、懐剣をいつ振りかざしても不思議はない。ただ、それほどの決意を母にさせるほど、承芳方の旗色が悪いとは半兵衛には思えなかった。

座敷の三人は久闊《きゅうかつ》を叙し、お互いのすこやかさを称え合っただけで、なかなか口をひらこうとしない。残ったのは白々しさと気まずさだ。

耐えられなくなったのは福島越前だった。

「大方さま、本日のお運び、どのようなご用件でございましょう」

大方どのは黙っている。身じろぎしたらしい衣擦れの音がきこえた。

「なかなかにかためられましたな」

「かためるしか道はございませぬゆえ」

かたい声で福島越前が答える。

「そんな怖い顔をされますな」

やわらかな調子で大方どのがいった。

「わたくしもこれまで我が子のために働き続けてきて、そなたにも冷たく当たったこともあって、どんな顔をして会いに行けばよいか迷いました。でも、わたくしとしてもいつまでも迷っているわけにはいかぬと決意いたしました」

「と申されますと？」

福島越前にうながされて大方どのは続けた。

「和議を持ってまいりました」

「和議ですと？」

「これまでのことはお互いすべて水に流しましょう、ということです」

福島越前はうなり声をだした。

「九英承菊にいわれてまいられたのですか」

「わたくしの意思です」

なるほど、と福島越前はいった。

「大方さま、それはそちらが兵をおさめ、家督を恵探さまに譲るという意味にございますか」

わずかに間をあけて大方どのは答えた。

「いえ、そうではなく、越前どのに矛をおさめ、降伏していただきたいのです」

「ほう、これは異なことをいわれる」

福島越前は悠然と笑おうとしたようだ。

「今、優勢にことを進めておるのは我がほうにござりますぞ。その我らがなにゆえ、降伏せねばならぬのでしょう」

「優勢であるだけで、勝ったわけではありますまい。このまま一気に勝ちに結びつけられるとは、越前どのもよもや思っておりますまい」

突き放すというより、福島越前にわかってもらいたいという心情が伝わるいい方だ。

「降伏するなら今です。今、矛をおさめれば九英承菊どのも名目を失います。あのお方は、そなたら二人の命を奪うことに執念を燃やしています。その熱はわたくしですらやけどさせられるのでは、と思えるほどです。将来の禍根を断つため、ここは情け容赦なくやってしまわねばならぬことを我が子に申しているのもきいたことがあります。たとえ駿府を灰にしてしまったとしても、とも」大方どのがため息をつく。

「わたくしは、わたくしが嫁いできた頃からお世話いただいている越前どのや我が子の一人である花蔵どのには生きていてもらいたいし、その二人と争うなど本当に馬鹿らしく、いやでたまりませぬ。戦は避けたいと願っております。この大好きな街が、ようやく京に似てきたと思えるこの街が焼き尽くされ、焼け野原となってしまう光景も目にしたくはありませぬ」

「大方さまや大方さまがおなかを痛められたお子である承芳どのと争いたくないのは、また、この街が炎に包まれる姿を見たくないのは拙者も同じ。拙者には、街に火を放つ気はさらさらござらぬが。ただ大方さま——」

福島越前は息を継いだ。

「九英承菊を殺すという気持ちにかけては、拙者も決して負けておりませぬぞ」

「我が子を殺すとは申されないのですね」

「大方さまのお子を殺すなど、そんなことは口が裂けても申しませぬ」

大仰にいい、小さな声で続けた。

「一度は命を狙わせていただきましたが」

「一度と申されましたか」

ほんの少しだけとげが感じられた。

「もちろんわたくしは越前どのが我が子の命を狙ったことも水に流すつもりでまいりました。これまでのすべてを水に流す、と申した言葉に偽りはありませぬ」

「大方さまがおっしゃりたいのは、あの八つの首のことでございますね。大方さまは二度ではないか、と思っておられるのですね」

あきれが福島越前の声にはまじっている。大方どのはうなずいただけなのか黙っている。

「あの八つの首は、九英承菊が一門衆、国人衆を味方とするための策にすぎませぬ。殺されたのは牢の者どもでしょう」

では、と大方どのは驚きをもって、いった。

「刺客を放っていないと申されるのですか」

「最初のに限ってはですが。館に帰られたら、生臭に確かめられたらいかがです。おそらく、きっぱり否定することでございましょうが」

「館に帰られたら、ですか……」

大方どのがつぶやく。福島越前はいった。

「承芳どのにはこれまで通り、京で僧として修行を積んでいただくことになりましょう」

「今なら花蔵どのにこそ、その道を選んでもらうこともできまするぞ」

驚きから立ち直って大方どのがいった。

「恵探さまは武将こそ似合い。暗い寺のなかで経を読んでひっそりと一生をすごすなど、あまりにもったいのうございます」

「死なせるよりましでしょうに」

「それは承芳どのに申してくだされ」

大方どののため息がきこえた。

「しかし力からしてもどちらが勝つか、わからぬ越前どのではありますまいに」

「寡兵といえど大兵に勝つことはございます。現に今そうなりつつあります」

「ただいっときの勢いにすぎませぬ」

大方どのはばっさりと切り捨てた。

「しかも駿府とは関係のない地での戦いですし、その勢いは弱まりつつあるときいております。越前どの、九英承菊どのは明日にでもこの屋敷に攻め寄せてきますぞ。各所で戦端がひらかれた今、館に兵をとどめておく理由はすでにありませぬゆえに。いかに備えを厚くしたと申しても数千の大軍に寄せられたら、堀もないこの屋敷は二日ともちますまい」

「生臭が攻め寄せてくると申されたが、亀の甲羅としている館を出てこられる度胸があの坊主にあるとはとても思えませぬ。もし出てきたら千載一遇の好機、あの坊主の素っ首、それこそ亀の首を落とすがごとく刎ねてやり申す」

福島越前は武人としての自信を言葉の端々ににじませている。

「それに大方さま、いくら大軍と申してもこの屋敷二日で落ちる備えではございませぬぞ」

「越前どの、強情もすぎまするぞ」

大方どのがなじるようにいった。

「若い頃のそなたはそうではなかった」

ふふ、と福島越前は笑った。

「そのお言葉、そっくり大方さまに返させていただきます」

「どうしても矛をおさめる気はないのですか」

「ございませぬ」

福島越前はきっぱりと答えた。

「もともと今回の件は、生臭が我が家臣を殺すなどしてはじまったものにございます。それがなぜこちらから降伏せねばならぬのか——」

話の腰を折るように大方どのがいった。

「ええ、てっきりわたくしは、そなたが我が子の命を狙ったからと思っておりました」

「とにかく我らとしては、売られた喧嘩は買わざるを得ませぬ。このまま矛をおさめ、九英承菊の軍門にくだることあらば、我ら世のあざけりのみを受けることになり申す」

「意地だけで戦うのですか」

「意地だけではございませぬ」

「意地だけでないとしたら……」

　大方どのは黙った。

「期待は北条ですか」

　福島越前は否定も肯定もしなかった。

「そうですか。越前どのは、綱成どのとのつながりに賭けているのですね。でも、北条屋形の氏綱どのが娘婿とはいえ家臣にすぎぬまだ二十二の若侍の言を果たしてきき入れるものか、少し頭を冷やして考えればよくわかりましょう。氏綱どのの願いは、これまで通り強い今川家がともに武田と対してくれることです。もし越前どのが河東割譲を条件としたところで、首を縦に振ってくれるはずがありませぬぞ」

　ずばりいい当てられたが、福島越前は顔色を変えることなくやりすごしたようだ。

　思ったような色が福島越前の顔に出なかったのが不思議だったのか、大方どのはしばらくなにもいわなかった。

「越前どの、北条屋形は強いほうにつきますぞ。当たり前です。負ける側につき、この上ない我が家との関係を壊すわけにはまいりませぬ。こたびの争いでどちらが勝つか、とうに見定めておりましょう。赤子でもわかることですから」

息を吐いて大方どのは一拍置いた。

「一度はわたくし、北条家に仲介を依頼しようと考えました。氏綱どのは宗瑞公の衣鉢《いはつ》を継いでおられます。頼むに足る方です。しかし、だからこそ仲立ちはしてもらえぬことに気づきました。でも、もし扇谷上杉の後援を得ていた小鹿どのが宗瑞公の扱いを受けることなく徹底お方。宗瑞公は小鹿範満どのを殺し、我が夫氏親どのを見事今川太守の座につけられたして争い、六つでしかなかった氏親どのを憐れむことなく息の根をとめていたら、十一年後の宗瑞公による館急襲はなく、今頃はきっと小鹿どのの血筋が今川屋形として勢威をふるっていたでありましょう」

大方どのは話を切った。言葉が福島越前の心に染み入るのを待っているかのようだ。

まばたき三度ほどの間を置いて、続けた。

「そのことを宗瑞公はわかっておられたにちがいありませぬ。ときには容赦なくやらねばならぬ。文明の内訌を教訓に、氏綱どののもそのことは父上より教えこまれているでしょう。ですから、今川家に半端な結果をもたらし、のちに禍根を残すことになる仲立ちはせぬはず。むしろ今川家にとってあと腐れのないようとことんやるために、軍勢を送りこんでくるのはまちがいありませぬ。その軍勢がどちらにつくかは、先ほど申しあげた通りです」

大方どのは息を整えているようだ。

福島越前は無言だった。福島越前の沈黙の鎧を破るように大方どのが話しだした。

「越前どの、降伏なされ。もはや孤立無援です。これが最後の機会です。もうわたくししかこのような話を持ってくる者はおりませぬ。お二人の命はどんなことがあろうと、わたくしが守り抜きましょうほどに」

どんなことがあろうと、に大方どのの力が特に入ったように半兵衛には思えた。

「やはりあの生臭は……」

一転、福島越前が叫ぶようにいった。同じように感じ取ったのだ。

「我らを降伏させて殺すつもりなのですね。大方さまは自らの意思で来られたと申されたが、やはり九英承菊に動かされて……」

「そなたが疑うのも無理はない」

大方どのは静かにいった。

「確かに九英承菊どのはわたくしに申しました。もし降伏するのであれば花蔵どのは生かして京にやりましょう。ただし越前どのはそうはまいりませぬ。富士郡や庵原郡で兵をあげ、お家を混乱の極みにおとしいれた罪は大きい。ともに兵をあげた一族衆ともども腹を切っていただかねばなりませぬ、と」

この条件をきかされては、福島越前が受け入れるはずがなかった。命を助けるといわれても受ける気はないだろうが、仮に福島越前が大方どのを信じ降伏したとしても、太刀を振りかざした九英承菊の前では大方どのなど紙の鎧も同然だろう。

つまり大方どのは九英承菊に乗せられ、福島越前にとどめを刺す役を仰せつかったようなものだ。そのことに大方どのは気づいていない。

もっとも、と半兵衛は思った。本当に九英承菊が武田と結んでいて、証拠となる書があり、それを手に入れることができれば、追いつめられるのは九英承菊のほうだ。

大方どのがそっと息をついた。

「わたくしはそのことを必ずそなたに伝えるという条件で、自らの意思で館を出ました。もともと九英承菊どのは、わたくしがこちらにまいることに難色を示していました。わたくしが人質にされるのを怖れたのです。そなたがそんな姑息な手を用いるはずがないのをわかっていたわたくしは、九英承菊どのを説き伏せました。そう、そなたは一度わたくしに、館に帰られたら、と申してくれております」

大方どのの信頼の口調に、福島越前から微苦笑したような声の洩れがきこえた。

「大方さまを人質にしようという気がこれっぽっちも心に浮かばなかったゆえにすぎませぬ。しかしそのようなことはどうでもよろしい」

大方さまは、と福島越前はいった。

「拙者が降伏し、生臭に命じられるままおめおめと腹を切るとお思いか」

「ですから二人の命はわたくしが責任をもってと申しました。わたくしの命に代えても」

「信用できませぬ」

福島越前はいい放った。すぐにいい直す。

「もちろん九英承菊がですが。大方さまに嘘偽りはございますまいが、あの生臭はまったく信用でき申さぬ。手中の小鳥をひねるように我らを殺しましょう」

「そんなこと、わたくしが許しませぬ」

「大方さまが許そうと許すまいと生臭には関係ございますまい。承芳どののため、とあらば自ら太刀を振るうことも躊躇ないやもしれませぬ。それこそ文明の内訌の宗瑞公にならい、わざわいのもとは根切りにいたしましょう」

それから二人とも口を閉じたきりになった。

衣擦れの音がした。大方どのの声が響く。

「花蔵どのはいかがです」

「といわれますと？」

大方どのにきかれて恵探が問い返す。

「負けるのを承知で戦われますか」

「戦っても戦わずともどちらにしても命を失うのでしたら、戦って死ぬほうがよいと考えます。それに、負けるかどうかはときの運でしょう」

落ち着いた口調で恵探が答えた。

「でも、運ではどうにもできぬほど、彼我の差は明らかでしょう」

「かもしれませぬ」

「今、降伏すればあなたの命は助けると九英承菊どのも請け合っているのです。今しかないのですぞ、花蔵どの」

「謀略好きの坊主どのの言葉です。信用できませぬ。仮に本気だとしても、伯父上を死なせてそれがしだけが助かろうとは思いませぬ」

「死ぬのは怖くないのですか」

大方どのがじれたように、いった。

「あなたは大将です。戦になったら、すべての敵はあなためがけて襲いかかってくることになるのですよ」

「望むところです」

　恵探さまは、と福島越前がいった。

「武将として最期を飾れるなら、本望であるとかたく決意をされているのです」

「なりはまだ僧侶なのに」

　恵探の頭に目を向けたか、大方どのがつぶやくようにいった。半兵衛がはじめて会ったときよりだいぶ髪はのびたが、髷《まげ》を結うのにはまだほど遠い。

「そうそう、伯父上」

　恵探が明るい口調で呼びかけた。

「あの役。大方さまに頼まれたらいいがです。最も適しておられましょう」

二十一

　むう、と福島越前がうなった。

「あの役。いったいなんのことです」

　大方どのがどちらにともなく問いかける。

福島越前がわざとらしく咳払いをした。どうやら覚悟を決めたようだ。

「大方さま、これから拙者が申しあげること、よおくおききくだされ。できれば、他言無用に願いたいのですが」

わかりました、と大方どのは素直に答えた。

「九英承菊のことですが――」

福島越前はもったいぶって間を置いた。

「あの坊主、武田とつながっておりまするぞ」

大方どのはいかにも公家の出らしい笑い声をあげた。

「そんなことはあり得ませぬ」

「いえ、あるのです」

「いかに家督を承芳どのに渡したくない気持ちが強いといえども、越前どの、つくり話はいけませぬ」

「つくり話ではございませぬ」

「我が今川家は家をあげての武田ぎらい。そなたもよく存じておるでしょうに」

「武田ぎらいで拙者の右に出る者はおらぬ、と自負しております。が、しかしあの生臭にそれが当てはまるかはわかりませぬ」

「九英承菊どのはお家の者です」

「なにを考えているかわからぬ化け物です」

「それはそなたにとってでしょう」

「あの生臭がなにを考えておるか、大方さまにはわかると申されますか」

「すべてわかるとは申しませぬが、常にお家と承芳のためを考えていることはわかります」

「承芳どのとお家のためと考えて、武田とつながったのかもしれませぬ」

「お家と我が子のためを考えるならば、武田とつながったりはいたしませぬ」

「そこが生臭の生臭たるゆえん」

大方どのはいい返さなかった。根負けしたような口ぶりでいう。

「わかりました。うかがいましょう」

福島越前はうなずいたようだ。

「先日、我が手の者が館に忍び、承芳どののお命を縮めようとしたときのことです」

はい。大方どのの声は平静だった。

「その手の者、仮に吾兵衛としておきましょう。吾兵衛は目的を達せられませんでした。そのことはご存じですね」

「はい」

「そのときなぜ吾兵衛がしくじったか、わけをご存じですか」

「承芳どの警固の者たちの奮戦によるものときいております」

「警固の者。それが誰かご存じですか」

大方どのはわずかに首をひねったらしい。

「庵原か興津の手ではありませぬか」

「ちがいます。それこそ武田の出抜」

「――まさか」

「まさかではござりませぬ。武田の出抜だからこそ、吾兵衛の忍び入りに感づいたのです」

「庵原か興津の飼う出抜ではないのですか。なぜ武田の出抜といえるのでしょう」

「吾兵衛は、その武田の出抜と顔を合わせたことがあるのです。万沢の戦いのときです」

「万沢の戦い……」

「あの戦では信虎の策略により、氏輝公の御身が危うくなったことがございました」

確かに信虎の戦のうまさもあったが、あれは福島越前の失策だった。そのことを大方どのは知っているはずだが、触れなかった。

「あのとき氏輝公のお命を狙って襲いかかってきた者こそ、武田の出抜。その撃退のきっかけをつくった者こそ吾兵衛。吾兵衛はじかに武田出抜とやり合っているのです」

「承芳どの警固の者とそのときの出抜とは本当に同じなのですか」

「吾兵衛はそう申しております」

「勘ちがいでは？」

「そのような抜けた男ではございませぬ」

「虚言を申しておるのでは？」

「虚言を弄す男でもございませぬ」

「でも出抜にすぎませぬ」

「出抜でも信用できる男はおります」

福島越前は一歩も引かなかった。

「とにかく、承芳どのの身を武田出抜が守っていることはまちがいございませぬ」

「その話がもし本当だとしたら、容易ならざる事態といわねばなりませぬ」

そうはいったものの、大方どのはまだ半信半疑にまですら達していないようだ。

福島越前が説明を加える。

「吾兵衛は万沢での陣中、名は明かしませんでしたが、生臭とも会っております。大方さまも武田信虎の陣所襲撃をおきき及びのことと存じますが、それをしてのけたのが吾兵衛にございます。拙者が腕利きの出抜を飼っているのを知っている生臭が、武士だけではとてものこと承芳どののお命を守り切れぬと踏んで、信虎に無心したものでございましょう」

「それが本当だとしても――」

大方どのは疑わしさを口調にあらわした。

「なぜ九英承菊どのは武田とつながりを持ったのでしょう。果たして益がありましょうや」

「それはまだわかりませぬ」

福島越前が正直に答える。

「北条との交渉が物別れに終わった場合に備えてのことやもしれませぬ。あるいは、長年お家と北条を相手に戦い続けて疲れを覚えた信虎がこの機会に生臭に恩を売っておき、それを縁に承芳どのの家督相続の暁には、せめてお家とよしみを結びたいと願ったのやもしれませぬ。ただし武田と結んだことが知れれば北条との断交につながりかねない。いや、へたをすれば大方さまが申される通り敵にまわしかねませんから、生臭としては表立っての加勢ではなく、出抜を借りるという手をつかったのやもしれませぬ」

「筋は通っている気はいたしますが」

大方どのがきっぱりといった。

「しかし、とてものこと納得できる理由とは申せませぬ。九英承菊どのにとってなんの益もありませぬ。黙っていても北条家がつくのがわかっているのに、なぜ危険を冒してまでわざわざ武田なんかと――」

「それもまだわかりませぬ。ただ、今思い返してみても、万沢において生臭は武田の追撃に賛同しようとしませんでした」

「それは氏輝の体を案じてのことときいています。無理をして氏輝を危地におちいらせたのは、ほかならぬそなたであることも。それに、そのときすでに九英承菊どのは武田に通じていたと申すのですか。学問を切りあげて九英承菊どのが京より戻ったのは、武田が国境を侵したと氏輝より知らされたからですぞ」

「その通りです。ただ、拙者が武田を追うようお屋形に強く進言したとき、あの男には似合わぬ妙に生白い顔をして反対してみせたのです。顔半分にほんの一瞬光が走ったように見えたその表情のない顔が、どうも拙者の頭に残っているものですから」

　福島越前は首をひねりひねりいったようだ。

　大方どのは取り合わなかった。

「それに、九英承菊どのが武田に通じているとの証拠もないでしょう」

「その通りにございます」

　福島越前はさからわなかった。

「そこで、先ほどのお頼みしたい役というのが出てまいります」

大方どのはうなずいたようだ。

「うかがいましょう」

「その証拠をつかんでいただきたいのです」

「やはりそこに話は落ち着くのですね」

大方どのはため息をつくようにいった。

「証拠といわれると、どのようなものですか」

「武田と結ぶほどの重要事、口約束ではなく必ず書き物としてなにか残してあるはずです。それを大方さまに捜していただきたく」

「その書を九英承菊どのがどこかに隠しているというのですか」

「身につけているやもしれませぬ」

それはそれは、と大方どのはいった。

「でも、なぜわたくしにそのような役を」

「承芳どのの相続に不利をもたらす証拠を捜す役目をお頼みするのは拙者としても心苦しくはあるのですが、しかし拙者が頼りにできるのは、大方さまただお一人という理由からにすぎませぬ。大方さま――」

福島越前は口調をあらためた。

「確かめてみたいとは思われませぬか」

「なにをです」

「九英承菊の潔白をです」

また大方どのが声をあげて笑う。

なにか、と福島越前がただした。

「越前どのが確かめたいのは潔白ではなく、九英承菊どのが武田と結んでいる証でしょうに」

福島越前は無言で軽く頭を下げたようだ。

それから大方どのはなにもいわなくなった。考えに沈んでいるらしかった。

「やめておきましょう」

出てきたのは拒否の言葉だった。

「わたくし、九英承菊どのを信じております。それに、承芳どののために力を尽くしてくれているお方を裏切るような真似はできませぬ」

「そうでございましょうな」

とはいったものの、福島越前は未練たっぷりだ。何度もため息をついている。

やがて声を励まして、いった。

「いやしかし、大方さまが信じられるのはよろしいのですが、九英承菊が武田信虎とのあいだに書をかわしているのは疑えませぬ。どうか、ご翻意いただけぬでしょうか」

大方どのから返事はなかった。

福島越前が必死にいい募る。

「生臭がどこに書を隠してあるか拙者にはかいもく見当はつきませぬが、常に目の届く場所に置いておきたいとはいくら人情を知らぬ男とはいえ、思っているのではないでしょうか。目の届かぬ場所に置き、万が一紛失でもしたらとんでもない事態を招来することは明らかですから。ですから、捜すのにさほど手間はかからぬはずなのですが」

「越前どの、お黙りなさい」

大方どのが厳しく制した。

「わたくしはやらぬと申しておるのです。どれほどいわれたところで無駄なことです」

二十二

それから十日ほどのあいだ、富士郡でも庵原郡でも山西でも目立った動きはなかった。動きのあったのは駿府だけだ。

駿府の動きというのは、今川館と堀のめぐらされた重臣屋敷にしかいなかった承芳方の軍勢が、水が土にわずかずつ染みてゆくように、福島屋敷のそばまでゆっくりゆっくり進出しはじめていることだ。

道に盾、柵を並べ、福島屋敷にほど近い侍屋敷に兵を送りこむなどして徐々に包囲に出てきているのだ。それを阻止しようとする福島軍としきりにやり合うようになっている。まだ合戦と呼べるほどには至っていないが、お互いの死傷者はふくれつつある。多い日は福島勢だけで十名以上の死傷者をだすことがある。

その十日のうち、二日だけ恵探は福島屋敷をあけた。行先は花蔵の里にある葉梨城だった。供は三十名。恵探づきの武者たちと半兵衛率いる十名だ。恵探にとって、およそ二月ぶりの花蔵ということになる。

もし駿府を引き払うことになった場合、葉梨城が恵探の籠もる城となる。引き払うというのは恵探づきの武者たちがつかっている言葉で、実際には駿府での戦に敗れた場合のことだ。そのときに備え、どれほどの用意がなされているか一度は見ておこうとする旅だった。

旅といっても、駿府からたいして距離があるわけではない。まだ東の空が白んでいない夜明け前に屋敷を出、昼には着いた。半兵衛は常に気を張っていたが、敵に襲われることもなく、平穏な道中だった。

剣の稽古をほぼ毎日つけてもらい親しくなって興味を持ったせいか、半兵衛の横について歩いている加納平大夫が半兵衛の人となりなどを遠慮がちにたずねてきた。半兵衛は適当に言葉を濁し、明かすような真似はしなかった。

梅雨の真っ最中だが今年はさほど雨は続かず、この日もよく中天にかかる太陽はすでに夏のそれで、蒸し暑かった。一行に驚いて飛び立つ鳥もさすがにげんなりしているようで、勢いがないように感じられた。

花蔵の里は、今川二代範氏が南朝勢力の強かった駿府をうかがう拠点として居館を置いた、今川家にとって重要な故地である。範氏は花倉山《はなくらやま》の南麓《なんろく》を流れる葉梨川沿いのせまい平野の要所に新野、矢部、松井らの重臣に屋敷をかまえさせ、自らは花倉山を背にした最も奥に館を設け、さらに十ヶ所近くの寺と神社を館の前後左右に配した。花倉山の頂には葉梨城を築き、詰の城とした。その館跡は、恵探が住持をつとめる遍照光寺となっている。

半兵衛にとってはじめての花蔵の里であり、葉梨城だった。山と丘に囲まれた土地で、駿河にやってきた今川氏がここに居館を置いたとはにわかには信じがたいほどの寂しさだ。深見の里と変わらないとはいわないが、さほどの差はないように思えた。人家はまばらで、今川館があった頃は重臣屋敷や侍屋敷もあってそれなりに城下らしさもあったのだろうが、今はさびれた感が強く、ろくに手の入っていないような寺や神社だけが目についた。

七十丈ほどの高さがある花倉山の葉梨城は、正面から見る分には迫ってくるような急な崖で難攻そうに思えたが、本丸の設けられている頂から麓に延びてゆく両の裾がなだらかで、その裾をたどればかなり攻めやすそうに見えた。

むろんその弱点は二の丸や二つの出曲輪、二つの大堀切でおぎなわれているが、大軍を擁する承芳方をどれほど食いとめることができるものか怪しいものだった。

この城に籠もることになれば、と半兵衛は思った。それが恵探の最期のときだろう。籠もっても後詰があればまた話はちがうが、孤立無援は疑えないのだ。

半兵衛は恵探のそばにいながらも、本丸から搦手への逃げ道を油断なく捜していた。いい機会だった。いったん籠もってしまえば、防戦に手一杯で、これだけ平静な気持ちで地勢をじっくり眺められるときはないかもしれないのだ。

恵探はいい男だが、半兵衛に殉ずる気はない。最後の最後まで守るつもりだが、いつかは半兵衛の力の及ばぬときがやってくる。そのとき半兵衛は自らの命をかかえて逃げださねばならない。

この城を守備しているのは五百名ほどだ。恵探から城代をまかされているのは和田《わだ》正堯《まさたか》という、花蔵近くを領する地侍だった。自身の兵は八十名ばかりで、残りは他の地侍から少しずつ差し向けられた兵たちだが、兵糧は十分だった。二千の兵が籠もっても、三月は大丈夫と思える量ときいた。兵たちの士気は高く、恵探を迎えてまたあがったようだ。

この日、半兵衛は恵探とともに遍照光寺に泊まった。この寺には、今川二代範氏とその子氏家の墓がある。翌朝恵探は、二つ並んだ墓の前に長いことぬかずいていた。昼に花蔵をたった。夕刻駿府に到着し、日が暮れて町が漆黒の衣をまとうのを待って福島屋敷に入った。

恵探は久しぶりの花蔵の里に、満足げな表情を見せていた。城を見ておくという名目は掲げたものの、実際には幼い頃から育った花蔵が恋しかったのでは、と半兵衛には思えた。まだまだ子供なのだろうか。いや、それとも駿府で死ぬ覚悟を決めたのかもしれず、死ぬ前に一目花蔵を見ておきたいと考えたのかもしれない。


五月十九日の昼すぎ、恵探の部屋に福島越前がやってきた。抑えようとしても抑えきれない喜びが、福島越前の面に浮かんでいた。半兵衛の見まちがいではない。

「伯父上、なにかありましたか」

恵探が目の前に座った福島越前にきく。

「これがうれしがらずにいられましょうや」

福島越前が膝をはたく。

「内応のつなぎがあったのです」

恵探は目をみはった。半兵衛も驚いている。そんなことがあるものなのだろうか。

誰です、と声をひそめて恵探が問う。

「朝比奈千太郎《せんたろう》にございます」

「まさか」

半兵衛もまさか、と思った。

朝比奈千太郎吉久《よしひさ》といえば、今川家きっての重臣朝比奈備中守泰能の一族である。千太郎は泰能一族の数代前のわかれのはずで、三百ほどは動員できる勢力を秘めている。歳は、五十そこそこだろう。今は、百ばかりの兵を率いて今川館の搦手に位置する朝比奈屋敷にいるはずだ。

怪しいのではないか、と半兵衛は考えざるを得なかった。

「罠ではないのですか」

恵探も、同じ危惧を抱いている。朝比奈千太郎が不遇をかこっているとか、泰能に対し、なにか不満を抱いているとの話はきかない。なんのために裏切らなければならないのか、そのわけがわからなかった。

「罠ではござりませぬ」

福島越前は自信たっぷりにいい切った。

「千太郎は備中にうらみを抱いておるのです。正しく申せば泰能一族にですが」

「どのようなうらみです」

福島越前は恵探に視線を注ぎ、解き明かした。

「朝比奈泰熙《やすひろ》が行った掛川《かけがわ》城築城は、本来なら千太郎の祖父に当たる右京大夫に命ぜられるはずだったものを、泰熙が義忠公に讒言《ざんげん》し、横取りしたというのでございます」

「それはまたずいぶん古いことを」

恵探があきれ声をあげた。

確かに古い。遠江の東の中心である掛川に城を築いたのは泰能の父泰熙であり、その築城は足利八代義政から懸革荘《かけがわのしょう》の代官に任じられた今川六代義忠の命に応えたもので、文明五年(一四七三)までさかのぼらねばならない。泰熙はそのまま初代城主をつとめた。泰能は二代目である。

「しかし、その六十年も前のことが今も影を落としているとしたら」

福島越前が力をこめて、いった。

「文明の内訌が今も強い影響を家中に与えているように、ですか」

恵探が例をだして応じた。

「そういうことです」

福島越前はうなずいて、続けた。

「六十年前、もし右京大夫に掛川築城がまかされていたら、千太郎は今頃朝比奈一族の筆頭。二千からの兵を動かせます。二、三百がせいぜいの今とはまるでちがいます」

「しかし、千太郎どのは本当に六十年前のことをうらみに思っているのでしょうか」

恵探が疑問を呈した。

「しかも六十年前の築城をめぐってそんないさかいめいたことがまことにあったのか、今となっては確かめようもありませぬし」

「お屋形のお言葉はもっともなれど」

福島越前は笑って右の人指し指を立てた。

「もう一つ、千太郎にはうらみに思っていることがあるのです」

恵探と半兵衛はそろって耳を傾けた。

「文明の内訌の折、実を申せば千太郎の祖父右京大夫と子の仙八郎は小鹿範満どのの側についたのです。その後、小鹿どのが太守のあいだ二人は安泰でしたが、ご存じの通り長享元年(一四八七)十一月に宗瑞公による館襲撃があって小鹿どのは命を奪われ、右京大夫の跡を継いでいた仙八郎も十二月に死んでおります。実は朝比奈泰熙によって腹を切らされたそうです。千太郎はそのとき、仙八郎の子として生まれたばかりだったとのことです。つまり千太郎としては、朝比奈本家に二重のうらみがあることになり申す」

「いかにもありそうな話ではありますが」

恵探は小さく首をひねっている。

「しかしそれも確かめるすべがありませぬ」

「お屋形は意外に疑り深い」

福島越前が軽口を叩くようにいう。

「これがすべてつくり話だとして、いったいどんな益が千太郎にございますか」

「それをそれがしも知りたい」

恵探はつぶやくようにいった。

「伯父上、千太郎どのに二つ重なったうらみがあるとしても、我らよりはるかに優位を占める陣を抜け、我がほうにつくほどのものとはそれがしにはとても思えぬのです。仮にそれがしが感ずる以上にうらみが深いとしても、負けることですべてを失うことになります」

「しかし我らが千太郎の内応によって勝つことで、千太郎は朝比奈本家となり申す」

「千太郎どのの内応というのは」

恵探はやや視線を落とした。

「我らが館に寄せたら、なかから朝比奈屋敷に火を放つかして混乱を起こさせ、門をひらいて一気に我らを屋敷うちに引きこむ、そんなところだと思いますが」

「その通りです」

感心したように福島越前がいった。

「朝比奈屋敷と館をつなぐ橋を落とさせず、保つことも約定となっております」

恵探は顎を小刻みに上下させた。

「つまり千太郎どのに内応のふりをさせるだけで、我らを外におびきだせます。これは千太郎どのではなく九英承菊どのの益となりますが」

福島越前が目を丸くした。

「九英承菊の策だといわれるのですか」

「かもしれぬ、といったところですが」

「我らを外におびきだす、たったそれだけのことで、こんな策をほどこしましょうや」

「これだけの備えの屋敷を落とすには、相当の犠牲を覚悟せねばなりませぬ」

「つまり、我らを外へおびきだすことでより犠牲を少なくすませることができる、そのための策といわれるのですね」

「そういうことです。九英承菊どのとしては、できるだけ犠牲を少なくして我らを討ち果たしたいのでしょう。徐々に包囲の輪を縮めてきているのと同じ理由でしょう。一挙に攻め寄せることもできるのに、それをしない。毎日毎日盾や柵が少しずつ近づいてくれば、いっそ完全に囲まれてしまう前に打って出ようとするのは人の情でありますれば」

恵探はそういってから、たずねた。

「千太郎どのは、こちらが打って出るにあたりなんと申しているのです」

「攻める日にちが決まり次第必ず伝えてくだされ、こちらも手はずを整えますゆえ、と」

「伯父上は教えたのですか、それを」

「まだにございます。お屋形にはからず、これだけ重要な日の決定はできませぬ」

ひとまず恵探はほっとした顔を見せた。

「条件は？　千太郎どのは引き換えになにを」

福島越前は重々しく告げた。

「掛川城を要求してまいりました」

それしかなかろう、と半兵衛は思っていた。千太郎の話が本当であろうとそうでなかろうと。

「どう思う」

恵探が半兵衛に問うた。福島越前は去っている。いつものように小競り合いが起きたらしく屋敷の外が騒がしくなり、その様子を見に行ったのだ。

今も、兵たちのわめき、叫び、悲鳴がしている。刀槍の打ち合う音もまじる。容易ならぬ事態であればすぐ呼びに来るだろう、と二人は部屋にとどまっている。

「話自体はつくりではないやもしれませぬが」

恵探が続ける。

「千太郎どのはうらみになど思っておらぬ、か」

恵探は視線をやや上方に向けた。

「あるいは伯父上も、罠と知って飛びこむ気であるのやもしれぬ」

「死ぬ気でしょうか」

目を半兵衛に戻した。

「罠をきっかけにしたいのではないか。敵が近づいてくるのは気持ちのよいものではない」

「しかし、あまりに危険すぎましょう。罠と申しても、向こうはただ我らを屋敷の外へだしたいだけ。我らが館に攻めかかるより前、伏勢が退路を必ずや絶ちます」

「その通りであろうな。だが伯父上としては、閉ざされつつあるこの状況を打ち破るには格好の機会、と踏んでいるのやもしれぬ」

「殺すこともできますが」

半兵衛は思い切って、いった。

「千太郎どのをか」

屋敷外での騒ぎはもうおさまったようだ。吹き荒れた木枯らしが去ったように静かになっている。

「館の承芳さまを狙うのは無理にございますが、朝比奈屋敷の国人の一人や二人、手もないこと。千太郎どのが死ねば、越前さまも思いとどまざるを得ぬかと」

「いや、待とう」

恵探が半兵衛を制した。

「いずれ、いい手が浮かぶやもしれぬ」

二十三

五月二十一日。梅雨らしく、この日は朝から雨が音もなく降り続いていた。

鉛を重ねたようなどんよりした雲に空はおおわれ、太陽が今どのあたりにいるのかすらわからない。薄日も射さないなか、ときおり雨を横に吹き流す風は秋のように涼しかった。

駿府での対峙がはじまって以来、はじめてといえる合戦はこの天候のもとに、行われた。

昼すぎ、福島屋敷の搦手の東海道沿いの陣に、向かいの陣から数本の矢が打ちこまれてきてそれに応じたところ、その矢がたまたま名のある武者を射《い》殺したらしく、その陣から怒り狂った兵が殺到したのが発端だった。

たちまち窮地に追いこまれた味方陣を救おうとして屋敷から救援が出て一気に福島勢は人数を増し、敵からも負けじと次々と軍勢が繰りだされた。

東海道を巨大なむかでのように西に動いて旅人や町人を路上から追い払ったこの戦いは、道を右にそれて東海道からはずれ、今川館の正門である四脚門近くに至って最も激しくなった。急をきいた福島越前も馬を駆り、駆けつけている。

戦いは双方合わせて三百五十名以上の死傷者をだして、暗かった昼に夜が闇の戸をおろしたことで、ようやくおさまった。

福島屋敷は負傷者であふれた。今川館も似たようなものだろう。

この戦いのさなか福島越前は、雨にけぶる四脚門から延びた土橋の端で多くの武者に囲まれ、兵たちのぶつかり合いをじっと見つめていた九英承菊を目にしたという。僧衣の上に鎧をまとい、両軍の戦いぶりをなにも映っていないかのような感情のない瞳で見つめていたとのことだ。

殺したかったが近づけなかった、と福島越前は悔しそうにいった。

五月二十四日。この日も一日中、雨だった。

夜になっても雨は降りやまず、むしろ強くなった。稲妻が闇を裂き、雷が大地に大なたを振るう。風もうなりをあげて吹きまくり、季節外れの嵐がやってきたようだ。

その雨と風に吹き寄せられたかのように、大方どのが福島屋敷へ唐突に姿を見せた。輿ではなく歩きだ。供はわずかに侍女が二人。おしのびである。顔はこわばり、かたい決意が胸のうちにあるのが見て取れた。

ささどうぞ、と座敷に導き入れた福島越前の顔は赤らみ、期待にふくらんでいる。

「途中、陣を抜けるのが難儀でしたが――」

座敷に腰をおろすや大方どのはいった。

「わたくしどもは女ですし、雷を避けてか兵《つわもの》どももずいぶんと減っており、なんとかたどりつけました」

大方どのの前に座っているのは福島越前と恵探のみで、半兵衛はまた杉板戸をはさんで隣の部屋にいる。供の者が大方どのの髪や衣服をぬぐっている気配が伝わってくる。

「そうでしたか。さぞや大変でしたろう」

福島越前が大方どのをいたわる。

大方どのは人払いをした。二人の供は外に出ていった。

「今宵はなに用でいらしたのです」

板戸が閉まるのを待ちきれぬように勢いこんで福島越前がきく。

「いわずと知れたことでしょう」

大方どのはそっけないとも取れるいい方をした。思わず福島越前は腰をあげたようだ。

「では、例の書を？」

それに対しては、かすかに衣擦れがきこえただけだった。

「えっ、それではなぜお越しを」

福島越前は意外な言葉をきくといわんばかりだった。

「このあいだはあのように申しましたが、わたくし、悩んだ末、越前どののいわれた通り捜してみたのです。でも見つからなかったことを伝えにまいりました。それと――」

いいかけたが、福島越前がさえぎった。

「見つからなかったことが、九英承菊が武田に通じていない事実を示していると？」

「そういうことではありませぬ」

今度は声にだして否定した。

「見つける努力はしましたが、見つからなかったということです」

「見つける努力、でございますか」

「そうです。はっきりとお断りはしたものの九英承菊どのが離れを不在にしたときに、一度だけですが入りこみました。ただ、あまりにときがなく、なにもできなかったということです」

九英承菊が今川館の離れで日を送っていることがわかった。半兵衛は胸に刻みつけた。

そうでしたか、と福島越前がいった。

「身近に置いてあるのは確かとしても、生臭としてもそうたやすく見つかる場所に隠してはおらぬのでございましょう。肌身離さずということもありましょうし」

雷がだいぶ近くに落ちた。攻め太鼓が万も集まったような強烈さで、半兵衛が身を寄せる板戸がかすかに震えた。

「大丈夫でございますよ、大方さま」

福島越前のやさしい声音がきこえた。

大方どのはしばらく呼吸を整えている様子だった。

「先日越前どのがいわれた、九英承菊どのの妙に生白い顔。わたくしも拝見いたしました」

唐突に大方どのがいった。

「ほう。さようですか」

「ええ、わたくし、胸のうちでふくらんでゆく疑惑を抑え切れず、どうしても我慢できずに九英承菊どのにたずねてしまったのです」

「たずねた。なにをですか」

「越前どのの出抜が館に入りこんだとき誰が承芳どのの命を守ったのですか、と」

「ほう、あの坊主はなんと」

　この言葉には力がこもっていた。

「我が兄庵原左衛門の手の者、と」

「嘘っぱちにござる」

　福島越前が吐き捨てるようにいう。

「嘘かどうかは別にして九英承菊どのが答えたとき、越前どののいわれた通り、顔半分に白い光が走ったように見えたのです。その一瞬にすぎぬ白い顔が、あの方には似合わぬとわたくしも思いました」

「やはりそうでございましょう」

　福島越前は我が意を得たりといわんばかりだ。

「その顔を見たことで生臭が武田出抜をつかっている、ひいては信虎ともつながっているとの疑いを持たれたのでございますな」

「疑いというほど確としたものでは……」

「とうとうあの生臭も化けの皮がはがれた、ということにございましょう」

大方どのは急に饒舌になった福島越前を黙らせるためなのか、咳を一つした。

「あの白い顔が、わたくしに離れに忍びこませたのです。そして決意もさせました」

神官が神意を述べるようにおごそかに告げた。

「大方さま、本気でございましょうや」

福島越前が真剣な眼差しが見えるような口調できく。

大方どのは咳をまた一つした。

「ええ、本気です。三日前の戦いが、わたくしにその手立てを教えてもくれました」

大方どのは帰っていった。その頃には雨、風はやみ、雷も遠くで鳴っているだけだった。

大方どのを送って再び座敷に入った福島越前と恵探は向かい合って座った。半兵衛も敷居を越え、恵探のうしろに控えた。

「どうでございましょう、今の話は」

福島越前が恵探にたずねた。

「大方さまが嘘を申しておるとは思えませぬ。信用してよろしいのではないか、と」

「半兵衛はどうだ」

「は。大方さまのいわれた通りにするしか道はないのでは、と思います」

「板戸越しに声をきき、大方さまの心の動きは手に取るようだったであろう。お屋形のいわれるように信用できると申すのじゃな」

「おっしゃる通りです」

伯父上、と恵探が呼びかける。

「朝比奈千太郎どのにはなんと」

福島越前は大きくうなずいた。

「明日の未明、館へ攻め寄せる旨、伝えまする。手はずを整えて待つように、と。千太郎の知行地の者が駿府にまいっており、その者がつなぎ役となっております。その者に伝えれば、今夜中に千太郎のもとへ届きましょう」

「日は明後日になされ」

「明後日ですと？」

福島越前は恵探をのぞきこむようにした。

「大方さまは明日、待っておられますぞ。我らとしても、すでに用意は万端。いつでも攻めかかる備えはできております」

「そうではありませぬ」

　恵探は伯父の誤解を正した。

「千太郎どのには明後日に攻めかかると知らせるのです。実際攻めかけるのは明日。さすれば九英承菊どのの不意をつけましょう」

　一瞬、福島越前は甥をにらんだ。

「お屋形は千太郎をやはり信用しておらぬのですな」

「この情勢における内応。信じることなどはとても」

「しかし大方さまは内応なされましたぞ」

「大方さまは内応ではありませぬ。それに、半兵衛も申した通り、あのお方の言葉に裏はありませぬ」

　うーむ、と福島越前はうなった。しばらく考え続けていた。

「わかり申した。明後日にて知らせます」

二十四

　五月二十五日。まだ夜は明けておらず、東の空も白んでいなかった。街が目覚めるにはまだ二刻は待たねばならず、静まり返った大地の気が駿府を支配していた。

　その静寂を破ることなく屋敷を抜け出た半兵衛たちは、数名の哨兵《しょうへい》を残して寝入っている今川館筋に点々と位置するいくつかの陣に忍び入り、陣内の武者、兵の寝首を残らず掻いた。半兵衛たちは二十名で、百名を超える殺生を行った。熟睡しきって無邪気ともいえる寝顔を見せている者を殺すときは、帰りを待ちわびる家族の顔がどうしても浮かんできてしまう。お互い牙をむいての殺し合いの際とは明らかに異なる。

　今、半兵衛は一人、今川館に半町の距離を余した道脇に立っている。そこは、一軒の重臣屋敷の大木の太い枝が、塀を越えてつくる陰だった。甚左衛門は家臣を率いて別の場所に向かった。もう着いた頃だろう。

　静かだ。いくつかの陣で起きた異変に気づいた者は、承芳方にはいないようだ。福島勢四百も屋敷を出たはずで、無人と化した陣脇を抜けて、じき姿を見せるだろう。久能山城からも六百の兵が山をくだり、駿府に向けて進軍を開始しているだろう。

　四半刻後、福島勢はやってきた。騎馬はおらず、すべて徒だ。この軍勢には、外に陣をかまえていた者たちも加わっている。

　半兵衛は中団にいる福島越前に忍びやかに駆け寄った。

　福島越前は、柿色の忍び装束をつけた半兵衛がいきなり立ちあらわれたように見えたらしく、ぎくりとした。

半兵衛は無言でうなずき、異常なしを知らせた。福島越前は平静に戻り、満足気にうなずき返してきた。

恵探はいない。武者に守られ、福島屋敷にとどまっている。来たがったが福島越前が許さなかった。もし万が一が起きたら、取り返しがつかない。戦場では死は常に隣合わせで、万が一どころの話ではない。

福島勢は三浦屋敷の手前一町ほどの街角に移り、幽鬼のような静けさでやってきた久能山城勢と合流した。半兵衛を含めた千余の福島勢は隊列を崩さず、息をひそめている。この千余名だけでなく、このあと福島越前の知行地有度郡から五百名が繰りだす手はずになっている。

屋敷につながる土橋の前の路上には、以前と変わることなく盾と柵で組まれた陣があった。さすがに今川館の外郭だけあって多数の篝火は薪を惜しまず、夕暮れを思わせるほどの光を放っている。兵はおよそ百五十、昼夜交代で見張っており、寝ている者は一人としていない。さすがの半兵衛たちでも手だしができないだけの緊張を保っている。

陣内の兵は油断なく目を配っているようだが、福島勢が間近に迫っていることに気づいていない。陣にそれらしい動きはなかった。

久能山城勢七十名ほどが、篝火の届かない場所で横二列に並んだ。隊列の端に立った武者が腕を鋭く一振りした。おびただしい鳥が飛び立ったような音がした。

矢を鎧や顔に突き立てて、陣内の武者や兵たちがわけもわからぬままに死んでいったのが、大気を通じて伝わってきた。

矢をまぬかれ、なにが起きたかをさとった三浦勢が館に向けて声をあげた。敵襲ぞっ。敵襲っ。出合われよっ。

その声を黙らせるかのように弦を楽器のように響かせて再び空に矢が舞い、また多数の三浦勢が陣内をおのれの終焉の地とした。

直後、福島勢は喊声をあげて突っこんだ。盾や柵はあっという間に踏みにじられた。三浦勢も激しく戦ったが矢による犠牲が大きく、一人一人ばらばらにされた武者や兵は福島勢に取り囲まれてはその輪のなかで没していった。討ち捨てにされた死骸を乗り越えて福島勢は、土橋を一気に進んだ。

その様子を半兵衛は身じろぎせず見つめていた。もう動くべきときだったが、福島勢の戦いぶりを見届けたいとの気持ちのほうがまさった。

福島勢は門を押している。四本柱の小づくりの門はびくともしない。土塁上の塀の狭間から、矢がいとまを置かず飛びだしてくる。せまい橋にあふれた福島勢はばたばた倒れた。

福島勢の弓隊が応戦する。半尺の幅しかない狭間を正確に打ち抜いた矢に兵たちが顔や体を射貫かれ、悲鳴とともにうしろに落ちてゆくのがわかる。その狭間には新たな放ち手がつき、すばやく矢を放ちはじめる。福島勢がまたその狭間めがけ、矢を射こむ。

福島勢から別の一隊が進み出て、火矢を放った。まだ明けやらぬ空を、三十羽以上の火の鳥がうなりをあげて飛んでゆく。

三浦屋敷の屋根に突き刺さる鈍い音が連続して半兵衛の耳に届いた。すぐさま消火の声が飛びかうようにきこえてきた。三浦勢の努力は実ったらしく、火の粉や煙が暗い空を立ちのぼってゆくことはなかった。

福島勢は、門の脇で段ちがいになっている、やや低い塀をよじのぼりはじめている。槍に突かれ、体を丸めた武者や兵が土塁を転がり落ちる。揺さぶられた木から実がばらばらと落ちるようだ。そのまま堀に水しぶきをあげて落ちこんでゆく。鎧のせいもあるのか浮いてくる者は一人としてない。

二十名以上が堀の水を血で染めたとき、ついに槍をかわし、一人が塀を越えるのに成功した。一人が成功したことで、犬が飛びかかる勢いをもって、十数名が続けざまに塀を躍り越えていった。なかから悲鳴や叫声、剣戟の響きがきこえてくる。その間にも、武者や兵は前を行く影を追うように絶え間なく塀の向こうに姿を消している。

まだ門があけられる気配はない。今川家筆頭重臣の屋敷だけに兵は多く、抵抗は激しいのだ。三浦の者でなく、よそから来た国人の兵たちも功名を狙い、ここぞとばかりに奮戦しているのだろう。

福島勢はひるむことなく力攻めを続けている。その勇敢さには半兵衛も心打たれるものがあった。兵の戦いぶりには将が出るが、ということは福島越前は優れた将なのだ。

門に寄せてから四半刻近くたち、今にも他から敵勢が寄せてきてもおかしくはないと思えたときだった。いきなり風にあおられたように、館うちから大きな炎がいくつもあがった。攻め続ける福島勢の動きが一瞬とまり、どよめきが洩れたほどだ。

やったな甚左衛門、と半兵衛は思った。福島勢が攻めかかっている裏で、家臣を率いて三浦屋敷の北側からひそかに堀を渡って館うちにもぐりこみ、火をつけてまわったのだ。

その炎を合図にしたかのように門がついにあいた。福島勢は館に吸いこまれるように、勢いよく門をくぐっていった。

空はようやく白みはじめている。三浦屋敷を燃え尽くす勢いの炎は空を焦がし、いちはやく中天に朝焼けをつくっていた。

左手から敵勢が姿を見せた。旗印から、瀬名氏貞の軍勢であるのがわかった。四百は優にいる。久能山城勢が進み出て、すかさず応対する。

すぐさま乱戦になった。久能山城勢が討ち取っても首を取ろうとしないのに対し、瀬名勢は巧名手柄の証である首を自らの物にしようとする。その気持ちと手間が勝敗をわけた。首を掻こうとするあいだに殺される瀬名勢が続出したのだ。首を渡すまい、とする久能山城勢の思いもまた強いようだ。

久能山城勢の燃え盛る戦意に押されて、瀬名勢はずるずると後退した。負傷者は置き去りにされた。

久能山城勢は深追いしなかった。戦いははじまったばかりで、無理をして犠牲を増やす必要はない。長い戦いになるのは決まっているのだ。足軽たちが敵の負傷者すべてにとどめを刺したのを見届けて、再びもとの位置に戻ってきている。

また新手がやってきた。今度は興津勢だった。三百ほどだ。

旗を見て、福島勢が奮い起つ。九英承菊の母方の実家の兵だ。福島勢は蛇のように一つながりになり、興津勢を包みこむように襲いかかった。興津勢は強兵できこえているが、あっという間に三十名以上を殺され、ひとたまりもなく下がっていった。

福島勢は、またもや負傷者を容赦なく殺していった。興津勢の残していった死骸のなかで、名のある者の首を四つ取った。いずれ九英承菊に見せつけてやるために、槍の穂先に刺されることになろう。

もういいだろう、と半兵衛は思った。日がのぼる前に移動しておかねばならない。一人、西へ向かって駆けだした。

敵勢を避けて大まわりし、今川館の北西にやってきた。このあたりは町屋が多く並ぶが、とうに避難して、住む者はいない。

半兵衛が四間の外堀をはさんで見ているのは、遠江の今川一族である新野氏の屋敷だ。この屋敷も館の構えの一つとして、役割を担っている。武者や兵の姿は見えない。すべていなくなっていることはないだろうが、ほとんど出払っているのは見当がつく。三浦屋敷をめぐる戦いに引きつけられているのだ。戦いの喧騒だけが耳に届く。

半兵衛は堀に身を沈めた。泳ぎ切り、土塁に着く。芝が張られており滑りやすいがクナイをつかってのぼった。濡れた体で人けのない屋敷の塀を越え、風のように庭を突っ切った。

再び塀を越え、低い姿勢で道におりた。内堀沿いの、幅が五間もあるこの道には誰もいない。道には、一門衆の屋敷が立ち並んでいる。

内堀の向こうは本丸といえる今川館の土塁と塀。篝火が建物や木々を赤黒く染めている。

空を見た。白みが増しただけで、明るくなってはいない。

堀を左へ行くと、朝比奈屋敷だ。むろんそちらへ行く気はない。再び堀に体を預けた。四間の幅の堀を波を立てることなく泳ぐ。誰もいないように見えるが、塀の狭間からはいくつものの目がのぞいているはずだ。気づかれるようなへまはしない。まだ明け染まぬ夜も半兵衛を守ってくれる。

土塁に着くやのぼり、塀の下にたどりついた。

気配を探り、向こう側には三十名ほどの見張りを除いてほかにはいないと判断した。備えは薄くなっている。その分あの出抜どもが待ちかまえているのでは、との危惧もあったが、連中は承芳の警固に神経を集中しているにちがいない。

東から喊声が、寄せ打つ波のように高くきこえてくる。三浦屋敷における戦闘は激しさを増しているのだ。見張り兵の注意がそちらに行っているのを感じた。

半兵衛はその機を逃さず、篝火に照らされることなく、ただの影と化して塀を越えた。さすがに緊張したが、見とがめる者はいなかった。

息を殺しており立ったのは、三間の幅を持つ武者走りの土塁だ。ほんの二間横に武者がいた。これが二尺でも気づかれなかったろう。静かに、だがすばやく土塁を滑りおりる。

そこは館の裏側に当たる場所だ。

目の前に見えている巨大な建物は、福島越前の絵図によれば、大方どのが居住する持仏堂だ。こちら側から見る持仏堂は背後をがっちりと塀と庇によってかためられ、侵入する隙間はまったくない。すでに大方どのはこの建物を出ているはずだ。

持仏堂の塀の陰に走り寄った。息を細く吐いて呼吸を整え、塀沿いを走る。

折れ曲がりの塀にぶつかった。ここには庇がなかった。大方どのが口にした場所にちがいない。

あたりを見まわす。人影はない。二間ほどの高さがある塀に向かって跳躍し、足と腕をつかって上にあがった。

音を立てることなくなかにおりる。

持仏堂を間横に見る場所だ。縁側が設けられている。これもいわれた通りだ。高さのある床下ではない。

入りこみ、腹這いになる。あとはただひたすら待つだけだ。

二十五

日が暮れた。戦いはまだ続いている。とうに福島越前の知行地有度郡からの後詰五百名も加わっているはずだ。

未明から戦い続けてどれだけの死者が出たものか。双方、おびただしい数だろう。これまでの今川家の内訌で、最大の戦になったことは疑いようがない。

二刻ほど前、持仏堂に人が入ってきた気配があった。ずっと気配をきき続けてきた女たちが、お帰りなさいませ、といったので、大方どのかと思ったが、入ってきた者は一言も発しなかった。

衣擦れの音から女性であるのがわかり、しかもそれは福島屋敷できいたのと同じものに思えた。持仏堂でお帰りなさいませと言葉をかけられる女性はこの建物の主《ぬし》である大方どのしかいないはずで、半兵衛の期待は高まった。女性は仕草で人払いを命じたらしく、女たちは出ていき、それきり戻ってきていない。

日暮れから、さらに判刻が経過した。戦いの響きは激しい雨のように途切れることなくきこえてくる。その響きにまじって、こつこつと頭上から音がした。

合図だ。あれから持仏堂に人が入ってきた気配はなかったので、戻ってきた身分の高いと思える女性がやはり大方どのだったのだ。

さすがに待ちかねた。半兵衛は縁側の下に移動した。

縁側には女性が座っていた。その姿には心なしか力がなかった。

大方どのは半兵衛を認めた。

「越前どのの使いですね」

庭を見るような風情でつぶやく。半兵衛は縁側を出ることなく忍び頭巾を上下させた。

「そなたが吾兵衛ですか」

半兵衛はいわれた意味がわからぬとばかりに、頭巾を小さく傾けてみせた。半兵衛は、大方どのと福島越前とのあいだでかわされた話はきいていないことになっている。

大方どのはかすかに笑ったようだ。半兵衛が目の端でとらえたのは、ひどく悲しい笑みだった。

おそらく大方どのは九英承菊の離れで書を見つけたのだ。それを繰り返し繰り返し読んだのではないか。帰ってきてから合図までときがあいたのはこのためだ。信じられぬ思いに加え、何度も読み返すことで文面が変わってくれることを願ったのではあるまいか。

そんなことはあり得ず、大方どのはついに覚悟を決め、床下にいる福島越前の使者を呼びだしたのだ。

「これを越前どのへ」

縁側の隙間に書をはさんできた。声が震えていた。

半兵衛は大方どのを盗み見た。涙をこらえるかのように顔をゆがめている。実際こらえているらしく、目はまっ赤だった。

「九英承菊どのの文机の引出しの裏に貼りつけてあったものです」

無言で半兵衛は手をのばした。

「いえ、お待ちなさい」

大方どのは明らかに迷っていた。これを渡してしまえば、承芳の家督相続はむずかしくなる。だが九英承菊の裏切りを黙って見すごしていいものか。

「どうぞ、お持ちなさい」

決意し直したらしく、大方どのは縁側に差し入れてきた。もはや声に震えはなかった。

夫氏親を家督につけ今川家の興隆のもとをつくってくれた伊勢宗瑞、今川家のために惜しみなく力を貸し続けてくれている北条屋形氏綱、次の屋形である氏康に嫁いでいる自分の娘。この幾重にも恩と縁を重ねている北条家を裏切ることはできないとの思いが、大方どのをして我が子の家督相続よりも大事であると考えさせたようだ。

いや、ちがうかもしれない。いくら北条家に返し切れないほどの恩があるとしても、我が子の家督相続と秤にかけて、北条家のほうが重いなどということはまずなかろう。この書には、我が子の家督相続を放棄させるほどの重要事が秘められているのだ。だからこそ大方どのは、悲しみに満ちた顔をしているのだ。

半兵衛は一礼し、確認した。

「よろしいのですね」

「ええ、お持ちなさい」

半兵衛は受け取った。厚みはない。一枚の紙が二つにたたまれているだけのものだ。花押らしいものが透けて見えた。おそらく武田信虎のものだ。

二重の油紙に包んで懐に大事にしまうところを、大方どのに見てもらう。半兵衛は再び低頭した。

「確かにいただきました」

「よろしく頼みます」

気丈にいう大方どのに半兵衛は胸をつかれた。

「なにか越前さまにお伝えすることは？」

こらえ切れず大方どのは涙を流していた。あふれ出る涙をぬぐわずに、半兵衛にいう。

「約束を守ってください、と。そう伝えてくれればわかります」

昨夜、策を福島越前に授けたのち大方どのはいったのだ。

『もしわたくしが証拠を見つけてしまった場合、承芳を生かして京にやること――』

福島越前はむろん快諾した。板戸越しに半兵衛はこのやり取りをきいていた。

昨日の戦いで、九英承菊が離れをしばらく留守にしたことが大方どのに暗示を与えたのだ。もっと大きな戦いが起きれば、少なくとも半日は九英承菊は離れに戻ってこないだろう、との。

この策をのんだ福島越前にとっては勇断といえた。もし総勢による攻撃をかけて大方どのが書を見つけられなかったとき、ただ戦うだけの結果に終わってしまうからだ。しかも多くの犠牲をだし、それでも勝てばいいが兵力に劣る福島勢は負ける公算のほうがはるかに大きい。

今川館から引きあげて集結する先は、久能山城としている。駿府の屋敷は捨てることになっていた。大方どのの策に乗れば、生きて駿府に戻ってくることは二度とないかもしれないのだ。

半兵衛は耳をすませた。喊声は徐々に遠ざかりつつある。福島勢は引きあげをはじめたのだ。今頃、今川館を背中に見ながら福島越前は大方どのが使命を果たしてくれたかどうか気が気ではないだろう。そして、半兵衛が書を受け取れたかどうか。

「越前どのは引きあげたようですね」

大方どのは東のほうに目を向け、つぶやいた。

「以上でよろしいですか、伝言は」

半兵衛がいうと、大方どのは言葉を重ねた。

「心して戦いなされませ、これで北条を味方につけることができても、九英承菊どのは楽に勝たせてくれる相手ではありませぬ」

「承知いたしました」

「それから――」

「はい」

「必ず九英承菊どのを殺してくだされ、と」

深いうらみのこもった声だった。半兵衛は思わず大方どのを見返した。大方どのは半兵衛の視線をさえぎるように、いった。

「気をつけて行きなさい。九英承菊どのは離れに戻ったやもしれませぬ。あの方はどんな些細なちがいも見逃さぬでしょう。部屋に入った途端、いつもとちがう雰囲気を察するのは疑えませぬ。さあ、行きなさい。くれぐれも武田の出抜には要心を」

立ちあがり、なかに入っていった。

半兵衛は縁側を抜けた。すっぽりとおおっている闇を衣に走りはじめる。急がなければならなかった。九英承菊が書が消えていることに気づけば、追手がかかる。追手は大方どのがいった通り、武田出抜だろう。今は戦いたい相手ではない。

書が消えていることに気づいた九英承菊は、盗んだのは大方どのである、とさとるだろうか。

大方どのは、承芳の警固をしている者が誰なのか九英承菊にたずねている。今日の不意打ちともいえる福島勢の攻撃とそのことを合わせて考えれば、九英承菊の頭に点った疑惑の灯はすぐ確信の明かりに変わるにちがいなかった。そして、大方どのの口を割らせる。

仮に大方どのが貝であり続けても、どういう筋書きか読むのは造作もあるまい。半兵衛に追手がかかるのはそう先のことではない。

九英承菊は、と半兵衛は続けて思った。大方どのを殺すだろうか。殺しはしないだろう。いくら福島越前と結び、九英承菊にとってこれ以上ない大罪を犯したとしても、おのれが太守の座につけようとしている法弟の実母だ。

だがこれからずっと、牢に閉じこめたも同然の暮らしを強いるだろう。それも、半兵衛が使命を果たすことでなくなる。自らを犠牲にした大方どのを救うためにも、達成しなければならない使命だ。

必ずやりとげる。半兵衛は決意を新たにした。

折れ曲がりの塀を越えた。あたりは夜が支配し、人影はなかった。出抜の気配も感じられない。

再び走りだした。十間ほどで足をとめた。内堀との境になっている土塁が見える。武者走りには、見張り兵が狭間に張りついている。篝火が明々と灯されていた。

篝火のつくる影を、瀬を選ぶようにつたって土塁に近づいた。土塁にのぼり、見張りたちが気づいていないのを確認して、塀にあがる。微塵も気配を洩らさなかった自信があった。塀に腹をついてまわりを見渡したが案の定、見張り兵たちの表情に変化はない。

塀をおり、土塁に足をついた。土塁をくだり、水に身を入れる。波紋は広がらない。頭までもぐり、息継ぎをせず対岸に着いた。

上にあがり、堀沿いに道を北へ進んだ。堀は北川から水を引きこんでいるので、北へ行けば北川にぶつかる。北川近くの武家屋敷が切れ、町屋ばかりになるところに向かうことになっている。


今日の一戦で戦が終わったとは誰も考えないようで、町屋も無人のようだ。明かりのついている家は一つとしてない。

約束の一本松の陰に二つの影が見えた。気をゆるめずに近づく。

家臣だった。半兵衛は立ちどまった。

「殿、よくぞご無事で」

一人が顔をほころばせていう。

「ああ、なんとかな」

懐から油紙の包みをだし、家臣に見せた。

「では、大方さまは？」

家臣の問いに半兵衛はうなずいた。

「ああ、見事してのけてくれた」

半兵衛はこのまま相州小田原へ赴くことになっている。すでに敵に囲まれているかもしれない久能山城まで行き、書を福島越前に見せるのはときの無駄といえた。そのあいだに九英承菊の網がめぐらされるかもしれないのだ。

とはいえ、書を入手したことだけは福島越前に伝える必要があった。この二人は伝達役だ。半兵衛の結果を知り、北条がいずれ援軍としてやってくるという期待があればこそ、福島越前をはじめとした福島勢は久能山城に籠もり続けられる。

「恵探さまはご無事か」

前衿に書を縫いこんでもらいながら半兵衛はきいた。書の秘密を保持するためというより、こうしておけば走る邪魔にならない。

「甚左衛門どのがお守りいたしております。今は久能山城に」

久能山城は駿府から久能街道という道を二里半ほど行った、海に面した山城だ。海側の大手口は鋸で切り落としたような高さ七十丈余の絶壁で、搦手は深い山と谷が連綿と続く錯綜とした地勢だ。ここに千名以上が籠もればそうたやすく落ちることはない。兵糧も三ヶ月分が蓄えられているときいている。

「そうか、よかった」

大方どのから書を受け取るためとはいえ、恵探のそばを離れるのは心苦しくあったのだ。恵探づきの武者もいるし、火つけを終えた甚左衛門たちがいちはやく福島屋敷に戻り、すぐさま警固について久能山城へ連れだすという手はずになっていたから、心配はいらぬとおのれにいいきかせてはいた。

家臣が差しだす竹皮の包みと風呂敷包みを背負った。竹皮には握り飯、風呂敷には着替えが入っている。半兵衛の足をもってしても今宵中に小田原に着くのは無理だ。夜は忍び装束でかまわないが、朝になれば扮装を変えねばならない。なかの着物を身につければ、旅の侍といった格好になれる。

二十六

半兵衛は走りながら、指先についた米粒をなめた。

なめた手を衿に当てる。懐の書にどんなことが記されているか興味はあった。あの大方どのがうらみを抱き、九英承菊を殺したくなるようなこととはいったいなんだろう。

一つ、そうではないか、と思えることがある。そのことを中心にこれまで起きてきたことを考え合わせると、不審に思えたことから土が少しずつこそげ取られ、徐々に九英承菊の陰謀の像が全身をあらわにしてくるようだ。

ただし、それを確かめる気はなかった。北条氏綱に見てもらえばそれでいいのだ。そのとき内容もわかるはずだ。

首筋を冷たい指でなでられたように気配を感じたのは、駿府ははるか後方にすぎ去り、興津川の河口をはるか右手に感じつつ、その流れを渡ろうかという頃だった。

東海道は避けている。まちがいなく網が張られていると思ったからだ。しかし、それだけでは振り切れなかったようだ。あの武田出抜が相手だけに、覚悟はしていた。家臣二人と別れて駿府を北へ抜け、向きを東に変えて走りだしてしばらくしたとき右手の森から目を感じたように思ったのは、武田出抜の警戒の網に触れたゆえだったのだろう。

敵はうしろにいる。半兵衛は気配を背中で探った。三、四人だろう。興津川を渡り切って岸にあがり、さらに探った。

四人はいない。三人、と断定した。あの腕利きもまちがいなく来ていた。距離は一町あるかないか。一気につめてはこない。距離を保っている。いやな感じだ。

どこかでけりをつけに来るはずだった。それを待つか。それともこちらから仕掛けるか。あたりを見渡した。どこか待ち伏せに適した場所はないか。

付近は山と谷が続く地勢だ。待ち伏せには悪くないが、半兵衛はその考えを放棄した。あの男にはまず通じまい。あの男を含め三対一では、不意をついたところで勝ち目はない。今はただ走り続けるしかなかった。

このまま行けば、じき由比だった。由比には、福島彦太郎と篠原刑部の軍勢がいる。あてにはできない。夜は出抜のものだ。ここは自力であの男から逃れなければならない。

なぜ三人なのか。ふと考えた。やつらは二十名はいる。半兵衛一人始末するのに三人で十分、と考えたのか。それとも、水も洩らさぬ警戒網をつくりあげることに必死でよそに手を割きすぎたのか。

いや、と思った。半兵衛の行く先は小田原と決まっている。だとしたら、先まわりはむずかしくない。半兵衛は慄然としてさとった。

――待ちかまえている。

距離をつめてこないのもそのためだ。わざと気配をあらわにし、そこへ半兵衛を追いこもうとしている。半兵衛を屠る場所は決まっているのだ。

気づくのがおそすぎた。すでに半兵衛は肌で感じている。前に立ちはだかる壁のような濃厚な気を。やつらは気配を隠そうともしていない。二十名は優に超えている。

前の敵は半兵衛の位置を察し、全員が走りはじめている。包みこもうとしていた。

半兵衛は道なき道を右へ折れた。網をつくられる前に脱しなければならない。

だが、それはうしろの敵との距離を縮める働きしかしなかったようだ。半兵衛は三名が影のように張りつこうとしているのをさとった。半兵衛が前に気を取られているうちにいつの間にか迫っていたのだ。

あの男の狙いはこれだった。半兵衛はようやく解した。おとりは前の二十人だったのだ。あの男に背中を取られたら、半兵衛をもってしても逃げ切れるかどうか。腕が互角なら、背中を取ったほうが勝ちだ。

半兵衛は壁に当たる寸前の蠅のように、左へ鋭く向きを変えた。その動きでは振り切れなかった。前から他の出抜たちが殺到した。

半兵衛は刀を引き抜きざま敵の刀を打ち返し、返す刀で顔を叩き割った。血しぶきをあげて敵は視野から消えていった。右から打ちかかってきた。半兵衛は体をひねってかわし、左から来た敵の体を薙《な》いだ。かすめた手応えしかなかったが、敵はいのししのように藪のなかへ突っこんでいった。そこでこと切れたようだ。

武田出抜は半兵衛と同じような柿色の忍び装束を身につけているらしいのに、はじめて気づいた。つまりこの色は、と半兵衛は思った。父祖の独自の工夫ではないというわけだ。こんなときに考えるべきことではなかった。

半兵衛は戦いながら、あの男の位置を探った。まだ背中にはつかれていない。

右へ左へと駆けて敵を打ち倒した。刀を振りおろすとき気合もなければ、刀が肉に食いこんでゆくとき悲鳴もない。互いに沈黙を守っての戦いだ。

刀が打ち合う音と、魂の抜けた体が大地に沈みこんでゆく鈍い音だけを半兵衛の耳はとらえ続けていた。少し動きにくいと感じている。背負っている風呂敷包みだ。戦いをはじめる前、捨てておくべきだった。もう捨てる余裕はない。

六人は殺したときだった。ついにあの男が配下を追い抜いて前に出てきた。これ以上犠牲を増やせないと考えたからか。あるいは、息の根をとめるに手数はかからぬほどに半兵衛が疲れたと見たか。もしそうであるなら、誤りを半兵衛としては正してやらなければならない。

走り続けた半兵衛は深い山にいつからか入っていた。道らしい道はなかったが、そういえば軽いのぼりがずっと続いている。これが敵に追いこまれたゆえなのか、自分の意思でのぼりを選んだのか半兵衛にもわからなくなっていた。常に上から敵を攻撃できる位置を保とうとした結果であるのかもしれない。

男は執拗に半兵衛の背後に食らいつこうとしている。ほかの出抜はついてきておらず、敵は一人だけだ。足は半兵衛より上のようだ。半兵衛も山に慣れているが、男は甲斐の者だけあって半兵衛以上になじんでいるのだ。確実に距離はせばまりつつある。

半兵衛の背は火を当てられたように熱くなっている。あと一瞬で背後につかれるというとき半兵衛は体をひるがえし、男と相対した。

相対したと思ったのは残像にすぎず、男は宙を飛んでいた。刀が頭上から降ってきた。打ち返す暇はなかった。半兵衛は首をひねった。風が顔を打っていった。髷をやられた。痛みはなかったが、鎌いたちにやられたような傷ができたのがわかった。

男は半兵衛の背後に着地した。半兵衛は振り返らず前に飛んだ。ごろりと転がって立ちあがり、横へ飛んだ。一本の大木の陰に飛びこみ、その木を盾に振り向いた。男は眼前まで迫っていた。これも残像だった。

男は横にいた。刀が振りおろされている。半兵衛の刀は間に合わない。背を弓なりにうしろに飛んだ。足に激痛が走った。体は避けたが足に刃が入ったのだ。左の太ももだ。血が噴き出たかもしれない。

半兵衛は痛みをこらえ、体勢を立て直そうとした。だが、できなかった。足に力が入らない。

だがやはり、と半兵衛は思った。男は万沢で戦ったあの武田出抜だった。あのしなやかな動きは忘れようがない。

　男は半兵衛の動きが極端に落ちたのを知ったようだ。舌なめずりしたらしいのが顔を見ずともわかった。一気に走り寄ってくる。

　半兵衛は気力を振りしぼった。こんなところで最期のときを迎えるつもりはない。刀を振りあげ、激しく斬り結んだ。

　徐々に押されはじめた。太ももの傷から激しく血が流れ出ていっている。血どめをしないと命にかかわるのはまちがいないが、この相手を倒さない限りそれは無理だ。血とともに力も抜けていっているこの状態で、男を倒すのは至難の業だった。

　刀を打ち返すのが精一杯になっている。それも自分が打ち返していると感じているだけで、体のそこかしこにうずく痛みがあることから、かわし切れずにかなりやられているようだ。

　男は半兵衛が弱ったと判断したか、とどめを刺しに来た。低い姿勢で突進してくる。

　半兵衛は存分に引きつけておいてから、右足一本で跳躍した。男はその動きを予期していたかのように合わせて飛んできた。宙で二人は刀を戦わせた。男が先に地に立ち、半兵衛はあとからおりた。半兵衛の場合は肩を切られて宙で体勢を崩し、背中から落ちた。

　息がつまった。立ちあがろうともがいた。男の影が闇の化身のごとく迫っていた。鈍く光る刀の切っ先が目に飛びこんできた。

半兵衛は横っ飛びに飛んだ。刀は避けることができたがはずみでまた背を打ち、息がとまった。刀は追ってこなかった。

立ちあがった。男の姿は見えない。半兵衛は立ちすくんだ。身の毛がよだつ。男は消えたわけではない。近くにいる。

上だ。直感して半兵衛は横に飛んだ。背中を冷たい刃がかすめていった。半兵衛はすばやく立ちあがった。男の姿は見えない。

背後に殺気。半兵衛は前へ身を投げだした。

あるべきところに地面がなかった。宙に飛びだしていた。身を投げだした先は崖だったのだ。落ちながら真下に白い帯が見えた。岩を嚙む川の流れであるのを知ったのは、しばらくしてからだった。それが急激に幅を増してくる。

半兵衛は思わず右手を飛ばした。溺れる者が藁にすがる心境だ。手をひらいたためにそれまで握り締めていた刀が離れていった。なにかに触れた。崖に生える木の枝だ。さわっただけで半兵衛を支えてくれはしなかった。

それでもあきらめず腕を必死にのばした。右手の人指し指がまた枝に触れた。指に力をこめた。引っかからなかった。次の枝に、かかってくれた。

半兵衛は五本の指で、鷲が獲物をとらえるように力強くその枝をつかんだ。次の瞬間、抜けたのでは、と思えるほどの力が右肩を襲った。

抜けはしなかったが、その代わり、体が崖に叩きつけられた。その拍子に腕が枝から離れた。あっと思ったときには、再び宙を飛んでいた。

岩に落ちた。落ちる寸前体をひねったが、ひねったつもりにすぎず半兵衛は背中から落ちていた。背骨が砕けたのではと思えるほどの痛みがあった。

だが、生きている。風呂敷包みが衝撃をやわらげてくれたようだ。

息がとまった。あまりの苦しさにのたうち、もだえながら、息が戻らないのでは、と怖れた。

一つ息をしたのち、大きな咳が出た。今度は咳がとまらなくなった。腹をかかえて、喉に松明を突っこまれたような熱さと息苦しさに耐えた。

ようやく苦しさが消えると、腕木のように横に突き出た枝が見えた。先端が折れている。崖の割れ目からのびた太い幹が無理にねじ曲げられたような松の大木の枝で、ほんの二間ほどの高さにあった。半兵衛がぎりぎりでつかんだ枝だ。

あれが命を救ってくれたのだ。あの枝と風呂敷包みがなかったら今頃は脳みそを飛び散らせ、背骨を腰のあたりからはみださせていた。

岩は畳一枚分ほどの広さだ。落ちてからどれだけ経過したのか。ずっと寝ていたような気もする。

立とうとした。できなかった。体中が痛んでいる。じっとしていろ、と体がきつく命じている。

その命にしたがいたかったが、じっとしているわけにはいかない。動け、と半兵衛は強く命じ、指先から体に力を加えていった。動かずにいたらやつがくる、もう近くまでおりてきているかもしれない。半兵衛の死骸をあらためないような手抜きをする連中ではない。

足に激痛が走ったがなんとか立てた。痛みは気にならなかった。体中痛みだらけだからだ。足から血は流れ続けている。左の袖を食いちぎり、太ももにかたく巻いた。それから口のなかに唾をつくり、傷になすりつけた。何度も繰り返す。応急の毒消しには唾がなによりいい。

一連の動きは俊敏にやったつもりだが、実際にはのろのろとしたものでしかなかったろう。これで血がとまってくれるかはわからなかったが、ほかにしようがなかった。

首を傾けて上を見た。こちらをのぞきこんでいる者の姿はない。崖はおよそ二十丈はある。その最も上から落ちて無事だったのだ。むささびのごとく空を飛ぶと信じられている出抜といえども、生きているのが自身、信じられなかった。天がこんなところで死ぬな、と生かせてくれた気もした。

岩をおりる。その途端、両の足から骨が抜けたように膝が力なく折れた。湿った砂に足を取られ、滑ったのだ。

そばを、夜に白い泡を浮きあがらせて川が流れている。幅は三間はある。かなりの水量だ。半兵衛は砂から足を引き戻せぬまま、尻餅をついてしまった。手をついて立ちあがろうとした。今度は手が肘から曲がった。背中が河原の石に触れた。その痛みに飛びあがりそうになった。だが、気持ちだけだった。体はまったく動いていなかった。

苦労してうつぶせになり、手で上体を持ちあげようとした。砂の上の石に手を乗せたらずるりと滑り、顔と体の半分が流れに入ってしまった。息ができず、もがく。顔が水から出たときには、半兵衛は水のなかにいた。流されはじめている。

冷たい水が体にしみた。それはほんのしばらくにすぎなかった。すぐに冷たさも痛みも失せた。

体に力を入れようがなかった。半兵衛は流れにもてあそばれて、運ばれていった。なぜか遠い昔、母親の手で抱かれていたときを思い起こさせるような心地よさを感じた。寝入る直前の赤子みたいなものだろうか。

気を失う前に思ったのは、これでやつの手から逃れられる、という安堵の思いだった。今日のところは素直に負けを認めなければならない。やつの誤りを正すこともできなかった。

いや負けたわけではないか、とも思った。水をかき、衿を探る。衿とは異なるかたい感触があった。これは奪われなかったのだから。

二十七

目覚めた。

目覚めると同時に体の痛みがぶり返した。目をひらく。

半兵衛は河原にいた。

腕に石を抱いていた。明るかった。朝のようだ。半兵衛の上を鳥たちがかしましく飛びかっている。

半兵衛は起きあがろうとした。だが、できなかった。上体を起こし、足に手をのばす。紐に指が当たった。血はどうやらとまっている。でなければ、とうに生きていないだろう。

日の光が妙にあたたかく感じられた。気持ちよく、まだ眠っていたい気分だ。

眠気を払うように首を振った。頭に重い痛みがある。崖から落ちた際の痛みとは別のものに思えた。流れに運ばれているとき、岩にでもぶつけたのかもしれない。くるみくらいのこぶが左耳の上にあり、押したら涙がにじむほど痛んだ。

ぼんやりと思いだした。岩にぶつかったそのために、半兵衛は流れに運ばれつつも一度目を覚ますことができたのだ。

そういえば、と思った。流れから脱しようと水を思い切り飲みながらも、足と腕を蛙のように目一杯動かした覚えがかすかにある。夢のようにも思えるが、どうやら夢ではない。なんとか流れを突っ切って岸にあがり、二度と流されることのないように石を抱いてこの場で寝入ったのだ。

耳を澄ませた。鳥以外の気配は感じない。体をだましだまし立ちあがった。背中に風呂敷包みがあることに気づく。流されなかったのだ。

めまいが襲ってきた。我に返ると、河原に膝をついていた。あまりに血を失ったせいで、血が体中に行き渡っていっていない感じがする。五月も末というのに、ぞっとする寒さを感じている。この寒けは、血を流しすぎたゆえであることを経験から知っていた。

めまいがおさまるのを待って、ゆっくりと歩きはじめた。腰にまだ差していた鞘を杖とした。目指すは川の下流だった。

川の流れに沿えばいずれ海に出る。海に出れば、今自分がどのあたりにいるのかわかる。

山育ちとはいえ、駿河の海はこの目で何度も目にしてきている。左手に富士山を背景になだらかに広がる河東の海岸や、海をはさんで伊豆国が巨大な島のように見えることも知っている。伊豆の北には箱根の山並みが連なっている。箱根の向こうには小田原がある。

歩き続けられなかった。すぐに疲れてしまった。考えた以上に体は力を失っている。熱っぽかった。だるい。

この状態で小田原へ行き着けるはずがない。武田出抜も捜しまわっているだろう。やつらに見つかれば、今度こそ命はない。体の力を回復しなければならない。

しばらく歩くと、流れが岩肌にぶつかり大きく右に曲がっている場所に来た。その手前に、木と蔦が深く茂った藪がある。その藪の奥に、ほら穴が口をあけていた。怪我をしておらず、ゆっくり行かなかったら見落としてしまいそうな大きさだ。

半兵衛はあたりに誰もいないことを注意深く確認した。藪をかきわけてなかに入る。奥行は二間足らず、高さは半間ばかりの岩室だ。藪をもと通りにし、入った痕跡を消した。上から一ヶ所しずくが垂れていることを除けば、なかは意外に乾いていた。

風呂敷包みをおろし、風呂敷を地面に敷いた。その上に横になる。侍装束は枕にした。目を閉じた。ここまで来る途中、口にできる草や木を見かけているが、腹に入れる気はなかった。

腹は空いていなかった。空いていないということは体が求めていないということだ。体が求めているのは、今はひたすら休息だった。怪我をした獣が木のうろにうずくまり、傷の治癒と体の力が戻るのをじっと待つのと同じだ。

目覚めた。

うなされたせいか三度か四度目をあけ、入口を見たが、常に外は明るかった。浅い眠りを繰り返し、夢とうつつの境を行ったり来たりしていた。獣らしきがすぐ近くを通っていったのを感じ、身を縮めた覚えもある。

さまざまな夢を見たようだが、唯一覚えているのは妻の夢だ。笑って幸せそうに赤子を抱いた奈津江が、半兵衛にも同じ微笑みを向けてきた。生まれたのか、はやかったな、と半兵衛は声をかけている。奈津江から受け取り、赤子を抱いてもいる。その腕の重みは脳裏に刻まれていた。

あと一月足らずで産み月だ。元気だろうか。体に障りはないだろうか。無性に会いたかった。奈津江も毎日、半兵衛を案じているだろう。まさかこんな穴蔵に、夫が熊のようにひそんでいるとは思うまい。

空腹だった。なにか食いたい、と思った。いい兆候だ。腹が空いたということは、気がそこにまわる余裕が体にできた証だろう。奈津江に励まされたのかもしれない。

入口に這い寄った。鈍重な牛になったような重さはあるが、体に痛みは走らなかった。外は夕暮れのような赤みが感じられた。半日、寝ていたことになる。

立ちあがった。天井が低いため腰を折らねばならなかった。引きつった感じがして、太ももの傷を見た。目をみはった。かさぶたができかけている。いくら回復がはやいといっても、あれだけの傷が半日で治りはじめたというのはこれまでもなかった。

ということは、と思った。寝ていたのは半日でないのかもしれない。それにこの空腹感。自分には珍しく、耐えがたいほどになっている。もともと余分な肉などついていないとはいえ、腹は見事なほどに薄っぺらになっている。

傷のかたまり具合から、四日はたっていると考えなければならないようだ。だとすると、今日は五月二十九日か。しかも暮れようとしている。明日はみそかだ。

これなら小田原に行けるだろうか。

太ももの傷は治りかけているとはいえ、ここでまた敵とぶつかり合うことになればひらきかねない。小田原にはできるだけはやく着いたほうがいいのは決まっているし、そうしたかったが、ここで無理をすればすべてをなくす。闇にまぎれて動くことも考えたが闇は武田出抜には通じないし、半兵衛が夜動くことは予期しているだろう。

思案した末、今夜はじっとしているほうがいい、との判断に達した。明朝、夜明け前に動きだすことに決めた。今はまた眠るときだろう。

ひそめるような人の声に目が覚めた。半兵衛は耳をそばだてた。人声は河原を近づいてくる。

半兵衛は体を起こした。入口に目を向けて、驚いた。外はずいぶん明るい。夜明けなどとうにすぎている。草むらを槍でつついているような音が耳を打つ。

武田出抜だ、と直感した。まだ捜していた。あきらめてなどいなかった。当然だろう。

半兵衛は衿に手を当てた。やつらはこれを取り戻していないのだから。

半兵衛は刀を捜した。あるのは鞘だけだ。崖から落ちたとき、刀はなくしたのを思いだした。腰を低くし、いつでも飛びだせる姿勢を取った。

近づいてきた。鎧の音がまじる。

鎧だと、と思った。ほら穴に気づいたらしく、足音がとまる。入口を凝視しているのが目に見えるようだ。十人はくだらない、と察しをつけた。

一人が穂先を突きだしてのぞきこみ、入ってこようとした。半兵衛は突進し、男のみぞおちめがけて鞘で突きを入れた。がつ、と鞘は弾かれた。鎧を突き破れるはずがないのはわかっていたものの、男はよろけもしない。力が戻っていないのを半兵衛は落胆とともに実感した。

いたぞっ。男があわてて飛びすさった。

半兵衛は男を追って外へ飛びだした。

そこにいたのはやはり十名あまりだった。すべて鎧をつけている。得物は槍。なりは出抜ではない。しかし半兵衛も戦に出れば鎧姿になるし、万沢ではやつらもこの格好をしていた。

とらえろっ。右に立つ男が鋭く叫んだ。半兵衛はその男を見た。あの男ではない。

半兵衛は、男たちの壁を突破しようとした。一人の兜に鞘を叩きつけた。男は顔をしかめただけだった。鞘のほうが二つに折れてしまった。男は槍を突きだしてきた。

半兵衛は飛びあがって避けた。着地で足がもつれた。槍がのびてきた。体をひねってかろうじてよけた。その槍を階段をのぼるように駆けあがり、兜を蹴りあげた。少しは衝撃があったらしく、男がうしろへよろめいた。

半兵衛は、男が下がったためにできた壁の隙間に体を投げ入れるようにした。抜けた、と思った。実際抜けていた。あとは走ればいいだけだった。

その足が石につまずいたように宙に浮いた。勝手に河原が近づいてきた。顔をしたたか打った。両腕をつかって立ちあがろうとした。その手を薙ぐように払われた。顎を打ちつける。風切り音がした。うしろ頭に強い打撃が走った。目の前が暗くなってゆく。

半兵衛は、河原にぶざまに寝ている自分を知った。

殺しますか。誰かがきいている。

引っ立てろ。別の誰かが答えた。

このやり取りを、半兵衛は子守歌のようにきいた。

二十八

いつ目が覚めたのかわからなかった。深夜らしく、闇がその巨体をどろりと横たえたような暗さがあった。

牢だ。畳一畳ほどしかないせまい土牢で、半兵衛一人だった。太い木でがっちりと牢格子が組まれ、その格子は上下とも深々と土に食いこんでいて、押しても引いてもびくともしない。

天井は座って手をのばしても届く低さで、岩のようなかたさを持っており、手ざわりはひんやりしていた。どんな術をつかったところで逃げだせそうにない。大小便の臭いが鼻をつく。半兵衛の前に入っていた者が残したものらしかった。

はっ、と気づき、衿に手をやった。抜かれていた。思わず唇を嚙んでいた。しくじった、との思いが大水のように寄せてきた。

これで、と思った。恵探と福島越前の負けは決まってしまった。おのれのしくじりによって、大方どのの犠牲も役に立たなくなった。取り返しのつかない失態だ。

いや待て、と思い、体を起こした。

――取り戻せばいい。

それにはこの牢を出ることだ。

牢格子の脇に小さな椀が置かれている。水が入っていた。喉は渇いていた。まさか毒が入っているようなことはあるまい。

汲まれてからだいぶたっているらしく生あたたかかったが、うまかった。喉の渇きが一応は癒されると、それ以上に腹が減っているのに気づいた。しかし、つかまったときのようなひどい空腹感ではなくなっている。腹が減りすぎたせいだとわかっていた。

ここはどこなのだろうか。この牢が山の傾斜を利用してつくられているのが解せただけで、答えは出なかった。

やつらは何者なのか。武田出抜ではないのではないか。武田出抜なら、こうして生かしておくことはあるまい。あのとき躊躇なく殺していたはずだ。

今日は何日なのか。五月のみそかか。だが、また二日は寝ていた気がしてならない。太ももの傷を見た。完全にかたまっている。目に入るほかの傷も似たようなもので、かなりのときの経過を示していた。

やつらは何者なのか。再び思った。由比城を攻めている味方なのではないか。

しかし、とも思った。やつらは人を捜していた。このあたりで人を捜すといえば、自分こそ目当てなのはまちがいない気がした。

福島彦太郎、篠原刑部勢は由比城での攻防に敗れ、敗走したのか。もしそうだとするなら、あの連中は敵方の由比勢ということになる。九英承菊の命で半兵衛を捜していた、と考えれば納得がいく。つまり、書は敵の手に渡ったことになる。

人が近づいてくる気配をさとった。

半兵衛は体を起こし、身がまえた。身がまえただけで、なにをするということもなかった。

いつしか夜は明けていた。ちょうど樹間から太陽がのぼろうとしている。

太陽をさえぎるように男が牢格子の前に立った。顔は黒い影になって見えない。

「目が覚めたか」

声にきき覚えがあった。引っ立てろ、と最後に命じた男だ。槍の柄で頭に打撃を与えた男でもある。あのとき顔は見えなかったが、男のまとう雰囲気がそうであると教えていた。

半兵衛は答えず、男を見返した。

男が一歩進み、牢格子に顔を近づけた。

かった。

「おぬし、何者だ」

男は四十すぎくらいだろうと思えた。精悍な面つきをしている。ただ、出抜の臭いはしなかった。

「答えぬか」

ふっと笑った。顔を傾け、耳をかいた。

「しかしよく寝る男だ。このわしに頭を打たれたから、仕方ないかもしれぬが、もう二度と目を覚まさぬかと思ったぞ」

「今日は何日だ」

「ほう、口がきけたか」

目を丸くし、男が軽口を叩く。

「六月二日よ」

やはりとらえられてから二日か三日たってしまっている。この男のいう通り、強く頭を打たれたせいもあるにちがいなかった。

男は中腰になり、半兵衛をのぞきこんできた。

「日が気にかかるか」

半兵衛は口を引き結んだ。

男は立ち姿に戻った。腕をかたく組む。

「まただんまりか」

男は苦笑してみせた。

「その傷はどうした。誰と戦った」

顎の不精ひげをなでた。

「おぬし、出抜か。なりからしてそうにちがいあるまいが。そんな装束ははじめて見たぞ」

柿色の装束のことをいっている。一度横を向き、あらためて半兵衛に視線を当ててきた。

これまでと打って変わった厳しい目つきになっている。

「衿に縫いこまれていた書な」

目を動かさず、半兵衛を見据えている。

「ありゃ、本物か」

半兵衛は無表情でいた。

「本物だったら、九英承菊はとんだ食わせ者だということだな」

いったん言葉を切り、眉を動かした。

「ほう、なにかいいたげだな。なんだ」

男は九英承菊を呼び捨てにし、食わせ者といった。

「おぬし、福島彦太郎どのの手の者か」

男は半兵衛の足もとの椀に目をやり、腰にぶら下げている竹筒をはずした。飲むか、と差しだしてきた。

竹筒を傾け、喉を鳴らして水を飲んだ。

「いい飲みっぷりだ」

酒の飲み方を称える調子でいった。

「もっと飲むか。飲むなら持ってこさせるが」

半兵衛は遠慮した。男は竹筒を腰に戻した。

「そう、俺は福島彦太郎さまの配下の者だ」

片山八郎と名乗った。

だが、鵜呑みにはできない。

「偽りは申しておらぬな」

「偽り？　なぜこの俺が偽る必要がある」

その通りだ。書を手に入れた以上、身分や名を偽る必要はなかった。

「そういうおぬしは？」

半兵衛は名乗らなかったものの、それ以外は正直に答えた。福島越前の手の者、ときいても、片山は関心を示さず小さくうなずいただけだ。口でいったところで信じないのも無理はない。

「あの書はどうした」

半兵衛はたずねた。

「ある人の手もとにある」

「ある人？　誰だ」

片山はすまなそうに笑った。

「総大将だ」

「福島彦太郎どのか」

片山は首を振った。

「おぬしのあるじどのだ」

解するのに数瞬要した。

「福島越前さまか」

「そうだ。おぬしの役目を知っていたらそんな真似はしなかったが、敵とも味方とも知れぬ出抜の所持しておった書だ。しかもあれだけ重要な書だからな、お見せせぬわけにはいかなかった」

力が抜ける思いだった。結局は、福島越前の手に渡ったのだ。敵に奪われたわけではなかった。しかし、と半兵衛は思った。

「久能山城は囲まれてないのか。無事城に入れるのか」

「敵の知らぬ間道などいくらもある。確かに受け取った、との福島越前さまの返事もちゃんといただいておる」

返事をもらっている。つまり、もう使者は帰ってきているのだ。ということは――。

「それがしが誰なのか、貴公は確認できているのではないか」

片山はうなずいた。

「その通りだ。深見半兵衛どの」

「では、あの書が本物であることも？」

「ああ、承知しておる」

けろりという片山を半兵衛はじろりと見た。

「出抜という生き物に会ったのはなにしろはじめてなんでな、どれほど口がかたいものか知りたくてどうにも我慢がならなんだ」

半兵衛は牢をだしてもらった。生き返った気分で付近を見渡す。小高い丘に設けられた陣だ。すぐ間近で戦に向き合っているとは思えぬほど、穏やかでやわらいだ顔をどの武者も兵もしている。戦続きのなかで、つかの間の休息ということなのだろう。

「ここは由比か」

「そうだ。正面に見えるのが由比城だ」

片山は左手を指差した。樹木に隠されて由比城の姿はよく見えなかった。この陣は、由比城に対する付城ということらしかった。

「それがどうかしたか」

「越前さまは、それがしがここにいるのを存じているのだな」

「ああ、存じておられる。手厚く手当してやるようにとの仰せだ」

半兵衛は振り返って土牢を見た。

片山は微笑しながら説明した。

「それがこの仕置かといいたげだが、使者はさっき帰ってきたばかりでな、それまでおぬしが何者かわからなかったというわけだ」

越前さまは、と半兵衛はいった。

「書を使者に持たせなかったのか」

「それは、久能山城に持っていったあれを使者が持ち帰らなかったかときいているのか」

「そうだ」

「持ち帰ってはいない。越前さまが手にしておられる。なにしろ、久能山城を往復した本人がいうのだからまちがいない」

「使者というのは貴公だったのか」

笑みを見せて片山は顎を引いた。あれだけの重要な書だ、相当の腕利きでないと安心して持たせることはできまい。この男が選ばれたのは至極もっともに半兵衛には思えた。福島彦太郎の信頼が厚い男なのだろう。

「持ち帰って、どうするというのだ」

「小田原に向かう」

「おぬしがか。そりゃ無理だ」

「なぜだ」

「その体だ。行き着けぬ」

片山は半兵衛の左ももの傷を見ていた。確かに、熱を持っている気がする。それに頭を何度も打っている。今もふらふらする。

半兵衛は仕方なくうなずいた。

「武田の出抜とやり合ったのだな」

「そうだ」

「やつら、何人いた」

「二十人は」

「よく生きてたな」

「悪運は強いほうだ」

「腕もいいのだろう」

それには半兵衛は答えなかった。

「それに、おぬしはまだ知らんだろうが。北条家は承芳方につく」

驚くべきことだったが、片山はなんでもないことのようにさらりといった。

「決まったのか」

「そうだ。五月二十七日、北条屋形が明らかにした。もともと北条は承芳さまにつくといわれていたから、さして驚きはない。それと、富士郡の戦のせいで鶴岡八幡宮の造営の障りが出ているからな、一刻もはやく駿河の戦を終わらせねばとも考えたようだ」

福島越前の提示した河東割譲も、北条屋形にとって魅力はなかったというわけだ。強い今川家をつくり得るのは、承芳、九英承菊であると判断したのだ。

それでも、もしあの書を持って半兵衛が小田原に行き着けていたら、その決定は逆のものになっていただろう。しかし、まだ間に合わないわけではない。

「それなら、なおさら持っていかねば」

「その必要はない」

「なぜだ」

「向こうから来てくれるからだ」

承芳方の援軍としてだろう。確かに、向こうから来てくれるならこちらから小田原までわざわざ持ってゆく必要はない。陣所に行き、大将に渡せばこと足りる。もっとも、その陣所に行くまでがまた難儀にちがいない。

半兵衛は、あの武田出抜を頭に浮かべた。きっとあの男が邪魔をするに決まっている。

「北条の総大将は？」

「まだわからぬ」

「北条屋形では？」

「氏綱どのがじきじき来るかはわからぬ」

そうかもしれない。重臣を総大将に据え、皿を叩き割るように福島勢を粉々にすれば役目は果たされるのだから。氏綱自らが出張るかは、関東の雲行きとの兼ね合いもあろう。

「北条勢の出立はいつだ」

「今日、ときいている」

今日小田原をたつとして、富士郡の福島弥四郎勢を蹴散らしてこのあたりにやってくるのは、当月七日くらいになろうか。

「人数は？」

「五千をくだるまいといわれておる」

「そんなに――」

容易ならざることだった。しかし、これをそっくり味方につけることができれば。

片山に案内してもらい、半兵衛は食事をとった。走りつつ食べた握り飯以来だから、七日ぶりということになる。胃の腑のことを考えて粥にしてもらったが、心からうまいと思える食事だった。

生きているのはいい。こんなにうまい物を食べられるのだから。

粥を口に送りこみながら、たずねた。

「いったい貴公らは誰を捜していたのだ」

疑問に思っていたことだ。あのとき半兵衛を捜していたのは武田出抜で、片山たちが武田出抜でない以上、別の誰かをとらえようとしていたことになる。

「ああ、あれか」

椀の飯を咀嚼して、片山がいった。

「夜明け前、駿府に使いに出るらしい二騎が由比城の搦手を出たんで、追ったのだ。一騎は射殺したが、一騎は馬を倒しただけであの谷に逃げこんでいき、そやつを手わけして捜していたらおぬしが網にかかったというわけだ」

「では逃げられたのか」

そういうことだな、と片山はいった。

「今頃は駿府でのうのうとしておるだろう。それから、おぬしに謝らなければならぬ」

実際に片山は頭を下げた。

「知らなかったとはいえ、頭を槍で思い切り叩いてしまった」

「謝らんでもいいさ」

半兵衛は快活にいった。

「柄でやってくれて、助かったと思っている。穂のほうだったら今頃、命はなかった」

「なるほど、そういう見方もできるか。柄をつかったのは、追っていた武者と明らかに格好がちがっていたからにすぎぬが」

「それに、もし逆の立場に立っていたら、果たしてそれがしが柄をつかったかはわからぬ。それだけに、落ち着いて見きわめてくれた貴公には感謝してもし切れぬ」

今川家にはいい武者がたくさんいる、との思いを半兵衛は片山を見て強くした。殺すには惜しい男だ。

　半兵衛は声をひそめた。

「北条勢が寄せてきたら、この陣などひとたまりもあるまい。いったんこうと決めたら北条屋形は徹底してやろう。ここで死ぬ気か」

　片山が箸をとめる。

「そりゃわからぬ。死ぬか生きるかは運だからな。存分に戦うつもりではいる」

「北条を味方につけぬ限り、勝ち目はないぞ」

「その通りだろう」

「生き残ったらお家にまた仕えるのか」

「さあな、どうするか」

　片山は首をひねった。

「百姓をやるかもしれぬし、この腕を買ってくれるところを新たに求めるやもしれぬ」

　福島勢に限らずほとんどの武者の気持ちをいいあらわした言葉だろう、と半兵衛は思った。

「おぬしはどうだ」

　片山がたずねてきた。

「越前さまとともに死ぬ気でいるのか」

半兵衛は首を振った。

「その気はない」

「これはまたはっきりいうな」

片山が半兵衛を見つめる。

「おぬし、歳は？」

「二十九」

「そうか。それならまだ死ぬにははやいか」

「まだ若いから死ぬ気がないわけではない。歳は関係なかろう。若かろうと年老いていようと死ぬときは死ぬのう。力の限り戦う気ではいる。だが、まだこの世でなにもなしてない気がしてな。この世に生まれてきた意味がいまだにわからぬ。それがわかるまで、なんとか生きていたいと思っている」

「この世に生まれてきた意味か」

片山は食べ終えた椀を左手で持っている。唇についた米を指で拾い、口に入れた。

「子をなすことではないのか」

あっさりといった。そうであるなら、半兵衛は役目をすませたことになる。

「おぬし、子は？」

片山がきいてきた。

「うむ、一人。腹にも一人」

「ほう、いつ生まれる」

「来月だ」

「そうか、楽しみだな。俺にも三人おる」

片山は瞳を柔和に輝かせた。子供を抱いた父の目になっている。

「もし子でないとしたら……」

片山は思慮深げな僧のような顔をした。

「少なくとも、来世にどういうふうに生きたらいいか、こんな末法の世でも教えてくれるだけの意味はあると思うが、どうかな」

二十九

半兵衛は久能山城にいる。城は承芳勢四千に囲まれていたが、片山が教えてくれた間道を通って苦もなく城内に入った。

今のところ承芳方に攻める気はないようだ。北条軍の来着を待って、取りかかるつもりでいるのだ。承芳も九英承菊もここには来ていないらしい。今も今川館にいるときいた。

由比からの途次、武田出抜に襲われることはなかった。すでに六月四日になっている。由比の福島陣にはあれからさらに一日いて静養し、傷の治りと体力の回復を待って片山八郎に別れを告げ、昨日の夕方、久能山城にやってきたのだ。

心配だったものの傷から熱はすっかり引いている。ふつうに食事もできるようになっていた。体がふらつくこともなかった。日頃の鍛錬がものをいった、ということらしい。

家臣とも対面を果たしている。九日のあいだ会わずにいただけだが、ずいぶん久しぶりに感じられた。二十名の家臣は、半兵衛の無事を涙を流さんばかりに喜んでくれた。実際に流している者も何人かいた。

甚左衛門もその一人だった。甚左衛門は、予定をすぎても帰ってこず連絡もよこさぬあるじを心配し、一人で行かせたことをずっと悔いながらここ何日かをすごしていたのだ。

「こんなことでまさかくたばるようなお人でないのは信じておりましたが、しかし万が一を考えると眠れもせず、このまままもし戻ってこなかったら奈津江さまになんと申しあげよう、それればかりを考えており申した」

恵探も福島越前も元気だった。北条家が承芳方についたことはむろん知っていたが、とうに覚悟はできていたのか少なくとも落胆の色は見えなかった。恵探は半兵衛の傷を気づかい、無事を心から喜んでくれた。

　今、半兵衛は福島越前と向き合っている。

　福島越前の隣には恵探。場所は本丸の主殿の主室。二人は畳に、半兵衛は板敷の上に座っていた。東側の障子と舞良戸《まいらど》があけ放され、目が痛いくらいの陽射しが主室一杯に入ってきている。

　半兵衛がほら穴ですごしているあいだに梅雨は明けたらしく、早朝なのにすでに暑いくらいだった。空は突き抜けるような夏色で、雨の気配はどこを探してもなかった。

「半兵衛、読め」

　福島越前が書を差しだしてきた。半兵衛は膝行して受け取り、もとの位置に戻った。

　手渡されたのは、九英承菊の書。花押に見覚えがあった。透けて見えた花押だ。

「よろしいのですか」

　福島越前に確認し、書に目を落とした。

『輝公死去同日の条』と冒頭にあり、簡潔な文章がそのあとに続いている。

　右条が菱公により実行され、梅公の家督相続ののち今川武田両家は縁戚となるものとする。

　梅公の家督相続に先立ち、菊公は福島一党を鏖殺《おうさつ》のこと。

　文章の大意はこのようなものだった。承芳は梅公、九英承菊は菊公。菱公が誰を指すかは考えるまでもない。信虎は家紋の武田菱から取ったのだろう。

最後に武田信虎の花押と九英承菊の署名が並び、『右両名は履約を天地神明に誓うものなり、破約あれば必ずや神罰くだり、両名はこれを甘んじて受けるべきものなり』と書かれていた。日付はなかった。

じっくりと読んでから、半兵衛は顔をあげた。これともう一枚同じものが、信虎の手もとにあるのだろう。

どうだ半兵衛、と福島越前がいった。

「いちいち納得できることばかりであろう」

「この『輝公死去同日の条』というのは彦五郎さま殺しのことですね」

「このことがあったから大方さまは、九英承菊を必ず殺してくれるようわしに言伝されたのであろう。つまり我が子の仇討だ」

「では、彦五郎さまは色情のもつれにて殺されたわけではなく、意図をもって死に至らしめられた。彦五郎さまに仕えていた小小姓は九英承菊、武田信虎の息がかかっていたと」

「九英承菊に依頼されて甲斐より送りこまれた刺客であろう。野駆けの途中、よく寄る寺で見初めたとのことだったが、それもおそらく策のうちであろう」

福島越前は手で顔をあおった。それが誘いとなったわけでもあるまいが一陣の風が吹きこみ、部屋をかきまわしていった。

「わざと見初められるように仕向けたと？」

「衆道一筋だった彦五郎さまの性情を見抜いた上でな。彦五郎さまは何年か前、気に入りの小小姓を色情に迷った末、斬り殺している。多分、そのことに乗じられたのであろう」

義父の脇田伝右衛門によれば、去年の四月に彦五郎は野駆け先の寺で若い修行僧を見初め、二ヶ月がかりの説得ののち館に入れたとのことだったが、つまりそれ以前に今回の策の筋書きではできあがっていたことになる。

「館から逐電した小小姓はどこぞの国人のせがれとのことでしたが、ではその国人は名を貸したということでしょうか」

「名を貸したというより、策の一端を担ったのであろう。その国人が誰か、はまだわかっておらぬ。刺客はとっくに甲斐に戻り、今頃、のんびりと鼻毛でも抜いておろう」

「まさか氏輝さままで九英承菊は」

「いや、兄上は病による死だ」

恵探が福島越前に代わって、答えた。

「しかしその兄上の病、というより兄上の蒲柳の質が九英承菊の策のはじまりだったことは疑いようがないな」

恵探は九英承菊を呼び捨てにした。

「どういうことでしょう」

これもわかっていて半兵衛はたずねた。

「我が兄は体が弱く、死の一年ほど前から本当に顔色が悪く、誰が見てもいつ亡くなってもおかしくなかったそうだな。それがしも寺で、兄の死が近いのではとの噂をよく耳にしたものだ。そのことを京で知った九英承菊は、彦五郎どのも殺してしまえば承芳どのの世になることをさとったのだ。承芳どのが家督を継げば、坊主どのも執政として思う存分に腕をふるえる。僧として生きるのがいやになったのではなく、やつも庵原家の出、武人としての器量を試したくなったのであろうな」

やり方は抜きにして、その気持ち自体はよくわかるといいたげな口ぶりだ。

「なぜ太守の死と同じ日に彦五郎さまを」

恵探は半兵衛をじっと見ている。半兵衛がわかって問うているのを解していた。

「九英承菊は彦五郎どのを、まだ太守の弟であるうちに殺したかったのだと思う」

「同じ日ではなく、太守が亡くなる前でもよかったのではありませぬか」

恵探は顎を動かした。

「兄上が亡くなる前に彦五郎どのが死んだ、としよう。兄上の死期が近いことを当然知っている伯父上は、兄上亡きあと次の太守は我が甥であってもおかしくないことをさとる。いやぜひそうあらねばと思い、兄上が亡くなる前に一門衆、重臣、国人に玄広恵探擁立の支持をしてくれるよう働きかけをはじめる。それを九英承菊はきらったのだ」

「越前さまにときを与えたくなかった」

そういうことだ、と恵探は首肯した。

「兄上が亡くなる日に彦五郎どのも死ぬことを知っていた九英承菊は、それ以前に承芳どのを家督に据えるための根まわしがいくらでもできた。知らなかった伯父上はなにもできなかった。いきなり家督争いに放りこまれた」

確かにこの出おくれは大きかった。瀬名や三浦、朝比奈といった重臣は、九英承菊から事前に策をきかされていたのだろう。氏輝亡きあと衆道一筋である彦五郎を見限り、九英承菊が守り立てる承芳のもとでより強い今川家をつくってゆくことを決意したのだ。もちろん、承芳擁立の功績をもってこれまで以上の権勢を約束された上で。

「太守が亡くなったあとでは？」

半兵衛は一応、たずねてみた。

首を上下させてから恵探はいった。

「太守の座が約束された彦五郎どのを、あるいは太守としての彦五郎どのを殺せばいくら評判のかんばしくなかったお人といえども犯人の追及は厳しく、小小姓となるにあたり名を貸した国人も無事ではすまされまい。だが太守の弟であるうちに殺してしまえば、追及の手は太守殺しほどではない。すぐ家督をめぐって激しい争いがはじまるのがわかっていたから、犯人探索は二の次とならざるを得ぬのを九英承菊は読んでいたろう」

恵探は一度言葉を切った。少し暑いようで、首筋を流れ落ちる汗を手でぬぐう。

「しかも同日に殺さなければ、彦五郎どのが殺された、この一事だけが浮きあがってしまう。誰かの使嗾《しそう》では、との噂もきっと出よう。へたをすると九英承菊の名がまな板に乗せられかねぬ。確かに太守兄弟の同日の死には誰もが驚かされたが、太守の死にこそ耳目は集まり、あまり出来がよろしくないとされた弟御の死などおざなりにされた。捕物役も探索に力が入らぬというのが実情で、実際そうなっているとの話もきく。それに彦五郎どのが太守となれば、警固はこれまでとまったくちがう。仮に警固の網をくぐり、首尾よく殺せたとしても、刺客が逃げられなくなる怖れもある。兄上の死と同じ日ならそんなことはない」

「太守を失ったばかりの混乱に乗じられる」

「そういうことだ。まさか太守が亡くなった日に、弟御まで死ぬとは誰も考えぬからな」

半兵衛は新たな疑問をぶつけた。

「九英承菊は、いつ武田とつながりを持ったのでしょう。ずっと京にいたというのに」

「ずっと京にいたというのは当たらぬな」

　恵探は明快に断じた。

「大永二年（一五二二）九英承菊が我が父氏親に承芳どのの傅育となるよう呼び戻されて入った寺は善得寺。善得寺は富士郡、甲斐にひじょうに近い。その後一度承芳どのと京にのぼったが、大永六年父の葬儀により駿河に戻ってきている。その翌年の甲斐との和議をまとめたのは九英承菊、場所は同じく善得寺だ。その後も京にのぼってはまた駿河に戻るを繰り返しているが、そのたびに善得寺に足を運んでいる。それに、武田は京に屋敷を置いている。あの坊主どのには誰にも気づかれず、いくらでも武田とつながる機会はあった」

　恵探は一気にいって、大きく息を吸った。

「兄上の死が近いことを教えたのは、武田かもしれぬ。信虎は駿河の動静に注意深く目を配っておろう。兄上の死近しをつかむなど造作もなかろう。その事実はすぐ京屋敷に送られ、九英承菊に知らされたのやもしれぬ」

　あり得ることだと半兵衛は思い、いった。

「こうして武田信虎とつながりを持つに至った九英承菊は彦五郎さまを殺すことを条件に、承芳さまの家督相続の暁には武田とさらに深い結びつきを持つことを承諾した」

「そういうことだろう。承芳どのが太守となったのち今川、武田両家は縁戚となるとあるのが、そのことを示しているな」

「縁戚となる、というのはどのような」

恵探は半兵衛ではなく福島越前を見て、いった。

「信虎にはややとうの立った十八の娘がいるが、その姫を承芳どのに、というのだろう」

武田ぎらいの福島越前にとり、今川家が武田と縁続きになるなどということは、決して許せるものではないのだ。

「彦五郎どのを殺したはいいが九英承菊が約束を守らず、これまで通り親北条、反武田の道を歩み続けるのではとの危惧が信虎にはあり、九英承菊の裏切りを抑えるためにも、駿河との関係を確実なものにするためにも、血の結びつきが必要であると踏んだのだろう」

半兵衛は質問を重ねた。

「武田から嫁取りをして九英承菊は、本当に北条を敵にまわすつもりなのでしょうか」

「どうであろうかな」

恵探は首をかしげた。

「武田と縁を結び、北条ともこのまま仲よくやってゆく気ではあるまいか。北条とはすでに縁戚。武田から嫁を迎えたくらいで、まさか敵となるとは思ってないのではないか。もしそうなら、北条の武田ぎらいを甘く見ている気がしないでもない。今、公にすれば北条が敵となるのは目に見えているために秘しているが、この戦いがおさまったのち北条に伝える気でいるのやもしれぬ。あるいは、いまだに北条を家臣として見る目が抜けぬのか。家臣があるじに口だしは無用、といったところかな。好意をもって考えればあの坊主、まずはお家と武田を修好させ、ゆくゆくは武田と北条のあいだを取り持つつもりやもしれぬ。さすれば今川は三河へ、北条は関東へ、武田は信州へ、心置きなく向かってゆける」

なるほど、と半兵衛は思った。その心づもりがなければ、この大博打を打つ意味がない。

「九英承菊、武田信虎、どちらが彦五郎どの殺しをいいだしたかはわからぬ。いずれにしても九英承菊の権勢欲と、今まで我が家と戦い続けて疲れ切った武田信虎の都合とがうまく合わさったのであろう」

しかし、と半兵衛はいった。

「それならなぜ信虎は、大永七年に和議がなって以来まずまず平穏だった駿河、甲斐国境を不意に侵したのでございましょう」

「なぜ信虎が国境を破ったか、駿府の者も首をひねっていたようだな」

「はい、拙者にもわかりませんでした」

「今はわかっているであろう」

半兵衛は点頭した。

「太守にとどめを刺すためでしょう。あの体の弱さではとてものこと戦に耐えられるはずがない、戦にだせばすぐ死んでしまうと」

「そういう狙いもあったのやもしれぬが」

恵探は微笑した。

「半兵衛、わかって申しておるのではないか」

半兵衛は恐縮して顔を伏せた。

「申してみろ、半兵衛」

恵探にうながされて、半兵衛は答えた。

「承芳さまと九英承菊を駿河に帰ってこさせるためです」

「なぜあの坊主は二人で帰ってきたかった」

「氏輝さま、彦五郎さまの死に備えねばならなかったゆえに」

「そういうことだな。承芳が家督争いに加わるためには太守兄弟の二人が死ぬそのときに駿府にいなければならなかったし、家督争いより以前、根まわしのために九英承菊としてはどうしても駿府に帰ってきておかねばならなかったのだ。信虎が国境を侵せば、兄上は頼りにしている九英承菊を京から必ず呼び戻す。九英承菊が呼び戻されれば、承芳どのも帰ることができる。もともと二人を駿河に戻ってこさせるための戦にすぎぬから信虎は万沢のような、あまり大きな戦になりそうもない場所を選んで布陣した。布陣したまま、二人の帰りを待って動かなかった。鳥波の百姓はただ殺されただけにすぎぬ」

　そのあとを半兵衛は続けた。

「それから信虎は、手はず通り兵を小だしにして駿河を牽制し続けた」

「常に国境を緊張させ、二人を泉奘どののごとく京に戻らせぬようにするために」

「万沢での戦いを終え、駿河に戻った九英承菊はさっそく承芳さま相続を確実にするための働きをはじめ、太守の死をひたすら待った」

「そのときにはすでに、彦五郎どのに刺客として小小姓が張りついていた」

　半兵衛は手にしている書を再び見た。

「九英承菊の福島一党の鏖殺とは？」

　意味はわかっていたが、あえてきいた。

「これも信虎がつけた条件であろう」

　いって恵探が福島越前を見つめた。大粒の汗を額に浮かべている福島越前は甥に向かってうなずいてみせ、半兵衛に告げた。

「文字通り我ら一党を皆殺しにすることだ」

　伯父の言を受け、恵探が続けた。

「もちろんその福島一党には、福島左衛門尉の孫で福島越前の甥であるそれがしも入る」

この条件があったからこそ、九英承菊は挑発を続けたのだ。兵をあげさせ、福島一党を皆殺しにする口実を得るために。

「大永七年の和議の際、九英承菊の交渉相手は伴野刑部少輔でした。この伴野刑部と友野与左衛門とは血のつながりがあります。かの男、屋敷にまいった際はとうにつながりは切れたようなことを申しておりましたが」

恵探がそのあとを引き取った。

「ふむ、その両名は切れておらず、友野与左衛門には武田信虎と九英承菊の息がかかっており、我らを戦に追いこむために体よく武具や兵糧を売ったと半兵衛はいいたいのだな」

半兵衛は黙って頭を下げた。

「十分にあり得ることだ。もし屋敷の備えを厚くする武具がなかったら、戦いを放棄しかねぬと九英承菊が考えたとしても不思議はない。もっとも与左衛門はやりすぎたのやもしれぬ」

「九英承菊の思った以上に福島屋敷の備えが厚くなり、それによって福島勢を外におびきだす策を考えねばならなくなった」

半兵衛はうなずく恵探を見て、言葉を継いだ。

「友野家は京に支配を置いております。太守の死近しを九英承菊に知らせたのは、あるいは友野家かもしれませぬ」

「考えられる。とにかく、これまで死闘を繰り返してきて、福島一族憎しの気持ちに凝りかたまっている信虎としては、この条件を加えねばおられぬ気持ちだったのだろう」

「あるいは、これこそが信虎の心よりの気持ちなのかもしれませぬ」

福島越前が割りこみ、断定するようにいった。

「承芳を家督に据えるために生臭に恩を売ったような顔をし、実は生臭に我らを殺し尽くさせるのが真の狙いだった」

かもしれませぬな、と恵探が同意した。

「信虎にきいてみぬと本意はわかりませぬが」

福島越前が憎々しげな口調で、吐き捨てるようにいった。

「どのみち、生臭ははなから我らを生かす気など、小指の先ほどもなかったというわけにござる」

三十

六月二日に小田原をたち、駿河に侵入した北条勢の西進は予期した以上にはやく、五日の富士郡須津庄における戦いで福島弥四郎勢はまさに鎧袖一触に撃破され、弥四郎は首を取られたという。居城にひっこんでいた井出左近太郎はあっけなく降伏したということだ。首を刎ねられたかどうかはわからない。

北条勢は総勢で五千五百、井出勢を加えて千五百がやっとだった福島弥四郎勢が相手になるはずがなかった。総大将は北条氏綱の弟長綱、三十三歳。長綱は箱根権現別当四十世として知られている。

七日に北条勢は庵原郡に進出し、ここでも福島彦太郎、篠原刑部勢をまたたく間に粉砕し、由比城を解放している。

福島彦太郎は討ち死、討ち死をまぬかれた篠原刑部は百名ほどの家来と彦太郎勢の生き残りおよそ三百を引き連れて、翌八日の昼久能山城に逃げこんできた。北条勢の追撃は急だったが、東海道の要衝薩埵峠《さったとうげ》でひとまずとまり、そこであらためて陣容を整えているとのことだ。

自分を救ってくれた片山八郎の安否を半兵衛はきいたが、押し寄せる北条勢を相手に鬼神の働きを見せたのち、福島彦太郎のそばであるじより一足先に討ち死した、という。

片山は福島彦太郎勢のなかでも一際武名が高く、半兵衛にその最期を教えてくれた武者も片山のことを気にして、戦いぶりを常に目に入れるようにしていたとのことだ。彦太郎の信頼が厚かった武者だけに、はなから主人に殉ずる覚悟でいたにちがいなかった。だからこそ、来世のことを持ちだしたりもしたのだろう。

九日の朝、はやめに起きだした半兵衛は眼下に目を向けた。すでに鎧兜姿だ。城の下は海沿いまで北条の旗で埋まっていた。

日の出から四半刻もたたないうちに、いきなり攻め太鼓とともに北条勢は攻めあがってきた。

福島越前としては一族の関係がある北条綱成との縁もあり、一応は降伏の意思があるかどうか確かめてから寄せてくることを予想していた。そのとき使者に、九英承菊の密約書を渡せばよいと考えていたのだ。

その予想は見事に裏切られた。九英承菊の口車に乗せられたわけではなく、北条長綱は兄氏綱から、のちに禍根を残さぬようとことんやるように命じられているのだろう。その姿勢は北条綱成の一族である福島弥四郎、彦太郎の両名の首を容赦なく刎ねた富士郡、庵原郡の戦いでも示されていた。一度戦うと決めたなら徹底してやる、との父宗瑞の気迫を長綱もまちがいなく受け継いでいた。

主殿に戻った半兵衛はたずねている。

「書を北条長綱どのに届けましょうか」と。

福島越前はゆっくりと首を振った。

「この状況ではいくら半兵衛の腕をもってしても無理だろう。しかももう日がのぼって明るい。お屋形を守ることに専念してくれ」

ことここに至っても恵探をお屋形と呼ぶ福島越前に、半兵衛は痛ましさを覚えた。

命じられた通り、半兵衛は恵探の警固についている。恵探も本丸の主殿にいた。主室の板敷側に置かれた床几に腰かけている。

北条勢は絶壁の大手筋は避け、搦手から攻めあがってくる。承芳方の朝比奈、三浦、庵原、瀬名なども負けじと駆けあがってきている。旗印が、それ自体、命を吹きこまれたなにか別の生き物のようにおびただしく動いていた。福島彦太郎勢の生き残りに篠原刑部勢を加えて千六百にすぎない福島勢が、果たしていつまで持ちこたえられるものなのか。

主殿からは、搦手側の出曲輪が次々に落とされてゆく様子が手に取るように眺められた。

味方は必死に戦っているが、出曲輪は波にのみこまれる岩礁ほどにもならなかった。急流に投げこまれた小石のようなもので、あっという間にその姿を敵の渦のなかに消してゆく。

　恵探がいくら優れた武将だとしても、これでは腕をふるう機会はない。神のような戦術を編みだしたところで、蜘蛛の巣を突き破ってゆく鳥を相手にするも同然で、数があまりにちがいすぎた。

　恵探が唇を嚙んで立ちあがったところへ、蒼白な顔をした福島越前が駆け寄ってきた。

「お屋形、落ちられよ」

　汗を顎や首筋からしたたらせて福島越前がいうあいだにも、また出曲輪が一つ北条勢に押し包まれ、土塁を越えて乗りこんだ北条武者に兵や武者がばたばたと討たれてゆく。馬乗りになられ、まだ息があるのに首を切られてゆく。耳をふさぎたくなるような断末魔の悲鳴が届く。

　落ちるのは間近だった。あの出曲輪が落ちたら、本丸まであとは愛宕曲輪と呼ばれる曲輪しかない。愛宕曲輪には、篠原刑部が守将として入っている。

「今のうちにござる。今を逃せば、間道すら敵は封じましょう。お屋形急がれよ」

「それがしは逃げませせぬ」

「落ちるのは恥ではござらぬ」

恵探の腕を取り、福島越前は声を励ました。

「生きることこそが勇気なのでござる。死ぬのはいつでもでき申す。今は生き、再起を期すことこそが本物の勇者と申すもの」

「落ちてどこへ」

恵探が愛宕曲輪に移った戦いに視線を当てて、きく。眼下の戦いに身を投じたくてならないといいたげな瞳をしていた。左手は太刀に置かれている。今にも駆けだしそうだ。

葉梨城へ、と福島越前は即座に答えた。

「あの城はお屋形の本城で、お屋形に同心する国人も数多くつめております。斎藤四郎右衛門の無傷の軍勢が籠もる方の上城も近く、葉梨城へ行けば再起は十分できるものと」

福島越前がぐっと息をのみ、続ける。

「それに、お屋形が葉梨城に籠もり、ときを稼いでいるうちにこの書を――」

福島越前は鎧の胸を叩いた。

「北条長綱どのに渡すことができれば、それで我らの勝ちは決まります。勝ち目があるうちはとにかく生きることです。お屋形」

恵探は息をつき、首をかしげた。

「渡す機会が果たしてありましょうや」

「もちろんあります」

福島越前はいい切った。

「半兵衛はどう思う」

恵探が横を向き、半兵衛を見つめる。

「今は落ちるべきときかと存じます」

恵探の顔に失望の色が走ったようだ。

「生きておれば、なにが起きるかわかりませぬ。明日になれば、承芳さまが死ぬこともあるやもしれませぬゆえ」

「また殺しに行く気か」

「そうではありませぬ」

半兵衛は言下に否定した。

「承芳さまを殺すことはまずできませぬ。武田出抜も変わらず警固についておりましょう。ただ承芳さまも人である以上、なにが起きるかわかりませぬ。病で逝ってしまうやもしれませぬ。それに越前さまのいわれる通り密約書がある限り勝てる見こみは十分にあり、生きのびられる芽を自ら摘んでしまうことはありませぬ」

「生きのびられる芽、か」

愛宕曲輪はまだ落ちていない。味方は堀切内の北条勢を矢で射殺し、土塁を越えようとする兵を槍で突き殺し刀で打ち倒し、曲輪に侵入した武者を数人がかりで叩き殺している。兵たちが組み合い転げまわっている。夏の強烈な陽射しに焼かれ血みどろ汗みどろになって、福島勢も篠原刑部勢も必死に戦っていた。敵に背を見せる気など微塵もない戦いぶりだ。

「あの者たちの奮戦を無駄にしませぬよう」

福島越前は愛宕曲輪を指さした。

「足利尊氏公の例もございます。かのお方は九州で再起を計り、見事天下を手中にしました。そういう先例もございますゆえ」

「わかりました、伯父上」

根負けしたような疲れた顔で恵探は答えた。

「落ちましょう。しかし伯父上、できれば壇《だん》ノ浦《うら》の平家にはなりたくないものです」

三十一

久能山城城主福島越前が選んだ抜け道は、まだ閉ざされていなかった。

恵探、福島越前を守る者は、半兵衛たち二十名を入れてもわずかに百名足らず、寂しい道行きだった。

背後からは一行を追いかけるように喊声が響いてくる。福島越前と恵探が城を抜け出たことは主だった重臣を除いて城兵に知らされておらず、城兵たちは城を守るため必死に戦い続けているのだ。城兵たちは二人が生きのびるための捨て石だった。まだ二人が城内にいると敵勢に思わせるための目くらましの役割を負わされたにすぎない。

といっても、すべての城兵が二人の脱出に気づかないことはなく、相当の兵がいちはやく逃げ散るさまを半兵衛は目にしている。

恵探の旗本二十数名は、一人として恵探のそばから離れていない。あるじを命に代えても守る、という決意を誰もがあらわにしている。

内野兵部も加納平大夫も恵探にぴったり張りついている。二人とも肩を怒らせ、血走った目をつりあがらせていた。

葉梨城には入れなかった。久能山城からの道筋はどこも、恵探と福島越前が逃げこむのを予期してか承芳勢が網を張っているのが物見でわかったからだ。とてものこと、百名ほどの人数で破れる網ではない。行き先を変えねばならない。

方の上城に行くしかなかった。

夕刻に無事、方の上城に入ることができた。方の上城の周辺には承芳勢の網はめぐらされていなかった。久能山城から追手はついにかからなかった。

先触れをだしたためであろう、城主をつとめる斎藤四郎右衛門が大手で出迎えた。その頃には厳しかった暑さもやわらいでいた。皆、重荷をおろしたようにいっせいに大きく息をつき、体から力を抜いた。

方の上城は小城とはいえ、堅固な山城だ。兵は八百はいる。

だがたった八百にすぎぬ、と半兵衛は思った。敵は北条勢を加え、万を超える。

斎藤四郎右衛門は三十六歳。男盛りだ。大兵といえる体つきをしている。いかにも戦慣れした鋭い目をらんらんと輝かせ、戦うことが好きでたまらぬといった顔つきをしていた。この城を乗っ取ったときの采配ぶりは見事だったことを、半兵衛は耳にしている。

「ようこそお越しくだされた」

主殿に恵探と福島越前を招き入れて斎藤はいった。にこにこと余裕の笑顔だった。

「我が城においでくだされたからには、もうご安心ですぞ。ゆったりとおくつろぎになり、我が戦ぶりをとくとご覧あれ」

この城将の言葉とは裏腹に、日が暮れ夜が深まるにつれ、逃げだす者の姿を多く半兵衛は見るようになった。二人、三人と連れ立って、あるいは十名以上がごっそりと闇に溶けこんでゆくのも珍しくなかった。

まだ囲まれたわけではないが、恵探、福島越前を追っていずれ敵勢が潮のごとく満ちるのはわかっている。その前に脱出しようとする者たちだ。

その代わりでもないだろうが、久能山城からの敗兵がこの小さな城に入ってきた。どういうふうに鼻がきくのか、あるじがいるところをしっかり突きとめてやってくるのだ。そういう者が逃げ去った者以上に集まり、このせまい城は千を超える人数となった。

その者たちから半兵衛は、篠原刑部の討ち死をきかされた。篠原とともに、配下の百名も同じ運命をたどったとのことだ。

翌十日、逃げだした者たちの判断の正しさを証明するように、夜明け前から方の上城は大軍に囲まれた。方の上城を包囲する軍は北条勢ではなく、今川勢だった。

半兵衛の見知っている旗であたりは埋められている。六千を超えているものと思われた。富士郡、庵原郡で福島方に加勢した名もない小国人が相当加わっているのでは、と思えた。

あのなかに、と半兵衛はおびただしい旗印を望見して思った。九英承菊もいるのだろうか。

先鋒は岡部左京進だ。義父上もいるのだろうな、と半兵衛は思った。岡部勢は千は優に超す。つまり総勢をここに持ってきているのだ。半兵衛としては刀を合わせたくなかった。伝右衛門もそう思っているだろう。

日の出を合図に岡部勢は攻撃を開始した。正面からまともに来た。いかにも勇猛で知られる岡部勢らしかった。

まっすぐ突き進んできた岡部勢に、いきなり大手門は破られた。内応者がいたのでは、と思えるほどのあっけなさだ。

いや、実際にいたのかもしれない。味方のふりをして昨夜、城に入りこんだ者だろう。岡部勢は大手曲輪になだれこみ、城兵を次々に討ち果たした。

いつからか、斎藤四郎右衛門の姿が見えなくなっているのに半兵衛は気づいている。先ほどまでここ本丸から恵探や福島越前と並んで包囲軍を眺めて不敵に笑い、あれぐらいの大軍のほうがおもしろい、戦のし甲斐がある、と放言していたのだが、半兵衛が岡部勢の突入に気を取られた隙にいなくなっていた。

兵たちの前に立って督戦しているのかとも思い、城内をくまなく見渡したが、兵を叱咤する姿を見つけることはできなかった。半兵衛は振り返って背後の主殿も見た。戸の類いがあけ放された建物は風がむなしく吹き通っているだけで、誰一人としていない。

「斎藤どのは逃げだしたようです」

半兵衛は恵探にいった。

「ああ、存じておる」

苦笑を見せて恵探がうなずく。

「岡部勢が大手門に突き進んできたときすでに、冬に水浴びでもしたかのように顔を真っ青にしていた。遠慮がちにそっとこの場を離れていった。ああ逃げるのだなと思ったが、とめはしなかった」

福島越前がききとがめる。

「なぜとめなかったのです」

「我らも同じことをしたからです」

恵探は静かにいった。

「あのお人も、生きる機会を求めて落ちたのです。それを責めることはできますまい」

福島越前は黙りこんだ。

「あのお人は攻める戦に向いておるのでしょう。きっと守る戦いは不得手なのですよ」

岡部勢は見る見るうちに近づいてくる。大手曲輪はとうに落ちた。柵を打ち倒し、空堀を走り越え、土塁をよじ登ろうとしている。二の丸に攻めかかっていた。逆茂木に火を放ち、虎口に殺到している。

二の丸の守備兵は逃げ腰だった。というより、はなから戦う気はないようだ。土塁を越えて躍りこんできた岡部武者の前で、槍を放りだし地べたに額をつけ、降伏の意思をあからさまにする一団がすぐに出た。三十名ほどの、どこかの地侍の一党だった。

岡部武者もあらかじめ九英承菊に命じられていたのか、降伏した者の命を取るような真似はしなかった。ここで命を助けておけば、承芳が太守今川義元として今川家の舵取りを進めていく上で、いずれ力になってゆく。

一度そういう者が出て命が助かることがわかると、あとに続く者は数知れなかった。名を惜しんで潔く散ろうとしているのか、わずかな武者たちが必死に戦っているだけにすぎない。その者たちも一人をあの世への道連れにできればいいほうで、姿がかき消えてしまうほどの兵に囲まれ、容赦なくなぶり殺しにされてゆく。

そういった光景が二の丸の各所で見受けられた。

「お屋形、落ちましょう」

福島越前が恵探にいった。恵探は力なく首を振った。悲し気な目で伯父を見る。

「落ちてどうします。また味方を見捨てるのですか」

福島越前はちらりと二の丸へ目を向けた。その目を甥に返して、叱るようにいった。

「知れたこと、再起を期すのです。あの者たちはお屋形を守るため戦っておるのですぞ。その死を無駄にはできますまい」

「もはや期すべき場所がありますまい」

「なにをいわれる」

目をみはり、福島越前は身を震わせた。

「葉梨城がござる」

「入れなかったではありませんか。それに、あの城で再起ができましょうや」

「できますとも。あの城は堅固です。それにまだ決め手はこの手のうちにありますれば」

福島越前は久能山城のときと同じく、鎧の胸を拳で力強く叩いた。九英承菊の密約書は今もそこにしまってあるのだ。

「敵は今も道筋に網を張っておるでしょう」

「花蔵につながる乾の方角はあいております」

「そうですか」

恵探は沈思している。福島越前が迫ってくる岡部勢を気にしても、気づかぬように考え続けていた。やがて顔をあげた。

「わかりました、落ちましょう」

福島越前はほっとした表情になった。

久能山城と異なるのは、福島越前が方の上城の間道を知らないことだ。久能山ほどの規模はない山だから、落ちるための間道があるとも思えなかった。犠牲となってくれる兵がいないことも異なっている。

二の丸の戦いはほぼ終わりを告げ、戦い抜いて首のない死骸が散見されるなかで岡部勢は、二の丸より二間ほど高い位置にある本丸に矛先を向けようとしていた。

本丸の兵は浮き足立っている。いちはやく槍を捨ててしまった者や、脇目も振らず逃げてゆく者が続出している。恵探や福島越前が落ちるために、命を投げだしてはくれないのだ。

味方には槍をかまえ、二人に目を鈍く光らせている者もいる。いつその者たちが承芳陣営への手土産とするため、二人の首級を狙って襲いかかってくるかわからなかった。

半兵衛はそれを強く警戒した。恵探の旗本たちもそのことはよくわかっていた。油断なく腰を落とし、厳しい目をあたりに配っている。犬であるなら牙をむき、うなり声をあげているも同然だ。うっかり近づいてきてしまった者でも斬り殺す気でいる。

方の上城の本丸は、ただそこにあるというだけになってしまっていた。守る姿勢を保っている兵は一人としておらず、指揮をとる武者も将も踏みとどまっているのはほんのわずかで、城としてあるべき姿はとうに失われていた。

そんななか、半兵衛たちは城を抜け出なければならなかった。落城が決まった城から出るときが最も危険だった。これまで手柄をあげるにあげられなかった岡部勢以外の、城外にあふれた軍勢が鵜の目鷹の目で城から逃げだす者たちを狙っているからだ。

これが夜だったら半兵衛にとってはまたちがうのだが、残念ながら日は中天にあり、真っ白な光を下界に容赦なくぶつけてきている。

おそらく、と半兵衛は思った。斎藤四郎右衛門も無事ではあるまい。いちはやく逃げたとはいえ、城外の状況に変わりはない。今頃、胴から首は離れているだろう。

一行は七十名足らず。馬はなく、全員が徒歩だ。土塁を滑りおり、搦手の堅堀を走りくだった。半兵衛の家臣が背後を守り、恵探の旗本と福島越前の家来が前と中団をかためている。半兵衛は恵探のそばにいた。

この堅堀には敵勢が見えなかった。ただ見えないだけの話で、見つかるのは次の瞬間かもしれなかった。

案の定だった。風を切る音がきこえたかと思うと、いきなり矢が襲ってきた。前を行く恵探の旗本が的にされたらしく、五名がばたばたと倒れた。堀を十名を超える敵兵が走り寄ってきた。

半兵衛の家臣がすぐさま応対に出た。さすがに強い。ひとしきり吹いて木々の梢を騒がした風がおさまるまでのあいだに、十数名の敵はせまい堅堀をおのれの墓とした。なかには、はたちになるのに五、六年は待たねばならない幼い顔もいた。

その死に、半兵衛に感慨はなかった。同情も憐憫もない。これが今の世なのだ。まだ四歳のせがれの太郎だって、明日をも知れぬ世なのだ。いちいち若い死を憐れんではいられない。

家臣に死者はなかった。軽傷を負った者が五名。歩けなくなるような重傷者はいない。面にはださなかったが、半兵衛は安堵の息をついていた。こちらのほうがよっぽど重要だ。

ただし葉梨城への道のりははじまったばかりで、これからまちがいなく死者が出るのはわかっている。それは自分かもしれぬ、という自覚もあった。小田原を目指した際の傷もあって、本調子とはとてもいえないのだ。

北西の方向に深い森があり、そこに向かった。そのあいだにも敵は次々と襲いかかってきた。半兵衛も恵探のそばで太刀を振るった。三人殺したところで、刀が血のりと刃こぼれでつかえなくなった。背負っていた替えを抜いた。替えはこれ一本しかない。

恵探も自ら刀をつかっている。殺せるだけの余裕はなく、半兵衛や旗本衆の討ち洩らした敵の刀を払うだけのことだったが、それが恵探の命を救っていた。一撃でも払いのけられれば、それに気づいた半兵衛や旗本たちがその敵を確実に仕留めているからだ。

恵探は戦いに身を投じて生き生きとしていた。刀を手にして戦うのがはじめてには見えなかった。いかにも武将らしかった。それだけに殺してしまうのは惜しかった。

今川のせがれなどに生まれなければ、と半兵衛は思った。兄弟同士が血で血を洗う家督争いに巻きこまれることはなかった。優れた武将として一生を歩めただろうに。

すべての城兵が降伏したわけではむろんなく、半兵衛の思っていた以上に多くの者が葉梨城にともに赴こうとしていた。あるじを慕う福島越前の武者や兵ばかりだったが、それを敵が執拗に追ってくる。戦いではなく虐殺に近い。一人や二人で逃げている者は追いつかれれば、それで終わりだった。この世で最後に残すのは、断末魔の悲鳴だった。

半兵衛たちも追いすがられ、半兵衛の大事な家臣が一人また一人と討たれていった。すでに六人失っていた。半兵衛にできるのは歯を食いしばりつつ、襲いくる敵を殺すことだった。福島勢や恵探の旗本も多く死んでいる。恵探や福島越前のまわりには、もう二十名もいない。福島越前を守る武者はその旗印から特に標的にされ、衣服を一枚一枚むしり取るように殺されてゆく。福島越前は裸にされようとしていた。

福島越前のいう通り、方の上城から葉梨城への道筋に網は張られていない。どういうことだ、と半兵衛は思った。九英承菊はわざとあけていたのでは、という考えがひらめく。

そうか、と思った。九英承菊は恵探、福島越前をこのまま追撃して殺し、さらに葉梨城へのつけ入りを狙っているのだ。つけ入ることができれば、楽に城を落とすことができる。

襲いかかってくる敵を打ち払って駆けているうちに、見覚えのある風景が広がってきた。山と丘が両側から迫り、寺と神社が多くなってきている。ぽつりぽつりと人家も目につく。

正面の小高い山が目に入った。頂に城が見える。道は花蔵の里に入りつつある。葉梨川も見えた。向こう岸に軍勢が布陣している。たいした数ではない。およそ三百といったところか。

待ち伏せか、と半兵衛は思った。旗印に目をこらす。

「和田正堯だな。どうやら——」

横を駆けながら恵探がいった。息を弾ませ、汗を顔一杯にかいているが苦しそうではない。むしろ、気持ちよさそうに見える。

「和田がつけ入りをはばんでくれそうだぞ」

葉梨城の城代をつとめる和田正堯が、方の上城から落ちてくる味方を収容しようと兵をだしてくれているのだ。恵探と福島越前を迎えるため、自ら出張っている様子だ。

恵探が気づかわしげにうしろを振り返る。

「それより伯父上は？」

半兵衛も気にかかっている。目はすぐに福島越前をとらえた。

生きてはいる。だが危なかった。もうまわりに家臣はいない。最後の一人が討たれたところだ。福島越前は敵勢に、襲いかかられようとしていた。

敵勢の旗は岡部勢を指し示している。まったくもってこの軍勢の神出ぶりと、獲物の臭いを嗅ぎわける力はたいしたものだ。

「伯父上っ」

恵探が絶叫し、半兵衛をにらみつけるようにした。その瞳が哀願の色に変わる。

「頼む、半兵衛っ」

半兵衛は恵探のもとを離れるのに躊躇しなかった。福島越前を見殺しにすれば、この若者はせっかく葉梨城を目の前にして討ち死を選びかねない。半兵衛としても福島越前を死なせたくはなかった。

半兵衛は目の合った加納平大夫に、頼むとうなずきかけてから体をひるがえした。

甚左衛門が寄り添うように横に来た。甚左衛門は血だらけだった。この男の場合は、返り血がほとんどのようだ。

半兵衛は敵勢の垣を割るように突っこんだ。甚左衛門も槍を振りあげて続いた。半兵衛はこのなかに義父がいないことを祈った。いちいち確認しながら戦うわけにはいかない。

続けざまに二人殺した。半兵衛は刀を見た。血がべっとりとつき、刃こぼれはさらにひどくなった。甚左衛門も二人を槍の餌食とした。

いきなり風のようにあらわれた半兵衛と甚左衛門に敵は驚きを隠せず、福島越前を取り巻いていた輪はうしろへ下がった。

やみくもに刀を振りまわしている福島越前の姿が見えた。四人に囲まれている。その四人は、目の前の獲物が誰であるか知っているのだ。

つぶてのように突進した半兵衛は一人の背を叩き割り、こちらを向いた一人の首に向けて刀を薙いだ。顔が、大石のようにごろりと体をつたって落ちていった。斬りかかってきた一人の兜を刀で殴った。がんという手応えが伝わり、腕がしびれた。武者は岩でも抱きとめるような姿勢で背後へ倒れていった。

残るは一人だった。その武者は半兵衛に気づいていない。足払いにかけたらしく、福島越前を地面に転がしている。福島越前におおいかぶさろうとする背中が丸見えだ。武者は短刀を左腰から抜いた。

半兵衛は駆け、刀をがら空きの背に存分に振りおろした。ぴしっ、と鞭打つような音が頭上でした。腕から重みが失せ、刀が折れたことを瞬時にさとった。刀身がきらめいて宙に飛びだす。刀が折れた分、振りおろしは武者に届かなかった。直後、息が洩れるようなかすかな悲鳴がきこえた気がした。

半兵衛は折れた刀を握り返し、武者の背中に突き立てた。武者は首を跳ねあげた。その首を半兵衛はひっつかみ、俵でも放るようにうしろに投げ倒した。武者は白眼を向き、絶命していた。半兵衛は福島越前を抱き起こそうとした。

おそかった。喉頸から顎にかけてぱっくりと赤い口がひらいている。そこから血が杯からあふれる酒のように流れだしている。もう死んでいるはずなのに、まだ息があるかのような力強さがあった。

しくじったまたも。半兵衛は立ちすくんだ。おのれのしくじりのために、福島越前を死なせてしまった。地面に、ぽたりぽたりと赤いしずくが続けざまに落ちた。半兵衛は唇を嚙み切っていた。

殿っ、と甚左衛門が鋭く叫ぶ。

顔をあげると、横から黒い影が突っこんできていた。半兵衛は甚左衛門の投げた抜き身をばしっと手にした。体をひらきざま、影めがけて刀を横に払った。がつっという音がし、風にあおられた蝶のようにふらふらと三間ほど歩いた足軽は力尽きたように地に倒れ伏した。

半兵衛は命拾いをした。甚左衛門は得意の槍を手に今も戦っている。

半兵衛は福島越前の懐に思いがいった。あの書を敵に渡すわけにはいかない。

すでに敵の垣根が幾重にもできていた。敵は入れ代わり立ち代わり半兵衛に襲いかかってきた。

半兵衛は振り払うのが精一杯だった。それでも福島越前に近づこうとした。距離は縮まらない。湊を前に大波に翻弄される舟のようだ。寄せくる波を乗り越えてあと一歩まで迫っても、すぐまた別の波に引き戻される。

もどかしさだけが募る。きさまらどけっ、と声にだして叫びたかった。叫んでいたかもしれない。

しかし、敵の壁は厚くなるばかりだった。突っこんでも突っこんでも跳ね返される。跳ね返されたその場所に新たな壁ができて半兵衛を取り囲み、斬りかかってくる。福島越前の懐は、富士の頂より遠かった。

体中から血が出ている。半兵衛は数え切れない傷を負っていた。

甚左衛門が敵のうねりをかきわけかきわけそばに来て、半兵衛に半身でささやきかけた。

「殿、引きあげましょう」

半兵衛は怒りの目で甚左衛門を見た。

「あの書を渡すわけにはいかぬ」

一人を串刺しにした甚左衛門が首を振った。

「もはや無理です。それともここにむくろをさらしますか、首のないむくろを。殿がその気なら、拙者もお付き合いいたしますぞ」

半兵衛はまた唇を嚙んだ。また血が出たのが感じられた。

あきらめ切れずもう一度戦いを試みた。無駄でしかなかった。敵を一人あの世に送りこんだにすぎず、体の傷をいくつか増やしたにすぎない。

殿っ。言をきき入れようとしないあるじを見る甚左衛門の目は、怒りを通り越して悲しみすら帯びていた。

半兵衛はついに断念した。

「わかった、引きあげよう」

預かっておくべきだった。そうしておけばこんなことにはならなかった。あるいは、福島越前を説き伏せてでも北条陣に届けるべきだった。

もはや悔いたところではじまらない。半兵衛は甚左衛門にうながされ、走りはじめた。

振り返った。追ってくる敵の隙間から福島越前の死骸に蟻のように群がる敵が見えた。首の取り合いをしているらしく、味方同士で争っている。あの戦いの勝者が今日の一番手柄になるのだろうか。それとも懐の中身に気づいた者か。

岡部勢に限らず葉梨城を包囲した軍勢がその内容を知らされているかは定かではないが、九英承菊より福島越前から書を取り戻すよう厳命されているのはまちがいなかった。

とにかく、と半兵衛は思った。これで恵探の命をつなぐ糸は音を立てて切れてしまったことになる。伯父も密約書も失われた今、恵探の死を選ぶ気持ちをとめる手立てはなくなったのだ。

『伯父上を死なせて自分だけ助かろうとは思いませぬ』

大方どのに向けていった恵探の言葉がよみがえる。

三十二

追いすがる敵を一人一人始末することに、疲れが出てきている。

半兵衛はいつからか荒い息を耳にしていた。横を走る甚左衛門だった。いや、甚左衛門だけではない。自分も息を切らしていた。あえいでいた。喉が焼けつくように苦しかった。唇はかさかさに乾いていた。わずかに傾いた太陽はまだまだ舞台をおりようとはせず厳しい陽射しを送ってきているのに、体は寒けすら覚えていた。いつ倒れてもおかしくなかった。それでも必死に体を叱咤して動き続けた。

葉梨川をはさんで、合戦ははじまっていた。

和田勢は、渡河してくる敵を討つことに専心していた。賢明な戦い方といえた。

しかし数にまさる敵に両側から包みこまれつつあった。無理はできず、一度敵を押しておいてから、和田勢は引きあげをはじめた。

そのなかに半兵衛と甚左衛門はまぎれるように入り、一緒に駆けはじめた。今にも倒れそうな二人を味方と知った和田の兵が肩を貸してくれる。半兵衛をのぞきこむ顔がどれも曇っていた。

俺は、と半兵衛は思った。いったいどんな顔をしているのか。

横の甚左衛門を見た。返り血と自分の血に汗と土がまとわりつき、悪鬼がこの世にいるとなればまさに、といった形相をしている。自分も同じであるのは頭を働かせるまでもなかった。和田兵にあらわれている表情は畏怖の色なのかもしれない。

恵探の消息が気にかかった。もう城に入っていることを半兵衛は心の底から望んだ。

遍照光寺の前を走り抜けた。巨大な伽藍《がらん》が左手に見える。一月前、あそこに泊まったことが思いだされた。わずかだが胸をつくなつかしさがあった。一月後にこんな傷だらけの体でやってきたことが、逆にあのときののどかさをほろ苦く思い起こさせるようだ。

この寺にも兵は籠もっているらしく、石段や山門にずらりと盾や柵が並べられている。どれだけの抵抗ができるかは疑わしかった。

花倉山からのびた細長い岬のような裾が両側から急激に迫ってきた。道はその二つの山裾にはさまれるように走っている。頭上に葉梨城の大手門が見えてきた。上に屋根がついた二階門だ。かなり高い位置にある。今のこの状態では気の遠くなりそうな高さだ。

門の奥は大手曲輪。近づいてゆくにつれ、曲輪の隅に建つ物見櫓《やぐら》や土塁のなかに林立する旗、塀に設けられた狭間や土塁に置かれた逆茂木などを、はっきり目でとらえることができた。

　兵たちは乱杭や柵を避けて進む。半兵衛と甚左衛門も肩を貸してもらいながら、それにならった。道は半間もないせまさで尾根筋を進んでおり、両側は切り立った崖になっている。一歩踏み誤ればまっさかさまだ。

　支えてもらっているうちに、息が落ち着いてきているのに半兵衛は気づいた。礼をいって肩を放してもらった。

　うしろを見る。葉梨川の河原の切れ目で、しんがりの一隊が敵に囲まれている。多勢に無勢だった。味方はなぶり殺しにされてゆく。戦にはつきものとはいえ、あの者たちの奮戦と犠牲によって、方の上城の兵は助かっている。むろん半兵衛と甚左衛門も。

　遍照光寺にも敵は押し入っていた。黒いかたまりとなって石段を駆けあがる敵勢が見える。なかでは激しい戦いがかわされているはずだが、それも最初だけで味方には殲滅《せんめつ》の運命が待っている。もとは今川館の場所のためかお互い火をかける気はないようで、炎や黒煙があがるようなことはなかった。

　大手曲輪の手前にある二つの出曲輪を半兵衛たちは通りすぎた。この二つはともに無人だった。規模が小さいこともあってここでの抵抗はあきらめたらしく、守兵は大手曲輪に移動を終えているようだ。

半兵衛たちが待ち切れる最後の軍勢らしかった。大手門は半兵衛たちがくぐり抜けるや、重くきしむ音をさせて閉められた。待ちかまえていた二十名近い足軽によって、閂《かんぬき》ががっちりとおろされる。

敵勢は間近まで来ていた。門を入り切れなかった味方があちこちを逃げまわり、しかし逃げ切れず殺されてゆくのが伝わってきた。城内から矢音がきこえ、おびただしい矢が低い空を横切ってゆく。矢の向かう先には、せまい道を手をかくようにしてのぼってきた敵がいるはずだ。おもしろいように当たっているのだろう。

半兵衛は甚左衛門とともに、大手門脇の土塁にあがった。

できたばかりの死骸を越え旗指物を踏みにじって、敵勢は大手門に迫っている。また矢が放たれ、魂の抜け出た体や、足、腕を射貫かれた傷者を多く誕生させた。顔や胸、腹から矢を突きださせて目をむきだした死骸のかたわらに、矢を両手で握り締めてじっとうずくまっている者、痛みに耐えかねてのたうちまわる者、片足で這いずっている者が入りまじる。目に矢が刺さって錯乱した者が道を踏み外し、崖を転げ落ちてゆく。

矢が敵からも射ち返される。城内の矢にくらべ、四倍以上だった。矢の雨が三度降り注ぎ、味方は多くの兵を失った。櫓から兵がものもいわずに落ちてゆき、狭間の兵も顔や胸を射貫かれて数を減らしている。半兵衛たちのすぐ横にも矢は突き刺さった。隣で弓をかまえた足軽が、肩に矢を受けて土塁を滑り落ちてゆく。

敵は大手門に張りついている。門は押され、門は背骨をねじ曲げられて悲鳴をあげていた。それでも二の丸から新手が来て、門を押し返した。折れ曲がりの土塁から、横矢が大手門にむらがる敵に向けて放たれはじめている。二階門の床下の狭間から下矢が射られている。大手門のそばには矢を突き立てた死骸の山ができた。

味方はなんとかもちこたえたようだ。大手門はひらかなかった。

狭間に取りついた新手が矢を次々に放っている。弓勢は強く、無駄な矢はほとんどない。敵は大手門を前に矢を避けて右往左往するだけで、いたずらに死傷者を増やしてゆく。弓隊が盛んに援護の矢を放っているが、城内からの矢は減らない。耐えかねた敵は、負傷者をかつぎあげ、両側から支えて引きあげていった。

半兵衛は敵勢が麓までおり切ったのを見届けてから、本丸に急いで向かった。

本丸には一際大きな建物があった。主殿だ。その前に多くの兵が集まっている。加納平大夫の姿があり、半兵衛は声をかけた。

平大夫の案内で主殿に入り、半兵衛は足を急がせた。

奥の間に恵探はいた。

「半兵衛」

喜びをあらわに立ちあがる。その元気な姿に半兵衛は心からほっとした。

その後、敵は攻撃を仕掛けてこなかった。城を取り巻いたまま、沈黙を守っている。すでに六月十四日の夜明けを迎えようとしていた。

来るとしたら今日あたりだろう、と半兵衛は思っている。あいだを丸々三日もあけたのは、再度力攻めを行うにしても籠城軍をできるだけ減じようとする意図があるからだ、と考えている。

つけ入りを狙った大手門前での攻防で、相当の死傷者をだしたことに九英承菊はこりたのだ。方の上城で兵が一晩でごっそり抜けたように、三日もあければいくら恵探に忠誠を誓う者が多いとはいえ、自らの命大事に気持ちが変わらざるを得ないのを知っているのだ。福島越前の死もあり、ここで短兵急に攻め、損害を増やす愚を犯す必要のないのもはっきりしている。

その目論見通り、およそ七百いた兵はこの三日で二百を切った。ほとんどの者は、恵探への忠誠ではなく恩賞目当てに戦に参加している。負け戦となれば恩賞どころではなく、逆に自分が恩賞の種となりかねない。勝敗の決した戦いで命をなくすほど、馬鹿ばかしいものはないのだ。命あっての物種、との思いはどの武者や兵の心にも強く宿っている。

半兵衛に逃げる気はなかった。恵探を最後の最後まで守る気持ちに変わりはない。福島越前に恵探の警固につくよう命じられたのだから、福島越前は死んだとはいえ、命《めい》を全うするのがおのれのつとめであると考えている。

恵探は、福島越前の死にざまを正直に語った半兵衛を責めはしなかった。そうか、と静かにうなずいただけだった。あらためて、死ぬ覚悟を心に刻みつけたようにも感じられた。一度は落ちるように進言してみたが、恵探は穏やかな目をしてみせただけだった。

九英承菊は、と半兵衛は思った。密約書を取り返してどんな心境だろう。これまで気が気でならなかったろうから、その分、気持ちいいくらいほっとしているにちがいなかった。

半兵衛は主殿を離れ、本丸の際にいた。東側にそびえる高草山と呼ばれる百二十丈ほどの姿のいい山越しに、空が白んでゆくのを眺めている。

つと目をこらした。花倉山の左側の稜線になにか動いたように見えたからだ。出抜か、と一瞬思った。しかしここまで追いつめた以上、九英承菊としてももはや恵探に刺客を放つ必要はないはずだ。

人がかたまって一列に動いている。相当の数だ。敵勢だった。できるだけ城の近くまで忍び寄り、一気に襲いかかろうというのだろう。

半兵衛が声を発しようとしたときだった。右側から山犬の吠え声にも似た喊声があがった。

右の稜線にも敵勢は取りついていたのだ。左側の部隊が呼応し、喊声をあげた。攻め太鼓が急調子に鳴らされた。

一気に攻め寄せてきた。もう姿を隠そうとしていない。右側の敵は二間半の幅を持つ堀切に板を渡して難なく越え、二の丸に押し寄せてきた。二の丸の虎口に兵を集め、そこを突破しようとしている。

宿直《とのい》の城兵が応戦をはじめた。左側の敵は出曲輪を攻めたてている。あわてて鎧を着けた城兵が持ち場に走ってゆく。正面の大手門口に敵は一兵もいない。麓のほうに兵を備えているだけだ。葉梨城の弱点である両側の裾を敵は攻めあがってきたのだ。

半兵衛は主殿に戻った。生き残った恵探の旗本だけでなく、半兵衛の家臣たちも恵探のそばにいた。

恵探はすっきりした顔をしている。心が決まった者の表情だ。

「さてと、半兵衛」

微笑をたたえて恵探がいった。

「心行くまで戦おうか」

このためだった、恵探が逃げようとしなかったのは。半兵衛は湧きあがる熱い思いで胸をふさがれた。

「お供つかまつります」

半兵衛はともに斬り死にしてもいい、と本気で思った。これまでも死ぬ覚悟は常にしていたが、覚悟の強さがちがった。心に揺るがぬ太い杭を打ちつけたようだ。

半兵衛は恵探と一緒に二の丸におりた。

虎口を打ち破って入りこんできた敵と、味方は闘志をあらわにやり合っていた。逃げる道を選ばず最後まで残った者だけに死兵だ。誰もが死ぬために太刀を振るい、槍をしごいていた。

敵はあまりに激しい抵抗ぶりに、明らかに及び腰になっていた。負けの決まった戦以上に勝ちの定まった戦で命を落とすのは、なんとも馬鹿らしいことだった。

恵探は太刀を振りかざして戦いに身を投じた。恵探自ら、を知った味方がどよめき、喜びの喊声をあげた。士気がさらに高まる。

ただそれは、恵探を認めた敵の意気をあげる結果にもなった。福島越前が死んだ今、恵探は最高の手柄首だ。恵探を討ち取れば、恩賞は思いのままとなる。

いっせいに敵は恵探めがけて躍りかかってきた。旗本衆が応戦し、刀を敵にぶつけてゆく。甚左衛門ら半兵衛の家臣たちも戦いはじめた。

その防御の網を小魚のようにすり抜けて斬りかかってきた刀を恵探は打ち返し、武者の胴を薙いだ。武者は横腹に打撃を受けて転がった。死にはしなかったが、立ちあがろうとしたところを半兵衛が駆け寄り、首を刀で突き刺した。

　別の武者が恵探を狙って槍を突きだした。舞を見るようなしなやかな動きで槍をかわしざま、恵探は敵の肩を打ち据えた。がくりと膝をついた武者の首筋を恵探はもう一度打った。武者は前のめりに倒れた。

　半兵衛はとどめを刺した。半兵衛は恵探の戦いに手だしはせず、恵探の従者の仕事をもっぱらにした。三人、四人と同じような死骸ができあがってゆく。

　やがて、恵探の従者というだけでは応じ切れなくなり、半兵衛も迫りくる敵と刀を合わせ、三人を殺した。半兵衛も死兵だった。その気迫が伝わったのか、目の前にやってきても半兵衛を一目見ただけで駆け去ってゆく敵ばかりになった。

　血刀を提げて半兵衛は恵探のそばに戻った。恵探がまた一人倒した。半兵衛は息の根をとめ、立ちあがってあたりを見まわした。

　二の丸は敵勢に満たされつつあった。味方は必死に戦っているが軍勢としての形はなしておらず、一人一人が離れ小島に置かれたようになっている。全滅は間近だ。

「もうよかろう、半兵衛」

　恵探が満足した声音でいった。

「存分に戦った。半兵衛に稽古をつけてもらったから楽なものだった。楽しかったぞ」

恵探は刀に視線を当てた。ぼろぼろだ。誇らしげな瞳をしている。もうつかいものになりそうもない刀が武人としての証だった。

恵探は旗本衆に守られて本丸に引きあげた。

半兵衛は死ななかった自分に気づいている。ということは、天はまだ生きろと命じているのだ。いまだ激しく斬り結んでいる甚左衛門ら家臣たちを敵から引きはがすように集めた。一人も欠けていないのを確かめてから、急いで恵探のあとを追った。


「さて、腹を切るならどこがいいかな」

そう口にする恵探に悲壮感はない。顔を流れる汗も目もきらきらと輝いていた。精一杯やった、という満ち足りた思いだけがあるのだ。

半兵衛としても、落ちられよ、とはいえなかった。落ちる場所などどこにもない。

城代の和田正堯が走り寄ってきた。

「お屋形、落ちてくだされ」

福島越前が乗り移ったような口調だ。

恵探は笑って首を横に振った。

「その気はございぬ」

「そんな。今なら落ちられます。落ちて生きられよ。拙者がときを稼ぎますゆえに」

恵探は和田をじっと見たまま答えなかった。

「お屋形、普門寺はいかがでございましょう」

横から加納平大夫が控えめにいった。

恵探は平大夫に向き直った。

「普門寺？　瀬戸谷のか」

「あそこなら落ち着けるものと」

「馬鹿を申すな」

加納のうしろから誰かが一喝した。

「平大夫、お屋形が腹を召される場所など、よくも勧められたな」

内野兵部がずいと出てきた。

「お屋形にはなにがなんでも生きてもらわねば。お屋形、腹を切るなどと申されるな」

涙を浮かべて懇願する。

恵探は泣き笑いのような表情をした。

「許せ、兵部。余は十分に生きた」

「そんな、まだ二十歳であらせられるのに」

内野兵部はなにかがこみあげたように絶句した。

恵探が左手に目を向けた。半兵衛も見た。一つ目の出曲輪が落ちたところだった。敵は道をたどり、二つ目の出曲輪にかかろうとしている。落ちるのに四半刻の半分もかかるまい。

「もはやこれまで。余は普門寺に行く」

和田正堯にも内野兵部にも、恵探の覚悟が伝わったようだ。どんなに言葉を重ねたところで、恵探を翻意させることはできない。

和田も涙を流していた。

「わかり申した。ではお屋形、それがしはここにとどまり、ときを稼がせていただきます。これでおいとまいたします。心置きなく腹を召されますよう。――失礼つかまつる」

一礼して駆けだしていった。

内野兵部が恵探の前にひざまずいた。

「お屋形、拙者もここでおいとまつかまつる。本来ならお屋形に最後までついてゆくのが筋でありましょうが、拙者、自裁は性に合わず、どうしても討ち死にしたく。お許しくだされ。では、一足はやくあの世でお待ちいたしており申す」

他に六名の旗本が内野兵部に唱和して、走り去った。いずれも、二の丸と本丸の境目の激闘がかわされている場所に飛びこんでゆく。

今にも涙をあふれさせせんばかりの目で、恵探は七人の旗本が死地に赴くのを見送った。

恵探のそばに残った旗本は加納平大夫を含め、十名だった。

恵探は十人の顔をじっくりと見ていた。うむ、と一つうなずく。

「ではまいろう。半兵衛、うしろを頼む」

半兵衛は深く顎を引いた。

「承知つかまつりました」

三十三

花倉山の西側斜面をくだった。樹木の鬱蒼と生い茂った暗い森が続いている。半兵衛たちを入れて三十名に満たない一行は、道らしい道のない森を下草を踏みしだいて急いだ。

半兵衛は最後尾《しんがり》をつとめているが、敵が追ってくる気配はない。恵探が抜けだしたことに敵は気づいていないのだ。逃したと知ったら、恵探の覚悟を知らぬ九英承菊はどんな顔をするだろう。

実際、半兵衛としては見てみたかった。ということは、とふと思った。恵探は生きているそれだけで、九英承菊に脅威を与えられることになる。恵探が生きていれば、九英承菊は気を抜くことはできないのだ。いつ誰が恵探をかついで乱を起こさぬとも限らないのだから。

だがそれをいったところで、恵探の決意を変えることはできそうにない。恵探は自分がそういう力を持つことを承知で、命を絶とうとしているのだ。

四半刻もかからず瀬戸谷に着いた。河原が広がり、川が流れている。瀬戸川だ。瀬戸川をさかのぼった谷の奥、向こう岸に二十段ほどの石段が見える。あれが普門寺なのだろう。瀬戸川を渡った。

岸にあがってしばらく行ったところで半兵衛は背後を振り向いた。出てきたばかりの森に目を向ける。気配を感じている。甚左衛門や家臣たちも森に厳しい視線を投げている。

武者が森から出てきた。一人だ。よろけている。

あれは、と半兵衛は意外な感に打たれた。内野兵部だった。ふらふらしながらもこちらに駆けてくる。生きていた。重い傷を負っているようだ。全身が赤く、血をかなり流しているのが遠目でもわかる。瀬戸川を渡ろうとしている。水に足をつけかけてとまり、つとうしろを見た。森から武者や兵がばらばらと姿をあらわした。四十名はいる。旗印はまたもや岡部だった。

半兵衛は振り向き、恵探を見た。内野に気づかず普門寺の石段をのぼり終えようとしている。あれなら追いつかれることはなさそうだ。

再び内野に目をやった。内野も恵探を見ていたようだ。内野は手にした刀を振りあげた。太刀ではない。短刀だった。短刀を振りかざして敵に突っこんでゆく。

つまり、と内野の突進を見つめて半兵衛は思った。葉梨城は落ちたということなのだろう。岡部左京進はここから徒で二刻の距離もない朝日山城が居城でもあり、恵探の落ちゆく先にすんなりと見当をつけることができたのだろう。

それまでかろうじて生き残っていた内野はその動きに気づき、岡部勢を追ったのだ。この近辺を知り尽くしている内野はなんとか岡部勢の先まわりをし、追われているのを恵探に告げようとしたのだろう。恵探がもう普門寺に入ろうとしているのを目にして、安堵して敵に向かっていったのだ。

内野は一人として討つことはできなかった。もちろん、それは承知の上だったのだろう。武者の槍に二度宙に放りあげられ、最後は河原に叩きつけられた。ぴくりともしない内野に、兵たちがおおいかぶさってゆく。

半兵衛は内野に向けて、合掌した。それから体をひるがえし、恵探を追った。

石段をのぼり切った山門に恵探の旗本が六名立っていた。主人が腹を切るまでの間、ここで敵をはばむのだ。引き締まった顔をしているが、さとりをひらいた高僧のような穏やかさがあった。死を自然に受け入れる気でいる。

半兵衛は知らず頭を下げていた。

大樹に囲まれた静かな寺。暑さはなく、境内は神秘さに満ちていた。恵探はこぢんまりとした本堂にいるようだ。

半兵衛は家臣たちに、本堂裏で待っているよう命じた。

甚左衛門だけがその場を動かなかった。真剣な顔で、まさかお供する気ではないでしょうな、といった。山門のほうから刀槍の響きがきこえてきた。半兵衛は首を振り、ただ一人で見送ってやりたいだけだ、と真摯にいった。それで甚左衛門はようやく了承した。急がれよ、といって姿を消した。

小ぶりだがそれなりに由緒ありげな本尊を背に恵探は床に座り、腹をくつろげていた。おくれて入った半兵衛を認める。

「はらわたを敵に投げつけてやることはできぬが、十文字に切ることはできそうだ」

澄んだ瞳で半兵衛を正視し、ゆったりとした笑みを見せている。

恵探の背後には加納平大夫が立っている。すでに抜き身を手にしていた。

「ではまいる。平大夫、落ち着いて頼む」

うしろに声をかけておいてから、恵探は短刀に切っ先三寸を残して紙を巻いた。それを握り、息をととのえる。

手がかすかに震えているのを半兵衛は見た。半兵衛の視線に気づき、恵探はやや照れたような笑顔を見せた。笑みを消して大きく息をつき、刃先を見つめた。手の震えはとまっていた。しばらく浅い呼吸を繰り返したのち息をつめ、一気に左脇腹に突き刺した。血がすべて顔に集まったような苦悶の表情で短刀を右脇腹まで引きまわし、それをいったん抜いてみぞおちに突き立て、ぐいっと切り下げた。

首を昂然とあげて半兵衛を見、これでいいか、といいたげな顔をした。お見事にございます。半兵衛がいうと、恵探は血のあふれつつある口をゆがめた。笑ったのだ。それからゆっくりと首を差しのべた。

ごめん、間髪を入れず加納平大夫が太刀を振るった。首が岩のような音をさせて床に落ちた。おくれて体が倒れ、切り口から噴きだした血が、さざなみのごとく床を濡らしてゆく。

刀をひいた加納平大夫に動揺はなく、鮮やかな手際だった。恵探の旗本中、最も腕がよく、打ちそこないはまずなかろうということで介錯《かいしやく》役に選ばれたのだろう。

それを見て、旗本の三人が続いて腹を切った。あるじと同じく十文字に切り、最後は首筋に刃を当てて、引きおろした。血の海のなかに死骸が三つ並んだ。

加納平大夫が恵探の首を、恵探の羽織でていねいに包んでいる。

「敵に渡さぬよう申しつけられましたゆえ」

羽織を抱いて半兵衛に深々と頭を下げた。

「いろいろとお世話になり申した」

頭を下げたまま、体をひるがえして駆けだした。

半兵衛は、首をどこか人目につかぬ場所に隠したのち一人腹を切るつもりであろう武者を見送り、恵探の遺骸に手を合わせた。

不思議と悲しみはなかった。恵探の死にざまがあまりに美しかったことと、こうなることがはじめから予期できていたせいかもしれない。

本堂の表側に武者の気配が濃厚に立ちこめはじめた。山門の旗本たちも死んだのだ。


甚左衛門が気をもんでいた。ようやくやってきた主人を見て安心し、息をつく。

半兵衛は、終わったとうなずきかけた。

甚左衛門が唇を嚙み、うなずき返す。

「よし、行こうか、甚左」

背後の本堂のなかで、人のあわただしく動く音がしている。首のない死骸が恵探のものであるとわかっても、肝心の首を手にできなければ手柄にはならない。必死に恵探の首を捜しているものと思われた。

　半兵衛たちは普門寺をあとにした。本堂の裏に出てきた敵勢が、遠ざかってゆく十数名の黒影を見つけたようで追ってきたが、半兵衛たちに追いつけるはずがなかった。

三十四

　半兵衛たちが里に戻って、一月以上になる。

　七月も十九日だった。そのあいだに六名の葬儀を行っている。奈津江の涙は近頃ようやく乾きつつあった。

　腹のほうは悲しみに関係なく順調だった。あと十日もすれば、半兵衛の次男か長女が生まれることになりそうだ。

　長男の太郎はすこぶる元気だ。しばらく、帰ってきた父から離れようとしなかった。この一月で、奈津江がその多さに驚愕し、夫がどれだけの激闘をくぐり抜けてきたか思い知ることになった半兵衛の体の傷もほとんどが回復しつつあった。

　半兵衛は義父に、今川家に引き続き奉公したい旨、伝右衛門の寄親である岡部左京進に伝えてもらっている。半兵衛としては福島越前の寄子だったために承芳の敵にまわっただけで、今川家にうらみがあったわけではない。できれば、今川家に奉公していたかった。

ただ恵探のそばにいて乱の経緯など詳しい事情を知っており、あの密約書の内容も知っているいることが引っかかってはいたが、むろん、書のことを口外する気は微塵もない。もう終わったことだ、と気持ちの区切りはついている。

それに、半兵衛が出抜であり恵探の警固をしていたことを知っている者で、生き残った者は一人としていないはずだ。ことごとく死んでしまっている。

伝右衛門ですら、そのことは知らない。福島越前の寄子としてただ戦いに加わったと思っている。

当の伝右衛門は半兵衛の無事を喜び、尽力を約束してくれた。ちなみに、伝右衛門は病と称して戦には出なかったそうだ。弟を代わりにだし、郎党を率いさせたという。この義父の気持ちはこの上なくありがたく思えた。

今日、伝右衛門がやってきて、追って沙汰するとの岡部左京進の言葉を伝えている。

「後日岡部さまと会い、いろいろと話をしなければならぬだろうが、そのときはわしもついておるゆえ、心配せずともよい」

駿府は平穏とのことだった。方の上城が攻められた六月十日、館において承芳が今川家第九代の太守として第一声を放ったことをまずきかされた。ということは、この日承芳と九英承菊は勝利を確信したことになる。福島越前の死と密約書の奪回を知ったからだろう。

　承芳は今も当然のことながら館にいて政務を執っており、九英承菊も館において乱後の処理を着々と進めているとのことだ。

　普門寺で得た死骸を恵探と断定し、首を見ぬままその死を認めたことになる。落武者狩りもあまり行われなかったとのことで、恵探方についた小国人が次々と許されて奉公をはじめているとの話や、恵探に加担して戦死した国人のせがれが跡をそっくり継ぐこともほとんど例外なく許されていることもきかされた。

　承芳と九英承菊は、駿河を安定させることに全力を傾注しているようだ。恵探をかつぎあげた勢力を討ち滅ぼすなどして、刺激したくないとの配慮が働いてもいるのだろう。

　同じ理由からか、福島越前の首がさらされたとの噂もなかった。もしさらされたとしたら、伝右衛門が知らぬはずがない。

「大方さまはいかがです」

　半兵衛がなにげなさをよそおってきくと、伝右衛門は小さく首をひねった。

「大方さまか。そういえば消息はきかぬな。どうしておられるのだろう、承芳さまが跡を継がれ、お喜びのことだとは思うがの」

「亡くなったなどということは？」

伝右衛門は目を丸くした。

「亡くなった？　いや、そんな話はきいておらぬぞ。なんだ、そんな噂でもあるのか」

いいえ、と半兵衛は答えた。話題を変える。

「彦五郎さまを殺した小小姓のほうは？」

おおそれか、と伝右衛門はうなずいた。

「行方はまだわかっておらぬらしい。捕物役もさほど力は入っておらぬようだな」

死に方が死に方だけに、それはもう仕方ないのかもしれない。あるいは、九英承菊から捕物役に対し、なにがしかのほのめかしがあったのか。

「どこぞの国人のせがれかはいかがです」

「それも公にはされておらぬ。知る者はいないようだ。捕物役はとうにつかんでいるはずだが、そのあたり、なにか差し障りでもあるのやもしれぬな。なにも洩れきこえてはこぬ」

これも九英承菊のふたにより、捕物役は口を閉ざしているのではないか。

「ああ、そういえばな」

伝右衛門はなにか思いだしたらしかった。

「重臣筆頭の朝比奈さまの一族である朝比奈千太郎どのが知行を取りあげられるらしいぞ」

福島越前に通じたせいなのか。それとも、と思った。あれはやはり策で、しかも千太郎の献策で、策の裏を取られたために多くの死者をだしたことを責められての沙汰なのか。

「なぜでしょう」

「理由は明らかにされておらぬ。駿府の者も、はてと首をかしげているそうだが」

伝右衛門は湯飲みを取り、白湯をすすった。

「それから藤枝の前島勘解由《まえじまかげゆ》どのな」

湯飲みを置いて、いった。

「葉梨城が落ちたあと甲斐に逃れたが、甲斐で女子供を含め首をことごとく刎ねられたそうだ。武田に仕える一族を頼っていったらしいのだが。その一族も前島どのをかくまったとの理由から信虎に腹を切らされたらしい」

前島勘解由は和田正堯と親しく、葉梨城に入った小国人だった。半兵衛もあの城で一度くらい見かけたことがあったと思う。

城で自裁して果てた和田正堯の介錯をしたのち、一族を連れて甲斐に向かったのだという。今川と敵対している武田の庇護を求めれば引き渡しもあるまい、との判断からの行動だったようだ。信虎と九英承菊がつながっていることを知っていれば、甲斐に逃げなどしなかったろう。

逃げずとも、承芳や九英承菊は前島を殺さなかったはずだ。今川に厚意、誠意を示したい信虎だからこそ一族皆殺しにしてみせたのだ。

「なぜ信虎が逃げていった者にそんなむごいことをしたのかわからぬ。今川の者というだけで、殺したくなるのやもしれぬな」

伝右衛門は、信虎と九英承菊がつながっているのを前島勘解由と同様、知らない。半兵衛に話す気はなかった。いずれわかることだ。

「あと、富士郡の井出左近太郎どのな」

別の名前を伝右衛門は持ちだした。

「あの男、須津庄の代官になるようだぞ」

「井出どのがですか」

富士郡で福島弥四郎と一緒に兵をあげた男だ。北条勢が寄せてきたとき、一戦もまじえることなく降伏したとの話はきいた。

「福島弥四郎どのの遺領があてがわれるそうだ」

ということは、と半兵衛は思った。井出左近太郎も、福島一族に兵をあげさせるという九英承菊の策の一環として、福島弥四郎に同心してみせただけではないのか。でなければ敵対した国人に、領地が新たに与えられることなどないはずだ。

富士郡の戦いでは緒戦で負傷し居城にひっこんでしまったとのことだったが、はなから九英承菊に通じていたのならそれもうなずける。善得寺と井出の領地はすぐ近くだ。高名な九英承菊を左近太郎が訪問するなどして、二人の付き合いははじまったのだろう。

「それからなんといっても――」

半兵衛の気持ちを推し量ったのか少し鼻をうごめかしただけだが、それでも伝右衛門は得意さを隠し切れずにいった。

「この乱での一番手柄は我が殿だそうだ。殿より話をうかがったのだが、方の上や葉梨での奮戦ではなく、なんでも大方さまから花蔵さまに渡った書状を取り返したことが最上の手柄だそうだ。油紙に包まれていた書状で、九英承菊どのよりひらくことをかたく禁じられており、中身は殿も知らぬそうだが」

九英承菊の策を瀬名や三浦、朝比奈などとはちがい、岡部左京進が知らされていなかっただろうことは、万沢での武田勢を相手にしたあの激しかった戦いぶりからもわかる。九英承菊にとって岡部左京進は、戦に強いだけの猪武者にすぎないのかもしれない。

伝右衛門は思案顔をしている。

「大方さまから花蔵さまに渡った書状か。必ず福島越前どのから取り戻すよう、九英承菊どのからきつく命じられたとのことだった。ふむ、いったいどのようなものであろうかな」

ふと気づいたように半兵衛を見た。

「おぬし、その書状についてなにか知っているのではないのか。先ほど大方さまの安否を気にしていたが」

「いえ、滅相もない」

「本当か」

伝右衛門は疑わしそうだった。すぐに、かっかっかっ、と明るい笑いをしてみせた。

「そうよな、なにか知っているとしても、おぬしが口にするはずないわな。いくらわしが問いただしてみたところで」


半兵衛の屋敷に一泊した伝右衛門は翌朝、娘をよくよくいたわってから帰っていった。

その昼のことだった。

「どうも近頃、里に見慣れぬ者がやってきている気がしてならぬのですが」

座敷で甚左衛門が半兵衛に告げた。

「見慣れぬ者というと？」

「振り売りのあきんどや僧侶なのですが」

確かに滅多に姿を見る者ではない。

「よく見かけるのか」

「よくというほどでもございませぬが」

どうにもすっきりしない、という顔で甚左衛門はいった。

「……そうか」

考えたのち半兵衛は、わかったといった。

「今度来たら教えてくれ」

三十五

漆黒の腕を無数に伸ばし、天地をがんじがらめにしていた闇が力を抜きはじめた。解き放たれようとしている天地の息づかいがわずかにきこえてくる。それでも七月二十八日の朝が来るまで、あと二刻は必要だった。

大地の気がひたひたと波打ち、草木が葉を揺らすことなくかすかにざわめいている。虫たちは逆に黙りこんでいる。

地べたに額をすりつけるがごとく、影が寄せてきた。三十以上の影だ。川の流れに運ばれる葉のようにとどこおることなく滑らかに、しかも音もなく里に近づいてきている。

土にしみこんでゆく雨水のように里に侵入した影たちは、最も奥に位置する屋敷を目指していた。途中の家々にはほとんど興味を示さない。ただふっと立ちどまって気配を嗅ぐだけで、素通りも同然だった。

影たちは屋敷の前に進んだ。二つの影が土塁を越え、なかに入りこんだ。間を置かずなかから門があけられる。門脇に二つ、道に四つの影がうずくまるように居残り、二十いくつかの影が門をくぐってゆく。

母屋を取り囲んだ。中央に立つ影が手を一つ振った。四つの影が戸板に張りつく。外された戸はうしろにそっと置かれた。影たちは闇に踊る猫の群れのように、忍びやかに母屋のなかに入ってゆく。中央に立っていた影も、庭に五つの影を残して、闇にぽっかりあいた口にのみこまれるように入っていった。

「よし、やれ」

半兵衛は唇の動きのみで甚左衛門に命じた。

甚左衛門が顔の横で小さく手を振った。

家々の屋根にいくつもの影が起きあがり、続けざまに矢を放つ。

門脇と道にいた影が声もなく倒れた。庭の五つの影も矢の飛んでくる気配を感じたかすばやく振り向いたが、そこまでだった。胸や首を射貫かれて倒れ、ただの黒いかたまりと化してそれきり動かなくなった。

甚左衛門が手を大きく振った。

　家々の屋根がぽっと赤く照らされた。それがいくつもの狐火となり、次の瞬間、空を渡る火の鳥となった。火の鳥の群れは風音をさせて、深見屋敷の屋根や戸板に突き刺さった。黒煙とともににじわり炎が噴きだす。

　そのときには半兵衛たちは屋根をおり、屋敷に殺到していた。無人の母屋から、はめられたことを知った影たちが次々に飛びだしてくる。すでに影ではなくなっていた。赤々と燃える炎に照らされて、柿色の忍び装束を着ているのがわかった。

　半兵衛たちは門を抜けた。

　たちまち乱戦になった。半兵衛たちは、半兵衛を除いて鎧を着ている。動きは鈍くなるが戦いには有利だ。不意をつかれて混乱しているのに、武田出抜は逃げようとしないからなおさらだった。わずかに母屋の反対側に出て裏山をあがろうとした三、四名は、樹上にひそんだ者たちが矢で仕留めている。

　甚左衛門の働きはすごかった。武田出抜どもは鎖帷子《くさりかたびら》を着用していたが、甚左衛門の槍は確実に四人の血を吸った。家臣たちも負けてはいない。次から次へと武田出抜を地に沈めてゆく。

　動きのよさを利して武田出抜は背後を取ろうとするが、こちらも動きは熟知しており、背中を取られるようなへまを犯す者はない。

半兵衛の目当ては最初から一人だった。向こうも目ざとく半兵衛を見つけている。逢瀬を重ねる男女のようにお互い引き寄せられて、庭で一対一の対峙となった。

男の忍び頭巾の奥に光る瞳は鋭かった。半兵衛を見据える目は、母屋を焼き尽くす勢いの炎のせいだけでなくめらめらと燃えていた。

半兵衛から突っこんでいった。小田原を目指したときの借りを返すつもりでいる。

男が鳥が飛び立つように跳躍した。しなやかな動きだった。

予期していた。半兵衛は刀を振るった。男は飛びながら体をねじり、半兵衛の刀をかわした。半兵衛の背後に着地する。

半兵衛はすでに突っこんでいた。男は大きく横へ飛んだ。見せかけだった。再び上へ跳躍していた。半兵衛は残像に惑わされることはなかった。二度はきかない。

半兵衛の刀は正確に男の体をとらえた。男は右肩あたりを斬られて、宙で体勢を崩した。ややよろめくようにして地面に足をつく。半兵衛を振り向いた。怒りの目をしている。刀をかまえ、姿勢を低くして突進してきた。

半兵衛は迎え撃った。激しく刀を合わせた。火花が散る。

離れざまに男は半兵衛の小手を狙ってきた。半兵衛は軽くはねあげた。男は距離を取った。

そのまま逃げようと思えば逃げられたかもしれないが、その気はまったくないようだ。半兵衛を殺すことに執念を燃やしていた。男の心のうちの炎は、母屋を焼く火よりはるかに強いのだ。

男はまっすぐ突き進んできた。振りあげられた刀が半兵衛を両断する力をもって振りおろされる。半兵衛は渾身の力で打ち返した。

男はうしろに飛びのいた。半兵衛は追い、刀を袈裟に振った。男はすっと半歩避けた。半兵衛は刀を横に薙いだ。男はこれもよけ、反撃に転じた。半兵衛の首を狙ってきた。

半兵衛は頭を傾けて刃筋をそらし、胴を打った。男は軽やかに動いて避けた。半兵衛の刀がやや流れる。男が半兵衛の頭めがけて刀をふるった。かわしたが半兵衛は自身の刀につられるようにつんのめった。

男はすかさず跳躍し、一気に半兵衛の頭上に到達した。地面に足をつく勢いそのままに刀を振りおろしてきた。体勢を立て直そうとしていた半兵衛は落ちてくる刀を仰ぎ見た。音もなく半兵衛の頭は二つに割れた。

幻だった。男は気づき、目をみはった。はっと横を向く。男が最後に目にしたのは、うなりをあげて迫ってくる刃筋のはずだった。

稲を刈る鎌のごとく刀は喉笛に入った。首ががくりと折れ、男は体中の骨をなくしたように足から崩れていった。燃え踊る炎に照らされた死骸は、神に捧げられたいけにえのようだ。

あたりは静かになっていた。武田出抜はことごとく息絶えていた。武田出抜の頭領と半兵衛の対決を、家臣たちは息をつめて見守っていた。

家臣たちは甚左衛門も含め、全員無事だった。怪我をしている者はすぐさま手当をした。武田出抜の遺骸を、まだ激しく燃え続けている母屋に投げこんだ。全部で三十二体だった。頭領と思える男だけは折れた首から忍び頭巾をはいで、顔を見た。年は二十代前半だろうか。整った顔立ちをしていた。万沢で戦った、あの小柄な男にまちがいない。

武田出抜が九英承菊の意を受けて、半兵衛たちを襲ったのは明らかだ。口をふさぎに来たのだ。

半兵衛の名が洩れたのは、岡部左京進からではないか。

もと福島越前の寄子でそれらしい者が引っかかってくるたび、九英承菊は武田出抜にあきんどや僧のなりをさせて里を探らせていたのだろう。

半兵衛の里もその一つだったのだ。敵対した国人を罰することなく許したのは、そうすれば、例の出抜ものこのこと再奉公を願ってくるだろうとの狙いがあったのかもしれない。そしてついに深見の里がまちがいないということになり、満を持して襲撃にかかったのだ。

だが半兵衛は、甚左衛門の言葉から僧やあきんどが物見であることを感じ取っていた。里へ新たに入ってきた山伏二人のあとを半兵衛は単身つけ、武田出抜の隠れ家を突きとめたのだ。五つばかり山を越えた里の無住の神社だった。

半兵衛は自ら見張りとなり、そう遠くないはずの襲撃のときをじっと待った。自身が張り番をつとめたのは、あの男がいる以上、なまなかな者では気づかれる怖れがあったからだ。襲撃に先立ち、女子供は駿府にやってあった。

半兵衛は駿河を捨てる気でいる。だからこそ、この里で四百年以上の歴史を刻んできた屋敷に火をつけることができたのだ。

半兵衛たちは燃え盛る屋敷を背に駿府に向かった。

朝はまだはやかったが、人はいつものように一杯だった。

人のいない里から来ると、どこからこんなにあふれてくるものかと思う。行きかう人には笑顔や明るい声が満ちている。乱後一月半以上たち、街は落ち着いてきているのだ。というより、人々は家督争いがあったことなど、もう忘れているのかもしれない。

この街にも二度と来ることがないかもしれぬ、と思うと感慨深いものがあった。

寺は澄月寺といい、浅間大社の南に位置していた。今川館にほど近い。伝右衛門の里の寺と縁続きで、伝右衛門が駿府に出るときは必ず泊まっている寺だ。

半兵衛が驚いたことに昨夜、奈津江は男の子を出産していた。

さっそく生まれたばかりの子供と対面した。かわいい子だった。小次郎と名づけた。抱いてみた。父が顔を寄せるのを見て奈津江は、あなたさまによく似ているといった。

母子ともに健やかで元気だった。

甚左衛門にすべての者を預けた。手はず通り、東海道を東へ向かわせる。奈津江は馬上、ほかの者はすべて徒歩だ。

「殿、ご無事で」

甚左衛門は、今回は半兵衛と行動をともにするとはいわなかった。半兵衛がいないあいだ、留守を守ることも劣らず大事だからだ。

「うむ、明日には追いつく。皆を頼む」

「わかり申した。おまかせください」


家族や家臣たちには翌日の昼、追いついた。

ちょうど、小田原に入ろうとしているところだった。なにごともなかったようで、全員無事だった。奈津江も太郎も、生まれたばかりの小次郎も元気だった。小次郎はぐっすりと眠っており、小次郎を抱いていた奈津江はさすがに疲れを隠せずにいた。

だがここまで来てしまえば、もはや心配ないといえた。小田原にってや知り合いがあるわけではないが、さほど不安はない。

小田原は駿府ほど大きくはないが、子供が成長してゆくようにどんどん大きくなってゆくのを確信させる、活気を持った街だった。半兵衛は一目見て、気に入った。

大工や畳刺、鋳物師らしい職人たちの姿が多く目につく。このあたりにもこれからのび育ってゆく街の息吹が感じられた。板葺きではなく、草葺きや茅葺きの家がほとんどだ。町屋は、松原大明神と呼ばれる神社を中心に広がりを見せている。この神社が駿府における浅間大社に当たり、人々の信仰を集めているのだろう。

海が間近に望め、潮の香りがさわやかだった。残暑は厳しかったが、木陰に入ってしまえば暑さはそれほどでもなかった。温暖な気候に恵まれているときいているが、それを裏づけるように通りを歩く人たちは駿府と同じく明るい表情をしている。

小田原城は今も普請が行われており、城地を拡大しつつあった。槌や鋸の音が絶えない。西のほうには箱根がそびえている。

「うまくいきましたか」

首尾がわかっている顔で甚左衛門がきく。

半兵衛は懐の油紙の包みを見せた。

甚左衛門は歯を見せて笑った。半兵衛は、久しぶりに甚左衛門の屈託のない笑いを見た気がした。

「では、今宵？」

半兵衛はうなずいた。

「うむ、はやいほうがよかろう」

三十六

丑《うし》（午前二時）をすぎた街は夜の呪縛《じゅばく》に封じられ、ときがかたまっている。人けはなく、行儀よく並ぶ屋敷も住人たちも、ともに深い眠りについている。空の月は雲に入ったり、出たりを繰り返している。

屋敷は広大な敷地を誇っている。屋敷の主人に対する北条家の優遇ぶりを物語っていた。

半兵衛は忍び装束をまとっている。目の前の屋敷に忍びこむ前に、昨夜のことを思いだした。

半兵衛は、忍び装束で身をかためていた。大木の陰に立ち、腕を組んでいる。日はとうに暮れ、人通りは絶えていた。月はあるはずだが、厚い雲に隠されて所在は知れない。

明々と篝火が焚かれ、人があふれていたのが嘘のようだ。ぽつりぽつりと明かりは見えるが、それぞれの建物は暗さのなかに沈んでいる。ふだんの姿を取り戻したようで、そのほうが似合いだった。

頃合いを見て、堀に身を沈めた。水はさらに生ぬるく、ときの経過を半兵衛に教えた。泳ぎ切り、土塁をあがる。堀に身を寄せた。

警戒は薄かった。武者が二人一組になって持ち場を決まった刻限にまわっているらしいだけで、物々しさはまったくない。

塀を越えた。土塁を滑りおり、敷地を黒い影となって走る。大方どのが今もすごしているかわからない持仏堂の横を駆け抜けた。

駿河づくしの庭まで出た。半兵衛をとがめる者は一人としていなかった。いるとしたら武田出抜だが、やつらはすでに荼毘にふされている。そのことを知る者はない。

半兵衛は離れを見つけた。庭の隅、三保の松原を模した松並木の端にくっつくように建っている。館うちでほかに離れといえる建物は見当たらなかった。八畳間が一つと思えるほどの小さな建物だ。

ひっそりと明かりが洩れている。今もあそこで起居しているとすれば、まだ起きているのだ。警固の武者らしきは見えない。一応は離れを遠巻きにぐるりとまわってみた。

やはり警固はついていなかった。ここ最近まで置いていたのかもしれないが、乱の終熄から一月半がたち、もう必要ないと判断したのかもしれない。

半兵衛は離れに近づき、濡縁のそばにひざまずいた。気配をきく。紙に筆を走らせているらしい音が届いた。書類仕事をしているのだ。

濡縁にあがり、障子に耳を当てた。息づかいから、向こう向きに仕事をしているのがわかった。一人だ。ほかに人はいない。

音もなく障子をあけ、体を忍びこませる。かすかに香の匂いが鼻をついた。やはり一間しかなく、畳が敷かれている。右手に床の間。壺が置かれ、花が一本活けられている。左手には小さな簞笥。

正面に、僧衣を着ている背中が見えた。正座をし、文机に向かって一心に書き物をしている。文机の左側に置かれた灯心が大きく揺れたが、僧侶は気づかない。

いや、気づいていた。その証拠に背は向けたままだったが、口をひらいたのだ。

「戻ったか」

低いが、響きを感じさせる力強い声だ。

この男の声をきくのははじめてであることに、半兵衛は気づいている。白鳥山の陣でも言葉を発しなかった。意外な感がした。常にこの僧のことを考えていたために、はじめてという感じがしない。

「ずいぶんとおそかったな」

筆を静かに置いた。

「気をもまれましたか」

うん、と首をかしげ、振り向いた。

見覚えのある、突き出た頬骨が目に入った。厚い顔の肉、福耳、切れ長の鋭い目。

半兵衛は九英承菊の首筋に刀を添えた。

九英承菊は横目で刃を見てから、顔をあげた。怪訝そうに半兵衛を見つめる。

「何者だ」

動揺のない落ち着いた口調だ。

「声はそれ以上立てるな。立てれば刀を引かせてもらう、遠慮なく力をこめてな」

わかった、と九英承菊は答えた。

「何者だ、おぬし」

「当ててみろ」

九英承菊はまなこを細めた。

「深見半兵衛か」

半兵衛は答えなかった。半兵衛の沈黙によって、九英承菊は目の前の男がそうであることを確信したようだ。

「武田出抜はいかがした」

「見当はつこう」

「死んだか」

「残らず」

いい腕だ、と九英承菊はいった。

「深見、なに用だ」

「見当はつこう」

「わからぬ」

半兵衛は鼻で笑った。

「命をもらいに」

「なにゆえ」

半兵衛は音をさせて刀を握り直した。

「九英承菊、あんたは余計なことをした。なにもせずにおればよかった。俺がお家に奉公を望む気持ちに偽りはなかった。乱で知った秘密を洩らす気など、毛の先ほどもなかったんだ。その口を封じようなどと考えるから、このような仕儀になる」

「ちがう」

「なにがちがう」

九英承菊は穏やかに否定した。

「やつらは口封じのため、襲ったのではない」

「では？」

「復讐よ」

「復讐だと？」

「万沢の戦いを覚えておるか」

半兵衛はうなずいた。

「あんたが京より戻るため、信虎に起こさせた戦いであるしな」

「おぬしが信虎の陣所を襲った戦いでもある」

九英承菊は軽口を叩くようにいった。

「まあ、そんなことはどうでもよいが」

九英承菊が見つめてくる。

「あの戦いでおぬしは――」

言葉の重みを計るように一度口を閉じた。

「武田出抜の頭領の想い人を殺したのだ。頭領の一の配下をな」

頭領の想い人？　と半兵衛は思った。万沢で殺した武田出抜で覚えているといえば、槍の遣い手だった大男だ。頭領の想い人とは、あの大兵のことなのか。

一の配下というなら、まずまちがいなかろう。二人は衆道の仲だったのだ。主従では珍しいことではない。

「武田出抜の頭領は、名を又七郎といったが、戦い方から想い人を討ったのが、自分らと同じ出抜であるのがわかったという」

半兵衛もあれが武田出抜であると見抜いたのだから、逆があってもおかしくはない。

「万沢から引きあげて半月もたたぬうち信虎は、顕本寺の陣所を襲った出抜の素姓をきいてきた。殺す気かとわしは反問した。信虎は報復する気はない、との答えを使者に授けていた」

昨夜の襲撃が武田出抜の復讐なら、信虎の言葉に嘘はないことになる。とはいっても、蛇のように執念深いはずの信虎としても半兵衛たちを殺したくてたまらなかったのは事実だろう。顕本寺本堂から引きあげようとする半兵衛を見て、逃すな、八つ裂きにしろ、と叫んだときの顔は今も脳裏にはっきりと刻まれている。

「わしは、名は知らぬが福島越前の出抜である、と答えた。次に使者は、なぜ襲撃のあることを教えなかったかをきいてきた。わしは、教えたかったができなかった、と答えた。当然だろう、前もって知らせたら武田とつながっているのをさとられかねぬからな。襲撃を知っているのは氏輝公、越前、おぬし、そしてわしだ。氏輝公、越前ともに大の武田ぎらいだし、襲撃を行うおぬしが洩らすはずがない。となれば残るはわししかいない。もっともわしには信虎に教える手立てもなかったし、越前のいうように襲撃に五分の目算もないことはわかっていた。万が一信虎が死んだらそれもよかろう、と心のどこかで思ってもいた」

九英承菊は疲れたような吐息を洩らした。

「信虎は意趣返しのため万沢に出抜の又七郎を呼び、追い討ちにかかろうとする氏輝公を襲わせた。予感があったわしは、氏輝公が白鳥山をおりるのを反対した。だが越前が押し切った」

ずれた話を九英承菊はもとに戻した。

「どうやら信虎は又七郎に、万沢で相対した今川の出抜が何者かききだすよう頼まれたらしい。今は知らぬが昔、信虎と又七郎はそういう仲だったのやもしれぬ。越前の出抜であると知った又七郎はおぬしを捜しだし、ずたずたにしたくてならなかったが、やつには復讐より優先せねばならぬつとめがあった」

「優先せねばならぬつとめ……」

「わかるか」

九英承菊はきらりと目を光らせた。

そういうことだったのか、と半兵衛は思った。

「彦五郎さまを殺した小小姓というのは、その又七郎という武田出抜の頭領だったのか」

彦五郎を殺したあと甲斐に逃げたわけでなく、いや一度は帰っただろうが、おそらく一月もしないうちに又七郎は駿府に戻ってきたのだ。承芳の陰の護衛に任じられて。しかし又七郎たちが半兵衛たちに応待する手立てとして承芳の警固についたことが、九英承菊が武田とつながっていることを知られるきっかけとなったのだから、又七郎を呼び寄せたことは九英承菊としてはしくじりといえるのではないか。

もっとも、半兵衛が甚左衛門とともに館に忍び入ったあのとき、又七郎がいなかったら承芳は今頃生きていないかもしれない。その意味では、又七郎を護衛につけた九英承菊の判断は正しかったといえる。九英承菊の言を信ずれば、又七郎は呼び寄せられたというよりもむしろ、仇を討つため自らの意思で駿府にやってきたとも思える。

半兵衛は、頭巾をはいで見た又七郎の顔を思い浮かべた。ととのった顔立ちをしていた。

化粧をほどこせば、十六、七に見せることはできぬことではあるまい。

　体も小柄だった。きっと又七郎も彦五郎と同じく、衆道一筋だったにちがいない。衆道のうらみは、男女のそれよりはるかに深いという。半兵衛を見る又七郎の瞳に燃え盛っていた炎は、想い人を殺されたうらみそのものだったのだ。

　一つ疑問があった。

「だが彦五郎さまのそばにいた又七郎が、どうやって万沢まで出張れたのだ」

「そんなのはどうとでもなろう」

　九英承菊が鼻を鳴らした。

「宿下がりを申し出たのだ。実家の母が倒れ、出陣した父の代わりに母を見てやりたいとな。又七郎を少しのあいだでも手放したくなかった彦五郎どのは難色を示したが、十日のみとの条件で又七郎は館を出ることを許された」

　出陣した父。名を貸した国人ということか。あのとき出陣していたというのは、万沢の戦いに出ていたことを意味するのか。

「又七郎の父を名乗ったのは誰だ」

「いったらおぬしは殺すだろう」

「殺しはせぬ」

本心だった。今さら殺したところで、と思う。

「本当に殺さぬな」

それでも九英承菊は確認を求めた。

「殺さぬ」

九英承菊は覚悟を決めたようにうなずいた。

「井出左近太郎だ」

そういうことか、と半兵衛は思った。思っただけでたいした感慨はなかった。

確かに井出は先陣として万沢にいた。須津庄の代官就任という恩賞には、このことも手柄として含まれているのかもしれない。

うなずいて半兵衛は問いを続けた。

「敵対した国人を次々許したのは、我が里を明らかにするとの狙いがあったからだな」

どういう意味だ、と九英承菊はいった。

「そうしたのは駿河を一刻もはやく平らかにしたいと願い、いずれそういう者たちがお屋形を支え、お家の力になってくれると考えたからだ。それ以上の意味はない」

「きれいごとをいうが」

半兵衛は九英承菊を見据えた。

「国人たちを次々と許せば、あの書の中身を知っている俺もいずれ引っかかってくるだろうとの読みがあったからではないのか。俺の名を知らなかったあんたとしては」

「ちがう」

九英承菊は即座に首を振った。刃が触れそうになって、引いてもらえぬか、といった。半兵衛は無視した。九英承菊は仕方なげに続けた。

「そんなやり方では、もしおぬしが奉公を願わなかったらおしまいではないか。それに書の中身とおぬしはいうが、おぬし一人が知っているだけではなんの脅威にもならぬ」

「では、どうやって里を割りだした」

ふむ、と九英承菊はつぶやいた。

「これも殺さぬと誓ってもらいたいが」

また人が絡んでいるのだ。しかも半兵衛を知っている者が絡んでいる。

「殺さぬ」

九英承菊はもったいぶったのか、空咳を一つした。

「加納平大夫よ」

あいつか、と思った。恵探の首を持って去ったが、あのあと敵陣に駆けこんだのだろう。首を渡さぬよう恵探にいいつけられたのは事実だろうが、やつはいいつけを守らなかったのだ。おのれの帰順と恩賞の手段としたのだ。

　承芳や九英承菊は、首なしで恵探の死を認めたわけではなかった。恵探の首が手もとにきたゆえに安心して領国経営に乗りだせたのだ。

「平大夫は、福島越前の出抜の頭領を知っていた。きけば、花蔵どのに命じられて毎日剣の稽古をつけてもらったという。名は深見半兵衛。役帳で調べてみると福島越前の寄子で、駿府からさほど遠くもない山里にそういう者が住むという。武田出抜に探りを入れさせ、まちがいないということになった。ふむ、探りに念を入れすぎたかな。それで感づかれて又七郎は返り討ちにあったのだろう」

「平大夫は今、どうしている」

「やはり殺す気か」

「殺す気はない」

　九英承菊は半兵衛を見つめ、答えた。

「お屋形のそばに仕えておる」

「恵探さまの首と引き換えに、やつはその地位を手に入れたのか」

　九英承菊は半兵衛をまじまじと見た。

「おぬし、勘ちがいしているようだな」

「なにをだ」

「平大夫が恩賞目当てに花蔵どのの首をわしのもとへ持ってきた、と思っておることがだ」

「やつは、あんたの間者として恵探さまのもとへもぐりこんでいたのか」

　そういえば、平大夫は恵探に仕えて一年の新参者ということだった。又七郎が彦五郎に見初められたのが昨年四月。ということは九英承菊の策が動きだすとほぼ同時に、平大夫も恵探のそばについたことになる。

　福島越前が密約書を持っているのを九英承菊が知っていたのは、恵探からそのことをきいた平大夫からつなぎがあったためかもしれない。

「平大夫の狙いは？　恵探さまを殺すことか」

　だがそれはしていない。そばに仕えていた以上、いつでもやれたはずなのに。

「それは万が一の手だった。こちらの敗色が濃くなったときのためのな。むろん、いつでも殺せたがそれをしなかったのは――」

　半兵衛は続きを引き取った。

「福島一族を滅ぼすためだな」

「越前には花蔵どのを擁して、家督争いに加わってもらわねばならなかった。越前が兵をあげる前に花蔵どのを殺してしまっては――」

「越前さまの出番はなくなり、あんたが福島一族を鏖殺する名目を失う」

半兵衛は密約書に書かれていた言葉をつかった。

それに気づいたか九英承菊はわずかに唇の端をゆがめた。

半兵衛に、平大夫を殺す気がないのは事実だ。あの男もそれなりの危険を冒してつとめを果たしている。恵探と行動をともにしていたということは、いつ岡部勢などの味方に討たれるかわからなかったことになる。いつ露見するか、毎日気が気でもなかったろう。恵探の首を羽織に包んで持ちだしたあのとき、半兵衛を前にして平大夫の緊張は最高潮に達したはずだ。半兵衛としては、その覚悟は認めてやるつもりだった。

「平大夫の狙い、役目というのは、恵探さまの死を見届けることだったのだな。できれば、みしるしをあんたに届けること」

その通りだ、と九英承菊はいった。

「いくら死んだ、死んだといわれても花蔵どのの死が確かめられなければ、またいつ誰が花蔵どのの亡霊をかつぎださぬとも限らぬ。首をこの目で実際に見なければ――」

「枕を高くして眠ることができぬ、か」

半兵衛はたずねるべき事柄を頭に浮かべた。

「武田信虎とはいつつながった」

「だいぶ前だ。大永七年の和議のあと、京にのぼったわしのもとへ使者が来た」

「使者は、友野与左衛門か」

「よくわかるな」

「武田と結んでどうしようというのだ」

「我が家が武田と結べば、北条としても武田と修好する機会が生まれるではないか。そうすることで北条には多大な益が生まれる。心置きなく関東を目指すことができる」

　恵探のいった通りだった。

「そううまくいくものかな」

　半兵衛は疑問を呈した。

「北条の大の武田ぎらいを知らぬわけでもあるまい。甘く見ておるのではないか」

「きらいきらい、ときかん坊の子供ではあるまい。世の中、好悪だけで渡ってゆけるはずもない。目的のためには、敵と結ぶことも必要。でなければ国を滅ぼしかねぬ。北条にしても、きらい、気に食わぬと武田といつまでも争っていては肝心の関東経略の前途は暗く閉ざされたまま、夢のままぞ」

「だが北条の武田ぎらいをよく知っており、だからこそ乱の最中、武田と結んでいる旨、あんたは北条に告げなかったのであろうに」

「いつ教えるかなどこちらの勝手だ」

「しかも武田出抜に命じ、必死になって密約書を取り戻そうとした。あれが北条に渡れば、北条はまちがいなく敵にまわる。また、越前さまから密約書を奪い返すように、諸将に厳命もしている。なかを決して見るな、とつけ加えて。僧とは思えぬ狡猾さよな」

九英承菊はそっぽを向いた。刀のせいでその動きははなはだ緩慢だった。

「武田の姫が承芳どのに輿入れすると知ったら、北条は必ず攻めてくるぞ」

「あり得ぬ。大永七年の和議の際には、なにもいわなかった」

「あれは三十五年の長きにわたった戦いに疲れ切った今川と武田の矢留めにすぎぬ。そのようなことに北条が口を差しはさんでくるはずがない。今度のような承芳どのに嫁を迎え、縁戚となるものとは意味がまるでちがう」

九英承菊が半兵衛に視線を当てる。

「いくらでも説得はきこう。こたびの婚姻は大永七年の和議と一続きのもの。しかも北条とはすでに縁戚、我が家とはこれまで長年にわたって積み重ねてきた深い関係もある。それらを北条屋形が無視するとは思えぬ」

「これまでの深い関係があるからこそ、寝耳に水の武田との縁組を告げられたとき、裏切られたと思うとは考えぬのか」

九英承菊は答えなかった。

そうか、と半兵衛は気づいた。

「北条にとっては寝耳に水でも、あんたや信虎にとってはこの縁組は待ちに待ったものなんだな。武田の姫は十八ということだが、このときをずっと待っていたがために、これまでよそに嫁がなかったのか」

策は、相当前から練られていたのだ。氏親が長いこともたぬとみていたことからわかるように氏輝の死が遠くないことは幼い頃よりよく知られており、大永七年の和議以降結びついた九英承菊と信虎はひたすら氏輝の死を待っていたのだ。

しかし意外にも氏輝は長もちした。やはり万沢の戦いには、待たされ続けて待ち切れなくなった二人が氏輝にとどめを刺すための意図もあったのではないか。

ということは彦五郎さまのもとには、と半兵衛は思った。又七郎以前にも刺客が送りこまれていたことになる。あるいは、彦五郎はしこまれて衆道一筋にされたのかもしれない。

ところで、と半兵衛はいった。

「承芳どのはどこにおられる。いや、今は義元どのといったほうがいいのかな」

さすがに九英承菊はぎくりとした。

「やめてくれ、頼む」

喉の奥からしぼりだすような声だ。

「なにをやめるという」

「しらばくれるな」

一転、九英承菊は声を荒らげた。思わず荒らげたようだったが見せかけで、館の者にきこえるようにとの計算が働いていた。

「おっと、大きな声はださんでもらおう」

刃が首に触れて九英承菊は黙りこんだ。

半兵衛はしばらく外の気配に耳を傾けていた。

「駆けつける者はないようだな」

切っ先を九英承菊の眼前に移した。

「今度同じ真似をしたら目をえぐる。あんたが助けを呼んだとしても、それぐらいのときは十分にあろう。わかったか」

九英承菊はわずかに顎をうなずかせた。

刀を再び首筋に戻してから、半兵衛は含み笑いを洩らした。

「安心しろ。承芳どのを殺す気はない」

「本当か」

安堵と疑いがないまぜになった表情だ。

「あんたがあまりに落ち着いているのでな、ちょっとおどかしてやっただけだ」

九英承菊は腹立たしげな顔をした。

「なぶるのはよせ。つまらぬ」

「悔しいか。あんたはこれまで多くの者にそういう思いをさせてきたのだ。天から、恵探さまも越前さまも今のあんたの顔を見て、きっと喜んでいるだろうさ」

九英承菊はいかにもおもしろくなさそうに唇を引き結んだ。傲岸《ごうがん》さがあらわれた。

とにかくだ、と半兵衛はいった。

「あんたが俺の里を武田出抜に教え、襲撃させたことに変わりはない」

「ふむ、それは確かだな。おぬしを殺したくて又七郎はうずうずしていた。こちらも抑えるのに苦労させられた。おぬしを殺す機会を二度も逃して、気が立ってもいたからな」

承芳を狙って館に忍びこんだときと、密約書を持って小田原に走ろうとしたときだ。

「乱がおさまってしばらくはお屋形の警固をさせておいたが、万が一の襲撃があるやもしれぬと考えていたおぬしがお家に奉公を望んでいるのがわかったとき、抑える理由はなくなった」

そういうことか、と半兵衛は思った。

「そのため我らは住み慣れた里を離れることになった。父祖が住みついて四百年の里をだ」

「四百年か。ふむ、白鳥山でそのようなことを申しておったな」

九英承菊は刃に触れぬほどに顎を動かした。

「なぜ駿河を離れる」

「あんたを敵にまわしては、駿河で生きてゆくことはできまい」

「わしを敵にまわしては、だと」

九英承菊の顔に生色が浮かんだ。

「おぬしはわしを殺しに来たと申したが、では、はなからわしを殺す気はないのではないか」

「いや、あんたを殺す気でやってきたさ」

半兵衛は、刀を握る手に力をこめた。

「あんたが口封じに武田出抜を送りこんだのではないことがわかって、気が変わった。だが、いつまた気が変わるか知れぬぞ」

それでも九英承菊は気が楽になったようだ。

「駿河を離れてどこへ行く」

「きいてどうする。刺客を送るか」

「そんな気はない。ただの興味にすぎぬ。それに誤解しているようだが、わしは刺客を送るような真似をしたことは一度もない」

半兵衛は考えた。謀略好きな坊主だが、恵探や福島越前の闇討ちを画したことはなかった。加納平大夫が刺客の役を負っていたが、それは万が一の敗戦を考えたときの手段で、平大夫は結局その役を果たすことはなかった。

「彦五郎さまを殺した又七郎はどうだ」

「あれは送ったのではなく送られてきたのだ」

「都合の悪いことは信虎になすりつけるか」

半兵衛は小さく首を振った。

「そんなことはどうでもよいがな」

「それで、どこへ行こうというのだ」

「すぐにわかる」

「すぐにわかる？　どういう意味だ」

「言葉通りの意味さ」

半兵衛はおもむろに刀を喉頸に突きつけた。

「密約書はどこにある」

九英承菊は、ようやく狙いがわかったという表情になった。

「破棄した」

一瞬、九英承菊の顔の半分が白くなったように見えた。これか、と半兵衛は思った。

「それはなかろう。信虎との約定のすべてが果たされたわけではないからな」

「破棄した」

九英承菊はいい張った。白い顔はすでに消えていたが、偽りは明白だった。

「一度奪われて危うい目に遭っているのに、いつまでも所持しているはずがなかろう」

「ならば仕方ない」

半兵衛は切っ先を喉に食いこませた。ぷつりと蚊を殺したほどに血がにじんだ。

半兵衛を見る目が憎しみに満ちた。

「殺す気か」

「いつ気が変わるかわからぬと申した」

刀を押し続けた。血が垂れはじめた。

「声をあげるなよ。あげれば一突きだ」

九英承菊はじっと我慢していた。

半兵衛は無慈悲な目で九英承菊を見続けた。

苦しげに九英承菊は右手をあげた。

半兵衛は刀をとめた。

「どこだ」

「ここにはない」

「往生際が悪いな」

「嘘ではない」

「そうか、わかった」

半兵衛は再び腕に力を入れた。

「やめろ」

「ほう、命ずる気か」

九英承菊は押し黙った。

「どこだ」

九英承菊は上目づかいに半兵衛を見た。右腕で、自らの肩越しに背中のほうを指差した。

「文机か」

「そうだ」

「文机の引出しの裏か」

大方どのに盗まれたときを思いだしたのか、くっ、と九英承菊は頑丈そうな歯を嚙み、それとわかるほどに顎を横に振った。

「引出しのなかだ」

大方どののように盗もうとする者はもういない。九英承菊は隠そうともしていないのだ。

「よし、だせ」

「動いてもよいのだな」

「あんたがなにかしようとしても、脅威にはならぬ」

悔しがっている顔を二度と見られたくないらしく、九英承菊は下を向いた。

「はやくしろ」

九英承菊はそれができる精一杯の抵抗であるかのようにのろのろと動いた。半兵衛に背を見せ、両手をつかって慎重に引出しをひらく。奥のほうに手を差しこんでいる。

引出しを体で半兵衛から見えなくなるような動きをした。いきなり体をひるがえした。右手に短刀を握っていた。左足を踏みだし、突きだしてきた。

半兵衛は難なく刀ではねあげた。九英承菊の腕を飛びだした短刀は天井にぶつかり、落ちてきた。九英承菊の左足脇の畳に突き刺さった。九英承菊はあわてて足を引いた。

半兵衛は短刀を抜き、手でもてあそんだ。

「無駄なことを。なにをしても脅威にはならぬと申したはずだが」

半兵衛は短刀を投げつけた。きれいに剃られた頭をかすめて背後の柱に突き立った。

「ふむ、密約書をだす気はないようだな。では仕方ない」

半兵衛は一歩足を進めた。

「目の玉をいただこうか」

「待て」

意に介さず半兵衛は切っ先を定めた。

九英承菊は僧衣の懐を探った。もどかしげに油紙の包みを取りだす。

「くっ」

半兵衛の前に投げだす。

盗まれたことにこり、肌身離さず持ち歩いていたのだ。

「はなからそうしておけばよかったのだ」

半兵衛は手にし、なかをあらためた。九英承菊に刀を当て、気をゆるめることなく一読した。

「では、いただいてゆこう」

懐におさめ入れた。

「どうする気だ」

「わかっているだろう」

「いや、わからぬ」

「とぼけるのもいいかげんにしろ」

半兵衛は叱りつけるようにいった。

「といいたいところだが教えてやろう」

九英承菊が半兵衛を見つめた。

「越前さまの命を果たすのさ」

「越前さまの命だと？」

「この書を北条屋形に届けることだ」

九英承菊は思わず立ちあがりかけて首の刀に気づき、代わりに半兵衛をじろりと見た。

「また駿河を戦に引きこむつもりか」

「もとはといえばあんたがおのれの欲するままに、彦五郎さまを殺すなどしたからだ。鳥波の在でわけもわからず殺されていった十数名の百姓のこともある。自分でまいた種は自分で刈り取ることだな。そうすれば、あんたが地面を這いずる蟻ほどにしか見ておらぬ百姓の気持ちも、少しはわかるやもしれぬぞ。それに北条と武田の修好が真の目的なら、この書を北条屋形が読んだとしても、誠意をもって説けば戦は避けられるやもしれぬ」

半兵衛は思案するように首をひねり、左手で顎をさすった。いやどうかな、といった。

「彦五郎さまを殺したのが甲斐の出抜で、黙認どころか進んで手を貸したと知って、北条屋形はあんたを許すだろうか」

半兵衛は無造作に刀を振りおろした。九英承菊がうめき、畳に横倒しになった。気絶している。半兵衛は九英承菊を見つめた。これなら明朝まで目が覚めるようなことはあるまい。当たる寸前、半兵衛は刀を返し、峰で九英承菊の体を打っている。この僧を殺す気がないのは事実だった。九英承菊の命で武田出抜に襲われたと考えていたときは命を奪うつもりでいたが、武田出抜の仇討ということならちがった。

この男がいなければ、今川家は成り立つまいとの思いもある。若い承芳ではとてものこと家中をまとめることはできず、せっかく太守の座についたばかりなのに家中の反逆によってすぐさまその座をおりることになりかねない。これまで仕えさせてもらった家だ、そのくらいの情けはかけてやるつもりだった。

それにこの書を見れば、北条家はすぐにでも攻めこんでくるはずだ。殺してしまっては、この坊主に戦いの苦しさを味わわせることができない。戦続きとなって民がもっと苦しむかもしれないことが気にかかったが、北条との戦がなくてもどのみち西進を目指す今川家の戦いはひたすら続くのだ。

ただ、いくら朝まで目が覚めないとはいっても、九英承菊をこのままにしてはおけない。簞笥をあけた。腰紐を三本と手拭を取りだす。腰紐二本で九英承菊の手足をしばり、手拭で猿ぐつわを噛ませた。

障子をあけ、外を見た。館うちは静かなもので、人の気配はない。

気を失っている体を外にだし、離れの床下へ引きずっていった。三本目の腰紐で、床下に突き出ている柱に九英承菊を結びつけた。身動きできないのを確かめる。

半兵衛は静かに動きだした。

今度は、承芳の部屋を見つけるのに苦労はなかった。なぜ乱前の忍び入りの際、あれだけ難儀させられたのか、不思議なほどだ。奥殿御屋敷にその部屋はあった。

半兵衛は二人の宿直を気絶させた。杉板戸をあけ、入りこんだ。

部屋は明かりが一つ灯され、薄暗い。半兵衛は吹き消し、部屋を闇とした。

承芳は寝ていた。添い寝役の女はいない。いたのかもしれないが、もう床を離れていったのか。あるいはまだ置いたことがないのか。

半兵衛は、承芳の枕もとに腰をおろした。あぐらをかき、寝顔をしみじみと見る。

十八にしては少し幼いか。半兵衛が顔を見たことのない氏親の若い頃にそっくりとの評もある。細面だった。顎も九英承菊から半分もらってやりたいほど、ほっそりしている。公家の血が流れているというのがわかるような気がした。声もなんとなく想像がつきそうだ。大方どのという同じ母を持つ氏輝と似たようなものだろう。

やすらかな寝息を立てている。だいぶ髪がのび、じき髷が結えそうだ。

僧形の恵探を思いだした。結局、恵探は髪はあまりのびないままに死んでいった。十文字に腹を切った死に際の姿が、脳裏を鮮明によぎってゆく。せつなかった。

殺そうか、との誘惑に駆られた。恵探の仇討もそれでできる。

しかし、と思い直した。九英承菊は生かして、こちらを殺すというわけにはいかない。それでも、しばらく逡巡していた。

ここで承芳が死んだら誰が今川家を継ぐのだろう。京に戻った象耳泉奘か、尾張今川家に養子に出た氏豊《うじとよ》か。それとも、文明の内訌の小鹿範満のように今川一族の誰かが立つのだろうか。

いずれにしても、九英承菊が執政として今川家を動かしてゆくことにちがいはなさそうだった。それならば、このまま承芳を生かしておいても変わりはないというわけだ。

今、俺がその気になればこの若者はこの世から消える。その一事だけで半兵衛は満足することにした。

手をのばし、承芳の顔に当てた。

あたたかい。これが今川家の太守のぬくもりだ。もう二度と触れることはなかろう。

承芳が寝返りを打った。半兵衛は手を離した。ふと気づいたように承芳が薄目をあけた。

この闇のなか、半兵衛が見えたはずがない。

半兵衛は笑い声を残して姿を消した。

朝、目を覚ました承芳は、悪い夢を見たと思うぐらいのことだろう。そのあと九英承菊に顚末をきかされて、背筋がうすら寒くなるかもしれなかったが。

三十七

三日月が雲に入るのを見て、半兵衛は木陰から出た。

さほど高さのない板塀を越える。

屋敷うちはひっそりとしていた。松の大木が三本立っている正面奥に母屋、左手に納屋、右側に主立った家臣の住んでいるらしい長屋が三つ。母屋の前には泉水が設けられている。

母屋に近づき、板戸を一枚外した。

「殿」

薄い衣に手を当て、体を揺らす。

剛勇で知られる武者だけに、いきなり起きた。こうでなければ戦場では通じない。

「どうした」

闇のなかきいた。半兵衛を家士とまちがえている。

半兵衛は、上体を起こしている男を見つめた。若い。永正十二年（一五一五）の生まれというから、まだ二十二だ。頬が引き締まり目が澄んで、聡明そうな面立ちをしている。体も筋骨がはっきりとわかる。

なるほど、なかなか遣えそうだ。どこか恵探に似ている。同じ一族の血を引いているから、それも当然かもしれない。

「北条綱成どのにございますな」

綱成は肩を寄せ、目の前にいるのが誰なのか見極めようとしている。少なくとも家臣でないのはわかったようだ。

「何者だ」

あわててはいない。むしろ落ち着いている。

たいしたものだ、と半兵衛は思った。

問いに答える前にたずねる。

「拙者が害意を持つ者とは思いませぬか」

不敵に笑った。

「殺す気ならわざわざ起こしはせぬだろう」

道理だ。綱成が横に目を向けた。

「妻はどうした」

目が慣れたのか。いや、この暗さでは目の慣れだけでは無理だ。半兵衛ほどではないにしろ、夜目がきくのだ。

「隣の部屋で寝ていただいております」

半兵衛を凝視している。忍び頭巾をかぶったままだから、顔は見えまい。

「ござごと持っていったのか」

半兵衛は首肯した。

「ふむ、やるものだ。しかし——」

顔をしかめてみせた。

「そこまでやられて気づかず高いびきとは、わしはとても長生きできぬな」

長生きできるかどうかは、この男の持つ運だろう。少なくとも、いびきはかいていなかった。

「宿直は？」

「寝てもらっています」

「全員か」

「はい」

「いい腕だ」

九英承菊と同じものいいをした。

「おぬし何者だ。なにか話があるのだろう。妻に遠慮してもらいたい話とは？」

半兵衛は微笑した。

「まず一つ目の問いに答えましょう」

半兵衛は名乗り、今川家での身分も告げた。

「深見半兵衛。ほう、越前どのの出抜か」

綱成は、福島越前の出抜ときいて驚いた様子だった。目を近づけ、半兵衛をよくよく見ようとする。

「よし、半兵衛。信用しよう」

ござの上にあぐらをかいた。

「二つ目の問いに答えよ」

半兵衛は懐から油紙の包みをだし、油紙から中身を抜きだした。

「これを」

一通の書を綱成に差しだした。

「読めというのか」

半兵衛はうなずき、明かりを灯した。

部屋は月の光が射しこんだかのような明るさに満ちた。

「頭巾は取らぬのか」

半兵衛は素直にしたがった。

綱成は半兵衛を見つめた。これが出抜か、とあらためて感じ入った顔をしている。

すぐに書に目を落とした。

最初はなにげなく読みくだしたようだったが、二度目はちがった。見る見るうちに顔がこわばってゆく。

「この『輝公死去同日の条』というのは？」

半兵衛は説明した。

「彦五郎どの殺しか、やはり」

うむ、とうなって綱成は腕を組んだ。

「しかし容易ならざることよな」

ふう、と息を吐いた。

「この書はいつ手に入れた」

「昨夜です」

「もっとはやかったら」

悔しげに目を光らせ、唇を嚙み締めた。

「我が一族の越前どのを見殺しにすることはなかった」

半兵衛はいうべきか迷った。結局、口にした。

「そうであったか」

顔をあげて綱成が嘆息した。

「そんなにはやくこれを手に入れ、小田原に向かったことがあったのか」

無念そうに首を何度も振った。

「憎むべきは武田出抜か。いや、九英承菊だな。あの坊主、はなから信用できぬと思っていたが、やはり裏でこのような真似を――」

再び書を読みはじめた。

「この武田と今川の縁戚というのは、承芳どのと武田の姫のことだな」

綱成は納得したようだ。

「あの坊主が福島一族に容赦なかったのも、武田とこのような約定があったゆえか。我が家は、武田信虎と九英承菊の策にむざむざと乗ってしまったことになるのか」

書を破りそうになってとどまった。

「とにかく、九英承菊と承芳どのの裏切りは明白だ。さっそくお屋形に言上せねば」

三十八

夜明けを待って小田原城に出かけた。

待たされることなく本丸の主殿に通された。

氏綱はよほど綱成のことを気に入っているらしく、穏やかに笑って迎えた。

「どうされた、こんなに朝はやくから」

半兵衛にちらりと視線を当てた。

すっきりとした顔をしている、というのが伊勢宗瑞の跡取りに対する半兵衛の思いだった。

聡明そうで穏やかな顔つきだ。どんなことがあっても声を荒らげることなどなく、落ち着いて対処してゆきそうな男のように見えた。世評にずれはなく、まぎれもなく器量人のようだ。

　氏綱の背後の壁には武者隠しが備えられ、十名以上の武者が息をひそめているのが感じ取れる。綱成が気づいていないとは思えなかったが、平静な顔をしている。太守として当たり前のことにすぎず、氏綱に疑われていないのを知っているのだろう。

「まずはこれをお読みになってください」

　綱成は、半兵衛を紹介することなく書を渡した。氏綱は受け取った。

　一読して顔をあげた。

「これはいったいなんだ」

　つぶやくようにいった。

「本物なのか」

　綱成はそれは考えなかったようだ。

「偽物とおっしゃるのですか」

「信虎の花押は本物らしいし、九英承菊どのの署名もそれっぽいが」

　氏綱はもう一度書を見た。

「真似できぬことはない。手跡を真似ての策略は古来より数多い。なにより九英承菊どのが縁組を条件に信虎と組み、彦五郎どのを殺したというのが信じられぬ。そのような真似をするご仁ではあるまい、いかに承芳どのを家督につけたいと願ったとしても」

氏綱が半兵衛に目を向ける。

「その者は？」

ここに通してもらうとき何者か側近に話してあるが、綱成があらためて紹介した。

「ほう、福島越前の出抜か」

氏綱は見つめてきた。迫力のある視線だ。負けて目をそらしたくなる鋭さがある。

「おぬし、九英承菊どのをうらんでおるのだろう、あるじを殺されて」

半兵衛は氏綱を動ずることなく見返した。

「うらみはありませぬ」

きっぱりと答えた。

「ただ、かの坊主がなんでも思うがままになると思うておるのが許せぬだけにて」

「こらしめてやりたいのか」

「北条さまにも、かの坊主をこらしめるだけの理由があります」

「ほう、申せ」

「九英承菊が武田と手を組み、このような画策をしなければ北条さまの家臣も死なず、一年前の上杉朝興の焼き討ちもなかったはず」

「我が家臣が死なずにすんだというのは――」

　氏綱が半兵衛を凝視する。

「こたびの駿河の戦にて討ち死した者のことをいっているのではなさそうだな」

　半兵衛は説明した。

「ふむ、一年前信虎が駿河との国境を侵したのには、そんな理由があったというのか」

　氏綱は半信半疑気味ながらもうなずいた。

「なるほど、あの戦がなければ我らは甲斐に出張ることはなかったろうし、二人にすぎなかったが死人が出ることもなかった。甲斐に出張らなければ相模を留守にすることもなく、上杉の焼き討ちもなかったか」

「そういうことになり申す」

　綱成が悔しげにいった。

「許されざる坊主にございます。拙者、この手でくびり殺したく。――で、この者」

　綱成は半兵衛を示した。

「かの坊主を殺そうと思えば、昨晩できたそうにございます」

　半兵衛は昨夜の顚末を話した。

「ほう、そこまでいってなぜ殺さなかった」

「先ほども申しあげました通り、殺してはこらしめにならぬからです」

「生きているほうがよほどつらいことを、知らしめてやろうというのか」

氏綱が脇息にもたれかかる。

「しかしそのために駿河と戦になったとき、我がほうにも死人が数多く出るであろう」

姿勢を正し、断ずるようにいった。

「しばらく様子を見ることにする」

「どういう意味でございましょう」

綱成が不審げにきく。

「言葉通りの意味だ」

氏綱は綱成を見据えていった。

「この書のいう通りに今川家が動いてゆくか、確かめるということにございますか」

「そういうことだ」

氏綱はうなずいた。

「しかし、この男が偽りを申しているとはとても思えませぬ」

「書が本物で、今川と武田が縁組をするのであればすぐにきこえてこよう。たとえ九英承菊どのがひそかにことを運ぼうとしたとしてもな」

「縁組が本当なら、この書も本物であるということでございますね」

「信じたくはないがな。乱前、九英承菊どのの使者は、承芳どのが家督を継いでも我が家との関係は氏輝公のときと同様と断言している。同様というのは、武田とは絶縁関係を保つということだ。それを信じた余は、河東割譲を条件とした花蔵どのではなく将軍からも認められた承芳どのを選んだ。あの誓いが偽りだったとは信じがたい。この書一片ではな。それに、これまでの我が家との深い関係を断ち切って武田と結ぶ意味がわからぬ」

氏綱は首をひねった。書を目の前に掲げる。

「しかし実際にこのようなことが行われたのでなければ、今川、武田両家が縁戚となることはあるまい。まず武田と結び、我が家と武田との仲立ちをしようとの心づもりがあるのやもしれぬが、それは大きなお世話にすぎぬ。もし我が家と武田を取り持つ肚だとしても、九英承菊どのを許すことはできぬ。我らをだまし、花蔵どの、越前どのを殺す手助けをさせたことになる。縁組がはっきりしたときは駿河に攻めこみ、花蔵どの、福島越前どのが約した河東を、我が家の故地である河東を我が物としよう」

氏綱の顔はかげりを帯びている。

「仮に、九英承菊どのをただしたところで、しらばくれられるのがせいぜいであろうし、書が偽りであるならやはり否定しよう。いずれにしろ答えは同じじよ」

「ふむ、そうでございましょうな。様子を見るしかないということでございますな」

白い顔のことをいおうか、と半兵衛は考えたが、この二人がじかに九英承菊と会うことになるとは思えなかった。それに武田と今川は必ず縁組をする。書を見られたということで、九英承菊はもはや隠し立てすることなく縁組に突き進むのではないか。

顔をあげた氏綱が半兵衛を見た。

「九英承菊どのは、おぬしが小田原へ向かったことを承知しておるのだな」

半兵衛は、はいと答えた。

「そのようにいい置いてまいりましたゆえ」

ふむそうか、と氏綱はいった。

「ならば、九英承菊どのはどう出るものかな。使者を送ってまいり、そのような書を信じることなくおぬしを磔にするようにいってくるだろうか。それとも――」

その使者が自分よりはやく氏綱のもとに着くことがないように、半兵衛は九英承菊を床下にしばりつけてきたのだ。北条家になんの手蔓もない半兵衛は綱成にまず話を持ってゆくしかなかったが、九英承菊は氏綱にじかに使者を差し向けられる。

氏綱がわずかに考えてから続けた。

「この書が策略にすぎず、九英承菊どのがこの書を知らぬのであれば使者がやってくることはあるまい。あるいはこの書が我が家に渡ったことですべてをあきらめ、使者を送ることなく我が家との戦に備えようとするだろうか」

どうだろうか、と半兵衛は思った。どんなに術数を弄したところで、縁組をしてしまえば北条家の懐柔は望むべくもないのはわかっているだろうから、後者か。

氏綱が、二つ咳をした。

背後の壁が割れ、武者が出てきた。半兵衛は十四、五名の武者に囲まれ、抜き身を突きつけられた。いずれも手練で、動けば半兵衛といえどばっさりであるのは明らかだ。

「どういうことでございます」

綱成のほうが驚いている。

「その男が福島越前どのの出抜と決まったわけではない。もしやすると――」

氏綱は言葉をとめた。

「武田の間者ということも考えられる」

「武田の間者――」

「この書により、我が家と今川家の仲たがいを画したとも考えられぬでもない」

綱成は横の半兵衛を見た。

「いや、しかしそんな男でないことは」

「わかると申すか」

氏綱は笑った。魅力あるいい笑顔だ。

「ならば、綱成どのが預かりなされ」

「この男をでございますか」

「今川と武田の縁組がはっきりするまで、いいところ半年以内であろう。もし縁組がなければ――」

「殺しますか」

氏綱はやわらかく首を振った。

「それは綱成どのが決めなされ。命まで奪うことはない、放逐すればよい、と考えるのであれば、それでもかまわぬ」

このあたりが北条家のおおらかさだろう。他の大名なら間者はまちがいなく殺す。おおらかな家風は民の撫育《ぶいく》にもあらわれている。今川家の年貢は六公四民なのに、北条は四公六民なのだ。こんな大名はほかにないといわれている。

氏綱はにやりと笑った。

「それまでかまえて逃げられぬようにな」

半兵衛が思ったように、九英承菊は武田との結びつきを隠そうとしなかった。

十月、北条家に対し武田との縁組を通告してきた。氏綱は、書が真実を語っていることをさとった。それでも今川家を翻意させようと断交を匂わせもしたし、断言もした。氏綱の弟氏広が婿入りして北条一族となっている葛山家をはじめ今川家の重臣たちに、縁組をとめるようにも依頼した。

しかし、婚姻がくつがえることはなかった。翌天文六年（一五三七）二月十日、武田の姫が今川義元に嫁入りした。今川家は、北条より武田を選んだことがはっきりした。

二月二十日、氏綱は小田原において出陣祈願を行い、二十六日軍勢を率いて駿河に攻めこんだ。敵する勢力はなく、無人の野を進むがごとくだった。

北条勢は浮島原近くの吉原で陣を張った。

今川勢も出陣してきて、富士川をはさんでの戦いになった。

この戦いで氏綱は圧勝した。今川勢の先鋒だった井出左近太郎勢を打ち破ったのが勝因となった。井出勢はあっけなく逃げ散っている。さらに攻め入った北条勢は興津まで侵し、九英承菊の母方の実家の地ということもあって、城下に火をかけた。

興津の町が燃えあがるのに満足した氏綱は富士川まで兵を引き、河東の今川勢力を討ち滅ぼすことに日を費やした。六月に入り、河東は完全に北条家の支配下におさめられた。

半兵衛も家臣を率いて戦いに加わり、綱成のそばで猛然と働いた。今川の大将である九英承菊、義元という二人を殺せるところまでいってあえて殺さなかったのになぜ今さら駿河の衆と、との思いもあったが、戦となるとまたちがうのだ。血が騒いでどうしようもない。興津に放火したときも、半兵衛たちの働きは大だった。

七月、小田原に帰った半兵衛は、半兵衛たちの働きに瞠目《どうもく》させられた綱成に要請されて正式に綱成の麾下となった。居心地のいい北条家に仕えることに否応はなかった。

半兵衛は、北条家臣団の屋敷が連なる一角に屋敷地を与えられた。

それでも、これまで小田原でばらばらに暮らしてきた里の者すべてを集めることはできなかった。

俺がこの世に生まれてきた意味は、とこのとき半兵衛は気づいた。深見の里を再びつくりあげることのようだ。四百年前、播磨から駿河に流れ着いた父祖が新たに里をつくりあげたように。

そのためには領地が必要だった。手柄をあげ続けていかねばならない。

半兵衛は覚悟を心に刻みつけた。駿河でもそうだったが、これからも力の限り、戦ってゆくことを。

それこそが、この時代に生まれた武士の宿命ということらしかった。

この作品は書き下ろしです。原稿枚数595枚（400字詰め）。

宵待《よいまち》の月《つき》

鈴木《すずき》英治《えいじ》

平成19年12月10日　初版発行

発行者——見城　徹
発行所——株式会社幻冬舎
〒151-0051東京都渋谷区千駄ヶ谷4-9-7
電話　03(5411)6222(営業)
　　　03(5411)6211(編集)
　　振替00120-8-767643
印刷・製本——図書印刷株式会社
装丁者——高橋雅之

幻冬舎文庫

ISBN978-4-344-41052-7　C0193　す-5-1